Kirsten Boie, 1950 in Hamburg geboren, war einige Jahre als Lehrerin tätig, bevor 1985 ihr erstes Kinderbuch erschien. Heute ist sie eine der renommiertesten deutschen Kinder- und Jugendbuchautorinnen, vielfach ausgezeichnet, mehrfach für den international bedeutenden Hans-Christian-Andersen-Preis nominiert und mit dem Sonderpreis des Deutschen Jugendliteraturpreises für ihr Gesamtwerk geehrt.

Kirsten Boie

DER JUNGE, DER GEDANKEN LESEN KONNTE

Ein Friedhofskrimi

Mit Bildern von Regina Kehn

Oetinger Taschenbuch

Außerdem von Kirsten Boie bei Oetinger Taschenbuch erschienen:

Alhambra
Kirsten Boie erzählt vom Angsthaben
Mit Jakob wurde alles anders
Lena fährt auf Klassenreise
Nicht Chicago, nicht hier
Ringel, Rangel, Rosen
Verflixt – ein Nix! (Bd. 1)
Wieder Nix! (Bd. 2)

Das für dieses Buch verwendete FSC®-zertifizierte
Papier Danube liefert Salzer Papier, St. Pölten, Austria.
Der FSC® ist eine nicht staatliche, gemeinnützige Organisation,
die sich für eine ökologische und sozialverantwortliche
Nutzung unserer Wälder einsetzt.

3. Auflage 2016
Oetinger Taschenbuch GmbH, Hamburg
April 2015
Alle Rechte dieser Ausgabe vorbehalten
© Originalausgabe: Verlag Friedrich Oetinger GmbH,
Hamburg 2012
Einband und Innenillustrationen: Regina Kehn
Druck: GGP Media GmbH, Pößneck
ISBN 978-3-8415-0347-3

www.oetinger-taschenbuch.de

Jetzt wäre ich wirklich froh gewesen, wenn Artjom bei mir gewesen wäre. Ich hätte mich einfach nicht so gruselig gefühlt. Aber natürlich war ich längst daran gewöhnt, dass Artjom nicht da war, wenn ich ihn brauchte.

Die Schubkarre stand ordentlich abgestellt auf dem Plattenweg neben dem Hintereingang der Kapelle. Wie immer lagen Bronislaws Spaten darauf und die Hacke mit dem langen Stiel, auch die Hacke mit dem kurzen Stiel und die kleine Schaufel, also alles in Ordnung.

Was mich stutzig gemacht hat, war die Kiste mit den kleinblütigen Begonien. Die ließen ihre Köpfe hängen, und von manchen waren sogar schon die ersten Blütenblätter in die sandige Wanne der Karre gefallen, so vertrocknet waren sie.

Bronislaw hätte das seinen Blumen nie angetan. Entweder er hätte sie gleich eingepflanzt, oder er hätte sie wenigstens reichlich gegossen. Und so mitten in der Sonne stehen gelassen hätte er sie auch nicht.

»Bronislaw?«, hab ich gerufen. »Bist du hier, Bronislaw?«

Obwohl man das an der Schubkarre ja sehen konnte.

Es kam aber keine Antwort.

»Bronislaw?«, hab ich wieder gerufen. Dann bin ich durch den Hintereingang gegangen.

Ich muss jetzt sagen, dass ich vorher schon öfter in der Kapelle gewesen war. Wenn man durch die Hintertür geht, sind da nämlich die Klos, darum kannte ich mich aus. Vielleicht hatte Bronislaw da auch hingewollt.

Jetzt lag er auf dem Bauch auf dem Boden mit merkwürdig angewinkelten Armen und an seinem Hinterkopf war Blut. So sehen die Leichen im Fernsehen aus, nicht dass Mama mich solche Sendungen gucken lässt.

»Bronislaw!«, hab ich gebrüllt. Ich bin nicht weggerannt. Ich hab mich neben ihm auf die Knie fallen lassen.

Und das war von meinem Abenteuer nicht mal der Anfang, das war schon die Mitte. Ich hab es nur nicht gewusst.

Teil 1

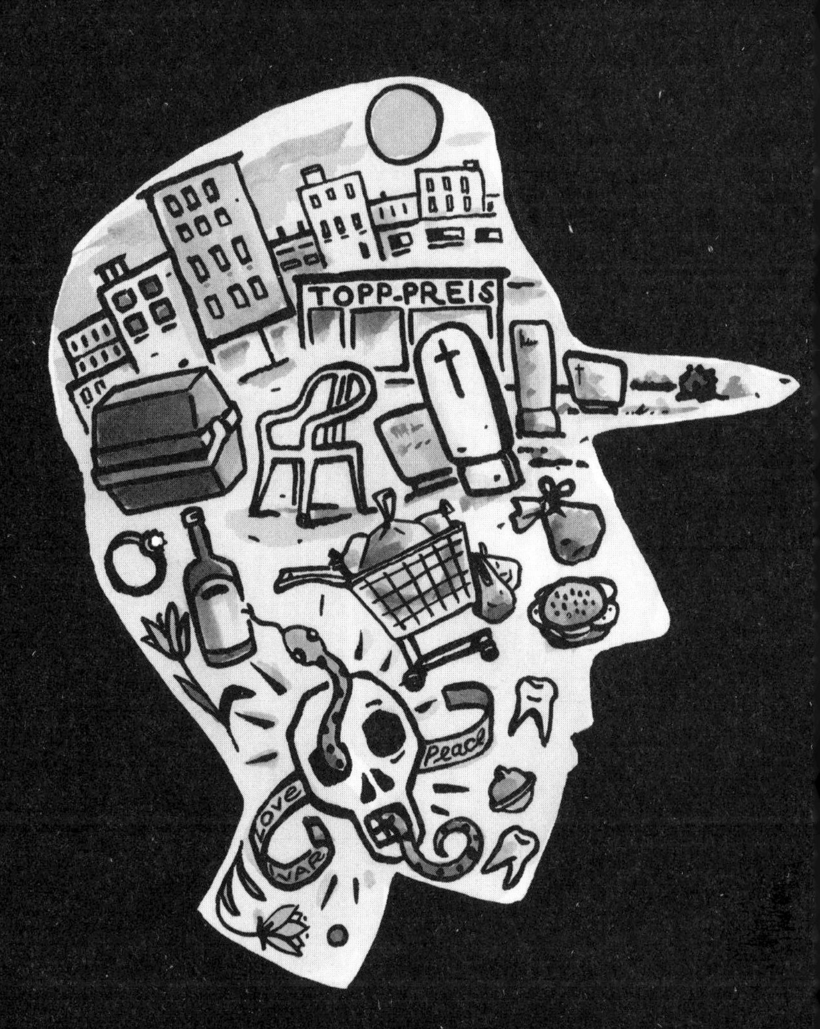

1.

Beim nächsten Mal ziehe ich bestimmt nicht wieder in den Sommerferien um. Obwohl Kinder das ja sowieso nicht bestimmen dürfen.

Aber Mama durfte es auch nicht bestimmen, sondern der Topp-Preis-Dromarkt, und da konnte ich nichts machen. Beim Topp-Preis-Dromarkt haben sie entschieden, dass Mama von jetzt an Marktleiterin in einer anderen Filiale sein soll, darauf haben wir mit Cola angestoßen. Weil das heißt, dass wir mehr Geld verdienen, hat Mama mir erklärt. Als Marktleiterin ist sie ja dann sozusagen der Boss, da sitzt sie nicht mehr nur an der Kasse und räumt die Regale ein und sonst noch was. Als Marktleiterin darf sie über alle bestimmen.

Das hab ich gut gefunden und das mit dem Geld auch. Aber dass es auch heißt, dass wir umziehen müssen, hat Mama mir erst nach der Cola erklärt. Das fand ich natürlich nicht so gut, weil ich dann ja wieder wegmusste von meinen Freunden und allem.

»Wir können ja mailen, Alter!«, hat Kevin gesagt.

Briefe schreiben, wie wir es im Deutschunterricht gelernt haben, auf Papier und richtig mit Umschlag, wäre natürlich auch gegangen. Da hab ich aber gewusst, dass das bei Kevin nicht klappen würde, wegen dem Geld für die Briefmarke und weil seine Schrift nicht so *sehr* gut ist.

»Simsen geht auch und telefonieren«, hat Metin gesagt. Vielleicht war er genauso traurig wie ich. Wir kannten uns ja seit der zweiten Klasse.

»Klar«, hab ich gesagt.

Man macht es aber doch nicht. Man sagt es vorher nur.

Unsere neue Wohnung liegt im zwölften Stock, das ist besser als vorher. Man hat einen Blick über die ganze Stadt, und wenn man auf dem Balkon steht, ist es fast ein kleines bisschen gruselig, weil unten alles so klein aussieht. Ich hab überlegt, dass ich Eintritt nehmen könnte wie beim Fernsehturm in Berlin, auf dem wir mal waren, da bezahlt man auch nur für den Blick und das Fahrstuhlfahren, daran war nichts besser als an unserem Balkon. Einen Fahrstuhl haben wir schließlich auch, in dem hängt ein Schild, dass Kinder unter sechs Jahren ihn nur in Begleitung Erwachsener benutzen dürfen. Aber ich habe nie einen Polizisten gesehen, der das kontrolliert. Und außerdem bin ich zehn.

Im Treppeneingang steht außerdem, dass man im Hausflur nicht spielen und lärmen darf. Das hatte ich aber sowieso nicht vor, als ich mit dem Fahrstuhl nach unten gefahren bin. Mama war an diesem Morgen zum ersten Mal in ihre neue Filiale gegangen, um zu bestimmen, und sie hatte sich die Haare extra schön frisiert und sich geschminkt, damit sie auch wirklich wie eine Marktleiterin aussah.

»Auf den ersten Eindruck kommt es an, Valentin!«, hat sie gesagt. Man konnte sehen, dass sie aufgeregt war.

»Toi, toi, toi!«, hab ich geantwortet. Das sagt man ja, wenn jemand etwas Wichtiges vor sich hat wie eine Prüfung oder so. Ich hab aber nicht über die Schulter gespuckt, wie man es eigentlich soll, damit es wirklich Glück bringt. In einer neuen Wohnung mit frisch verlegtem Teppichboden geht das nicht.

Als Mama weg war, hab ich zuerst das Buch zu Ende gelesen, das mir meine Klassenlehrerin zum Abschied geschenkt hatte, mit Widmung drin und den Unterschriften von allen Kindern, sogar von Kevin, der nicht so gerne schreibt, man kann sie aber lesen. Das Buch handelt von einem gefährlichen Verbrecher und von einer Kinderbande, die ihn überführt. Die Bande muss das machen, weil die Polizei sich zu blöde anstellt. Das Buch war wirklich so spannend, dass es in meinem Kopf geknirscht hat, und ich hab überlegt, ob ich es gleich noch mal lesen soll; aber dann hab ich gedacht, ich hebe es mir auf für einen Regentag. DA weiß ich nämlich sonst nie, was ich machen soll.

Stattdessen hab ich mir die Zähne geputzt und nach einem sauberen T-Shirt gesucht. Wir hatten die Umzugskisten ja noch nicht fertig ausgepackt, ich hab aber trotzdem eins gefunden. Dann hab ich beschlossen, dass ich erst mal die Gegend erkunde. Vielleicht gab es in der Nähe eine Leihbücherei, wo ich mir Bücher ausleihen konnte, Kinder dürfen das manchmal kostenlos. Damit ich mich nicht so langweile, bevor die Schule wieder losgeht. Ich kannte ja noch keinen in der neuen Stadt, und an dem Morgen wusste ich natürlich noch nicht, dass jetzt gerade die spannendste Zeit in meinem ganzen Leben anfing. Ich bin in mein Abenteuer doch erst danach reingestolpert, und übrigens hab ich es auch da nicht gleich gemerkt.

Vor dem Haus hab ich überlegt, ob ich nach rechts laufen sollte oder nach links. Nach rechts sah es mehr so aus, als ob es in die Stadt geht, da war das vielleicht auch die Richtung für die Bücherei. Nach links sah es eher ziemlich grün aus.

Mesut habe ich erst bemerkt, als ich schon fast in ihn reingelaufen war, das passiert mir leider öfter. Ich bin manchmal in Gedanken. Natürlich wusste ich da noch nicht, dass er Mesut hieß. Jedenfalls saß er auf dem Fahrradständer vor dem Eingang und hat mit seinem Handy gespielt.

»Mann, pass doch auf mit deinem Scheißcap!«, hat er gebrüllt, als ich fast über seine Beine gestolpert bin. Ich hab mir an den Kopf gefasst, als ob ich die Kappe festhalten müsste. Wer wusste denn, ob er sie mir nicht gleich runterhauen würde, und die Kappe war mein Glücksbringer. Zu Hause hatte sie Artjom gehört und jetzt gehörte sie mir, und Mama hatte längst aufgehört, darüber zu schimpfen, dass ich sie immer trug. Obwohl sie echt nicht mehr so schön aussah, falls sie das jemals getan hatte. Der Schriftzug, der für ein amerikanisches Bier werben sollte, war längst so dreckig und abgeschabt, dass man ihn nicht mehr richtig lesen konnte. Das machte nichts. Bei einer Kappe ist das nicht wichtig.

Der Junge sah aus, als ob er so ungefähr drei Jahre älter war als ich, was bedeutet, dass er wahrscheinlich ungefähr *ein* Jahr älter war. Ich bin klein für mein Alter, und wegen der Brille sehe ich auch nicht sehr gefährlich aus, man nennt das unscheinbar. Mama sagt, das wird schon.

»Entschuldigung!«, hab ich gesagt. Dann hab ich versucht, an dem Jungen vorbeizugehen, ohne über seine Beine steigen zu müssen, ich wusste schon gleich, dass er sich sonst nur aufregen würde. Das war aber schwierig, weil er sie so ausgestreckt hatte, schräg in den Plattenweg rein.

Mama hätte jetzt gefragt, warum ich denn nicht gleich die Gelegenheit genutzt habe, um mich anzufreunden, solche Sachen fragt Mama immer. Weil sie keine Ahnung hat. Wie kann man sich einfach so mit einem fremden Jungen anfreunden, der mit seinem Handy spielt und mit den Beinen den Weg blockiert? Man kennt ihn ja nicht. Mama hätte sich auch nicht angefreundet, sie denkt nur immer, bei Kindern ist das anders.

Eine Tausendstelsekunde lang hab ich aber ernsthaft überlegt, ob ich ihn nicht fragen sollte, wo die nächste Leihbücherei ist. Aber wirklich nur eine Tausendstelsekunde lang. Mesut sah nicht direkt aus wie einer, der sich mit Leihbüchereien auskennt. Ich hab mich also so ganz schräg an seinen Füßen vorbeigequetscht, und als ich es fast geschafft hatte, hat er sie blitzschnell ein bisschen weiter vorgestreckt, dass ich fast gestolpert bin. Ich bin sicher, das war Absicht. Aber gesagt habe ich natürlich nichts. Ich hab ja schon erklärt, dass Mesut aussah, als ob er drei Jahre älter war als ich.

»Was ist, du Spast, hast du keine Augen im Kopf?«, hat er mich angebrüllt. »Verpiss dich!«

Dabei hatte ich ihm ja gar nichts getan, eher er mir. Und übrigens hat er auch nicht »Verpiss dich!« gesagt, sondern »Vöpiss disch!«, so ganz weit hinten im Hals, wie man es tun muss, damit es cool klingt. Ich kann es auch ganz gut, weil ich doch früher nach der Schule nachmittags oft mit zu Metin gegangen bin, bevor Mama um 19.30 nach Hause gekommen ist, und Adem hat auch so geredet, das war Metins großer Bruder. Der hat Gas- und Wasserinstallateur gelernt, das fand ich cool. Überhaupt finde ich ältere Brüder cool. Ich hab darum auch gelernt, wie Adem zu reden, aber Mama hat gesagt, es ist wichtiger, dass ich akzentfreies Deutsch sprechen kann, für die Schule und für meine ganze Zukunft und für das Leben. Dabei spricht sie natürlich überhaupt kein akzentfreies Deutsch, und jetzt ist sie trotzdem Marktleiterin, und was vielleicht noch ihre Zukunft ist, kann man gar nicht wissen.

Mesut hat das vom Verpissen also ohne akzentfreies Deutsch gesagt, und als ich grade noch überlegt hab, ob ich tun soll, was er will, oder vielleicht erst noch drei Sekunden ganz gelangweilt stehen bleiben, damit er merkt, mit mir kann er das nicht machen, hat er schon wieder losgebrüllt.

»Was ist?«, hat er gebrüllt. »Hast du Kartoffeln auf den Ohren? Mein Bruder ist bei der Polizei, pass auf, Idiot!«

Da wusste ich nun überhaupt nicht, was das miteinander zu tun haben sollte, dass sein Bruder bei der Polizei war und dass ich fast über seine Beine gestolpert bin. Wahrscheinlich hatte er einfach schlechte Laune. Und übrigens habe ich ihm natürlich keine Sekunde lang geglaubt. Solche Brüder sind nicht bei der Polizei, das weiß jeder.

Ich hab gedacht, dass Artjom aber bei der Polizei sein könnte, wenn er mitgekommen wäre, ganz bestimmt. Artjom konnte alles.

Aber Artjom ist ja nicht hier. Artjom ist zu Hause geblieben. Und er fehlt mir so sehr, obwohl es schon so lange her ist. Ich habe natürlich seine Kappe.

Weil Mesut so wütend ausgesehen hat, hab ich ihm vorsichtshalber nicht widersprochen. Ich hab gehofft, dass er nicht womöglich in meiner Klasse ist (das sind solche, die aussehen wie drei Jahre älter als ich, nämlich oft, und das ist

DEAD
Mesut
Mesut
Mesut

nicht immer gut), und dann bin ich statt nach rechts in die Stadt eben einfach nach links gegangen.

Also habe ich das größte Abenteuer meines Lebens eigentlich Mesut zu verdanken. Wenn man es richtig überlegt.

Aus irgendeinem Fenster hat eine Frauenstimme irgendwas auf Türkisch gerufen und immer: »Mesut! Mesut!« Ich hab mich noch mal umgedreht, da ist er ins Haus gegangen. So habe ich gleich am ersten Tag erfahren, dass Mesut Mesut heißt.

2.

Jetzt muss ich vielleicht noch erzählen, dass der Tag gerade dabei war, so ein glutheißer Sommertag zu werden wie früher zu Hause in Kasachstan alle Sommertage: weil der Himmel da nämlich so hoch war und die Sonne wie durch ein Brennglas auf die Sonnenblumenfelder schien; bis das Gras verdorrt war und man sich die Sohlen verbrannte, wenn man barfuß lief, sogar auf den Sandwegen. Aber wenn es dann Regen gab und eins dieser Gewitter, die mit wildem Getöse die Wolken sprengen, und Blitz und Donner und blauschwarze Dunkelheit: Dann blühten auf einmal überall Blumen, deren Namen kein Mensch alle kennen konnte, nicht mal Babuschka, die doch sonst alles über Pflanzen wusste.

So waren zu Hause die Sommer alle, glutheiß und gleißend; und genau so war auch dieser Tag in der neuen Heimat, an dem das größte Abenteuer meines Lebens begonnen hat, aber noch wusste ich nichts davon.

Ich bin also nach links gegangen, wegen Mesut; und weil die Sonne schon jetzt am Vormittag so hoch stand, dass die Schatten scharf und schwarz und kurz waren, war ich froh, dass nur wenige Schritte hinter den Häusern plötzlich ein schmaler Sandweg begann: Der verlief zwischen Sträuchern und Bäumen und da war es kühler.

Natürlich wäre es schön gewesen, wenn ich rechts eine

Leihbücherei gefunden hätte; aber es war auch schön, nun links diesen schattigen Weg zu entdecken, der so unerwartet kam nach all den Hochhäusern und Straßen und der großen Stadt; weil ich nämlich so eine Sehnsucht gehabt hatte, von der ich gar nichts wusste.

Die Sträucher waren Holunder und Weißdorn und Jasmin; und der Holunder blühte so kräftig, dass ich schon wusste, hier konnten wir im September Beeren pflücken für Gelee und für Saft; und daneben duftete der Jasmin, dass ich mich gewundert habe, warum ich ihn nicht bis hoch zu unserem Balkon gerochen hatte.

Ich weiß, das klingt noch überhaupt nicht nach einem Abenteuer. Ich hab es ja selbst auch nicht erwartet.

An der linken Seite des Weges konnte ich jetzt ein undeutliches Rauschen hören, und als ich mich hingekniet habe, floss da ein winzig schmaler Bach, der war so überwuchert von Sumpfdotterblumen und Farn und Felberich und Pestwurz (die kannte ich natürlich von Babuschka), dass man ihn überhaupt nicht mehr sehen konnte; und auf der rechten Seite wuchs eine kleine Böschung aus dem Weg mit Sträuchern wie in einem Dschungel. Aber dahinter hab ich einen schäbigen Maschendrahtzaun gesehen, und das fand ich in so einer Wildnis nun doch überraschend.

Ich bin also weitergegangen, weil ich neugierig war und auch, weil ich noch nicht zurückwollte. Ich hatte keine große Lust, vor dem Haus wieder Mesut zu treffen. Man konnte ja nicht wissen, wie lange er drinnen bleiben würde.

Und so bin ich zum ersten Mal Dicke Frau begegnet.

Ich weiß, Dicke Frau ist kein guter Name. So soll man

Menschen nicht nennen. Aber zu Dicke Frau sagen alle Dicke Frau, es ist wie ihr Vor- und ihr Nachname; und ich glaube, sie weiß selbst schon nicht mehr, ob sie früher mal einen anderen Namen hatte und wie der war, ihr Gehirn ist ja so muddelig. Das weiß keiner besser als ich.

An diesem Morgen stand Dicke Frau genau an der Stelle, an der oben auf der Böschung ein kleines Tor in den Maschendrahtzaun eingelassen war, das hing offen in seinen Angeln; und zwei Stufen aus Beton führten in der Böschung zu ihm hinauf. Auf der einen Seite gab es sogar ein Geländer, das war irgendwann mal grün gestrichen gewesen. Daran sah man ja, dass das Tor und die Stufen extra dafür gedacht waren, dass man vom Weg auf das Gelände hinter dem Zaun kam. Und neben der untersten Stufe stand also Dicke Frau mit einem Einkaufswagen und hat gejammert.

»Da kommt doch kein Mensch hoch, Heilige Jungfrau!«, hat sie gejammert. »Mach was, Maria, mach was, du Arschloch!«

Ich hab sofort gesehen, dass das nicht klappen konnte, Heilige Jungfrau hin oder her. Ihr Einkaufswagen war so vollgestopft mit Plastiktüten, die waren übereinandergestapelt, und an dem Haken vorne, an den man sonst seine Einkaufstasche hängt, waren auch noch ein paar. Es war ehrlich ein Wunder, dass sie die zehntausend Tüten da alle reingequetscht gekriegt hatte.

Dicke Frau selbst war für das Wetter auch nicht ganz richtig angezogen, aber ich glaube, Wetter war ihr egal. Sie hatte immer dasselbe an, drei Schichten übereinander. Vielleicht musste das so sein, weil die Sachen nicht mehr in ihren Einkaufswagen gepasst hätten; und von irgendwas trennen, das ihr gehörte, wollte Dicke Frau sich ganz bestimmt nicht.

»Heilige Jungfrau, was soll der Scheiß!«, hat sie mit der tiefsten Stimme gesagt, die ich je bei einer Frau gehört habe; und dann hat sie sich eine Flasche gegriffen, die war zwischen zwei Tüten gequetscht, und hat einen kräftigen Schluck genommen. Und obwohl das, was in der Flasche schwappte, durchsichtig aussah, habe ich nicht geglaubt, dass es Wasser war.

»Nun mach schon, Maria, nun mach schon!«, hat sie gebrummt, und dann hat sie wieder versucht, ihren Wagen mit den hinteren Rädern zuerst die Stufen hochzuziehen. Das hat natürlich nicht geklappt und eine Tüte ist auf den Sandweg gefallen.

Und obwohl sie mich ja ganz bestimmt nicht gemeint hatte mit »Heilige Jungfrau«, hab ich trotzdem gedacht, dass ich ihr helfen muss. Sie sah so verlassen und so traurig aus, und sie war wirklich die dickste Frau, die ich jemals gesehen habe. Ich weiß nicht, wie es ist, wenn sie auf einem Stuhl sitzt. Wahrscheinlich hängt ihr Po an beiden Seiten ordentlich über. Und in einen Sessel passt sie schon gar nicht, da würde sie immer gleich ein Sofa brauchen. Aber wo sollte Dicke Frau das wohl herkriegen.

»Kann ich Ihnen helfen?«, habe ich also ganz höflich gefragt. Mama hat gesagt, Hilfsbereitschaft adelt den Menschen, auch wenn das viele offenbar nicht wissen. Mesut zum Beispiel nicht, da war ich mir ziemlich sicher.

Dicke Frau ist zusammengezuckt, dann hat sie sich blitzschnell zu mir umgedreht.

»Na bitte, warum nicht gleich so, Heilige Jungfrau!«, hat sie gesagt und zum Himmel hochgeprostet. »Aber trotzdem vielen Dank!«

Dabei hätte sie sich doch vielleicht eher mal bei *mir* bedanken sollen.

Wir haben den Einkaufswagen dann zusammen die zwei Stufen hochgetragen, Dicke Frau hat vorne angefasst und ich hinten. Er war so schwer, dass ich wirklich gerne gewusst hätte, was in all den Tüten war, wahrscheinlich lauter Flaschen, und zwar volle. Wir haben es aber geschafft, und als wir den Wagen oben abgesetzt haben, hat Dicke Frau zuerst wieder zum Himmel hochgewinkt, als ob sie sich noch mal bedanken wollte, und dann hat sie wieder zu ihrer Flasche gegriffen. »Na also, Jungfrau, geht doch!«, hat sie gesagt.

Dabei hat sie geschnauft, wie es die alten Dampflokomotiven tun, die es nur noch bei der Museumsbahn gibt, die wir in der zweiten Klasse auf unserem Wandertag besichtigt haben, im echten Leben nicht mehr. Alles, was schnaufen muss, ist unpraktisch und unelegant.

Ich hab gewartet, dass sie sich nun auch mal bei *mir* bedanken würde, sie hat mich aber gar nicht mehr beachtet. Sie hat ehrlich so getan, als ob ich gar nicht da wäre. Ich glaube, nachdem wir die Stufen erst mal geschafft hatten, hat sie mich gleich vergessen: *Plopp!*, rausgefallen aus ihrem muddeligen Gedächtnis. Sie wusste ganz ernsthaft schon nicht mehr, dass ich ihr geholfen hatte. Oder dass ich noch da war. Nur darum hab ich sie so angeguckt, ich wusste ja damals noch von nichts. Und da ist es mir zum ersten Mal passiert.

Dabei hab ich beim ersten Mal noch nicht mal richtig verstanden, *was* passiert ist. Ich hab zuerst gedacht, es ist vielleicht eine Ohnmacht.

Ich hab Dicke Frau nämlich die ganze Zeit so angestarrt, weil ich überlegt habe, wer sie wohl ist und warum sie sich so komisch benimmt und dass sie ziemlich unhöflich ist. Das kann einem ja die Hilfsbereitschaft ganz schnell mal verleiden.

Und wie ich sie also angestarrt habe, ist es mir ganz wirr im Kopf geworden, und es war, als ob ich irgendwo eintauche und meine Gedanken plötzlich alle durcheinanderpurzeln, besser erklären kann ich es nicht; mit einer fremden Stimme dazwischen, die hat immer »Heilige Jungfrau!« und »Arschloch!« gerufen. Es waren ganz viele wirbelige Bilder dabei von dem Einkaufswagen und von Grabsteinen und von Hochhäusern und eins von einer goldenen Münze, das kam immer wieder. Und alles war in eine große Traurigkeit getaucht.

Darum hab ich gedacht, dass ich gerade ohnmächtig werde. Das ist mir zu Hause nämlich mal im Bus passiert, als es so heiß war und nach verschiedenen Arten von Schweiß und Deo und Rasierwasser gerochen hat, da war vorher auch alles so wirbelig, und jetzt hat es sich wieder haargenau so angefühlt. Und weil ich nicht umkippen wollte, hab ich mich ganz schnell auf den Boden gesetzt und den Kopf zwischen meine Knie genommen, da war das komische Gefühl sofort weg.

Dann hab ich sehr tief durchgeatmet und gedacht: *Donnerwetter, das ist ja noch mal gut gegangen, ein Glück, dass ich mich so schnell hingesetzt habe.* Ich hab mich schon gleich

UNITED STATES AMERIC
Heilige Jungfrau

wieder normal gefühlt. Vorsichtshalber hab ich aber noch an meine Kappe gefasst, die bringt mir ja Glück.

Dass ich in die Köpfe anderer Menschen gucken kann, hab ich da noch nicht gewusst.

3.

Herr Wilhelm Schmidt hat gesagt, es ist eine wunderbare Gabe und ich soll doch dankbar sein. Herr Schmidt war so ungefähr der Einzige, dem ich das mit den fremden Köpfen erzählt habe, aber das war viel später. An diesem Morgen kannte ich ihn ja noch nicht mal.

Da hatte ich ja gerade erst Dicke Frau kennengelernt, die zog jetzt ihren Einkaufswagen mit lautem Schnaufen und viel Gemurmel hinter sich her über den schmalen Weg, der vom Tor weg unter hohen, alten Bäumen entlangführte; und als ich ihr vom Boden aus nachgesehen habe (aufzustehen hab ich noch nicht gleich gewagt, wegen der Ohnmacht), hab ich plötzlich die Grabsteine gesehen, rechts und links vom Weg, wie lauter kleine Denkmäler. Und davor waren Plastikvasen mit Blumen in die Erde gedrückt und blühten Begonien auf geharkten, kleinen Beeten im Rasen, und manchmal wucherte davor auch Unkraut. Die Grabsteine waren schwarz oder weiß, auch steinfarbig rosa und grau; und manche waren poliert und manche matt oder rau. Da hätte man schon ziemlich blöde sein müssen, um nicht zu begreifen, dass Dicke Frau ihren Einkaufswagen gerade durch einen Friedhof schleifte, selbst wenn man vorher noch nie auf einem Friedhof gewesen war.

Ich war vorher noch nie auf einem Friedhof gewesen, auch wenn das merkwürdig klingt.

»Ach, Töchterchen, wer soll uns einmal zu Grabe tragen?«, hat Babuschka gejammert, als Mama mit mir nach Deutschland gezogen ist. »Ojojojojoj!«

Aber Mama hat gesagt, bis dahin ist es noch eine lange Zeit, und wenn es so weit ist, wird sich schon eine Lösung finden.

»Wenn wir die Gräber zurücklassen können, die schon gegraben sind, werden wir auch die Gräber zurücklassen können, die noch gegraben werden!«, hat sie gesagt, und Babuschka hat aufgehört zu jammern und sie empört angesehen.

Dies hier war also mein allererster Friedhof, und ich kann gleich sagen, dass ich sehr begeistert war. Zuerst schon mal, weil es bei der Gluthitze unter den hohen, alten Bäumen plötzlich so schön kühl war. Durch die dichten Blätterdächer hat die Sonne nur Muster wie zarte Spitzendecken auf den Sandweg gemalt, die haben sich im Wind sanft bewegt; und in der flirrenden Luft lag eine Stille, die man fühlen konnte, nicht nur hören, ganz friedlich. Ich hab gedacht, dass es deshalb *Fried*hof heißt, es ist ein kluger Name.

Vor mir ist Dicke Frau weiter über den Weg gestolpert, aber nicht mal ihr Murmeln hat den Frieden gestört. Ich hab gedacht, vielleicht ist der Frieden auf Friedhöfen so, dass man ihn gar nicht stören kann. Auf den Grabsteinen standen Namen und Jahreszahlen, und manche waren unter Moos und Flechten schon fast nicht mehr zu lesen. Diese besondere Ruhe hatte sich schon seit vielen Jahren angesammelt, daran konnte so ein bisschen Gemurmel nichts ändern. Mir ist fast feierlich zumute geworden.

Aber dann bin ich endlich aufgestanden und hab mir die

Hose abgeklopft, weil ich mir ganz sicher war, dass die Ohnmacht jetzt nicht mehr wiederkommen würde; und auch, weil ich neugierig war. Ich hab ja schon gesagt, dass ich noch keine Friedhöfe kannte, und ich wollte diesen erkunden; immer hinter Dicke Frau her.

Die hat ihren Wagen über das Unkraut auf dem Weg nicht so gut vorwärts gekriegt und immer noch geschimpft und geschimpft, aber ich habe lieber nicht genau hingehört. Ich bin nicht zimperlich, aber es kamen doch ziemlich viele *Wörter* vor und an so einem besonderen Ort fand ich das nicht sehr passend.

Dicke Frau fand ich auch nicht sehr passend. Man weiß natürlich nicht, ob sie nicht irgendwen besuchen wollte, der hier begraben war, aber man denkt doch, dass die Leute sich anders benehmen, wenn sie auf einen Friedhof gehen. Keinen Einkaufswagen mitnehmen, zum Beispiel. Und vorher mal duschen.

Darüber konnte ich mir aber nicht den Kopf zerbrechen, ich hatte anderes zu tun. Ich wusste schon in der ersten Minute, dass ich in diesen Ferien nun bestimmt nicht mehr nur in unserer Wohnung im zwölften Stock hocken würde. Auch wenn ich da natürlich noch keine Ahnung hatte, dass ich auf dem Friedhof das größte Abenteuer meines Lebens erleben würde. An diesem Morgen hab ich mir einfach nur vorgestellt, wie ich ein furchtbar spannendes Buch (zum Beispiel das von dem Verbrecher und der Kinderbande) mit hernehmen und es irgendwo unter einem Baum auf einer Bank lesen würde, während über mir die Blätter rauschten und zwischen den Grabsteinen die Eichhörnchen flitzten; und ich hab mich ganz warm gefühlt vor lauter Zufriedenheit. Nun hatte ich gleich am ersten Tag so was Gutes entdeckt.

Über Bronislaw bin ich dann sozusagen gestolpert.

»Was machst du, Junge?«, hat er gerufen, als ich mich schon wieder aufgerappelt hatte. Ich war über den Stiel seiner Hacke gefallen, die lag mitten im Weg. »Guck doch, wo du gehst! Hast du dir wehgetan?«

Da war es mir schon wieder passiert, so ähnlich wie bei Mesut vorhin. Ich hatte nicht geguckt. Ich habe ja erzählt, dass ich manchmal in Gedanken bin.

»Nein, alles in Ordnung!«, habe ich gesagt und meine Brille wieder aufgesetzt. Sie war ein bisschen dreckig, weil sie mir in den Sand gefallen war.

»Dann ist gut!«, hat Bronislaw gesagt. Ich habe gleich gehört, dass sein Deutsch auch nicht akzentfrei war. Und außerdem habe ich mit einem Blick begriffen, dass er keiner von den normalen Friedhofsbesuchern sein konnte. Er hatte eine blaue Arbeitshose an, die war an den Knien so ausgebeult und voller Erde, dass er sie bestimmt auch schon am Tag vorher getragen hatte und an dem davor auch; und neben ihm stand eine Schubkarre, die war beladen mit lauter rausgerupftem Unkraut und verblühten Blumen.

»Sind Sie der Gärtner?«, hab ich gefragt.

Bronislaw hat gelacht. »Wer werde ich sonst sein?«, hat er gefragt. »Der liebe Gott?« Dann hat er aus seiner Tasche eine Schachtel Zigaretten geholt. »Auch eine?«, hat er gefragt.

Das sollte natürlich ein Scherz sein, aber mein Freund Kevin aus meiner alten Klasse hätte vielleicht eine genommen, Metin auch. Da hätte Bronislaw aber geguckt.

So hat er nur einen tiefen ersten Zug genommen und den Rauch durch die Nasenlöcher wieder ausgestoßen. »Das Rauchen auf dem Friedhof ist verboten«, hat er gesagt. »Es verträgt sich nicht mit der Würde des Ortes.« Es hat ihn aber nicht gestört. Vielleicht gibt es für Gärtner eine Ausnahmegenehmigung.

»Es ist gut gegen die Mücken!«, hab ich geantwortet. Das hat mein Deduschka immer gesagt, in Kasachstan, wenn Babuschka mit ihm geschimpft hat. Mein Deduschka hat viel geraucht, wir hatten viele Mücken in Kasachstan.

4.

Plötzlich hat Bronislaw seinen Kopf gehoben und einen Finger an die Lippen gelegt.

»Hörst du?«, hat er gefragt.

Übrigens wusste ich da schon, dass er ein Pole war. Die Polen sind nicht unsere Freunde, hat mein Deduschka früher immer gesagt. »Polen und Russen – nee! Scheißpolacken.« Ich weiß nicht, warum die Polen nicht unsere Freunde sind, es hat mit ganz früher zu tun, viele Dinge haben mit ganz früher zu tun. Man versteht sie darum nicht gut.

Mama hat gesagt, sie kann ja wohl noch selbst entscheiden, wer ihre Freunde sind, das lässt sie sich von niemandem vorschreiben. In dem Topp-Preis-Dromarkt, in dem sie vorher gearbeitet hat, hat auch eine Polin an der Kasse gearbeitet, mit der hat Mama manchmal abends nach der Arbeit bei uns Tee getrunken. Sie hieß Marta. Ich dachte, dass ich darum auch nicht gleich was gegen Bronislaw haben muss. Es wird sich schon herausstellen, ob er ein guter oder ein schlechter Pole ist.

»Hörst du nicht?«, hat er wieder gefragt und sich seine sandigen Hände an der Seitennaht seiner Arbeitshose abgewischt. Zuerst dachte ich, er meint das Gemurmel und Geschimpfe von Dicke Frau, aber dann habe ich die Musik auch gehört. »Das sind wieder die Schilinskys, na, da werde ich müssen einschreiten!«

Weil das interessant klang, bin ich einfach mitgegangen.

Die Schilinskys saßen auf zwei grünen Plastik-Stapelstühlen hinter einem riesenhohen Rhododendron-Busch und haben Radio gehört. Es war so ein komisches großes Radio, wie es nur noch alte Leute haben oder wie man es manchmal in Filmen sieht. Die Musik klang ein bisschen blechern.

»Herr Schilinsky!«, hat Bronislaw gesagt. Seine Zigarette hatte er unterwegs mit wenigen Zügen eilig ausgeraucht. Die Kippe hatte er auf dem Boden ausgetreten, aber dann in seine Arbeitshosentasche gesteckt, das fand ich gut. »Muss ich Ihnen schon wieder sagen, dass Sie sich müssen halten an Regeln wie alle hier? Dies hier ist Friedhof!«

Und er hat auf das Radio gezeigt und auf die Bierflasche, die Herr Schilinsky auf den Knien hielt. Frau Schilinsky hielt auch eine.

»Ach, Bronislaw, du alter Paragrafenreiter!«, hat Herr Schilinsky gerufen und ihm mit seiner Flasche zugeprostet. So hab ich erfahren, dass Bronislaw Bronislaw heißt.

Frau Schilinsky hat das Radio ein bisschen leiser gestellt. Aber nicht sehr. Eine Frau hat gerade gesungen, dass einer gestorben war, der Conny Kramer hieß. Das passte doch eigentlich gut.

»Hast du einen neuen Hilfsmann?«, hat Herr Schilinsky gefragt und einen kräftigen Schluck genommen. Dann hat er auf mich gezeigt.

Bronislaw hat sehr streng geguckt. »Leiser ist nicht genug!«, hat er gesagt. »Das wissen Sie, Herr Schilinsky!«

Mir war nicht klar, warum er nicht auch mit Frau Schilinsky gesprochen hat.

Herr Schilinsky hat genickt. »Ich weiß, ich weiß!«, hat er versöhnlich gesagt. »Hast du schon die Lilien gesehen, die Evi gepflanzt hat? Das ist ein Duft, was? Erzählst du uns jetzt gleich, dass Lilien auch verboten sind, Bronislaw?«

Jetzt hab ich erst gesehen, dass die beiden Schilinskys ihre Stapelstühle nicht auf dem Weg stehen hatten, sondern mitten auf einem Grab. Aber auf dem Grab fehlte der Grabstein. Dafür blühten da ein weißer Rosenbusch und ein roter Rosenbusch, und dazwischen blühten zwei rosa Lilien. Ob der Duft von den Rosen kam oder von den Lilien, konnte ich nicht so gut entscheiden. Auch nicht, ob die Pflanze hinter den Rosen wirklich glattblättrige Petersilie war und die daneben Zitronenmelisse. Aber das Maggikraut hab ich erkannt, davon hatten wir zu Hause immer so viel, dass mein Deduschka es an die Hühner verfüttert hat. Die wollten es nachher auch nicht mehr.

»Möchten Sie vielleicht auch einen Schluck, Herr Bronislaw?«, hat Frau Schilinsky gesagt und ihre Bierflasche angehoben. Neben ihrem Stuhl stand eine Kühltasche, da hat sie jetzt den Deckel abgenommen. »Wir haben reichlich!«

Bronislaw hat sich ein bisschen zweifelnd umgeguckt und nachdenklich am Kopf gekratzt. »Was solls, ist Pause!«, hat er gesagt. »Pause ist wichtig, bei Hitze wie heute!«

»Und trinken, Herr Bronislaw!«, hat Frau Schilinsky gesagt und eine Bierflasche aus ihrer Kühltasche genommen. Das Glas war ganz und gar mit Tropfen bedeckt, da wusste man, dass das Bier kalt genug war. »Trinken ist auch wichtig bei solcher Hitze, das haben sie gestern im Gesundheitsmagazin gesagt!« Dann hat sie mit einem Kapselheber die Flasche ge-

öffnet und Bronislaw hat auch gleich einen großen Schluck genommen.

»Ah, gut!«, hat er gesagt und sich mit dem Handrücken über den Mund gewischt. Jetzt zog sich ein breiter, sandiger Streifen über sein Gesicht.

Herr Schilinsky ist währenddessen aufgestanden und hat seinen Stapelstuhl hochgehoben. Darunter war noch ein zweiter Stuhl, den hat er jetzt Bronislaw hingehalten. »Wenn schon Pause, dann auch gleich richtig, alter Schlawiner!«, hat er gesagt. »Prost!«

Bronislaw hat seinen Stuhl auf den Weg gestellt und sich hingesetzt. Für drei Stühle wäre das Grab vielleicht doch ein bisschen eng gewesen, mit den Rosen und den Lilien und dem ganzen Kräuterkram. Dann hat er wieder die Flasche an den Mund gesetzt. Jetzt war ich der Einzige, der nicht gesessen und der kein Bier getrunken hat, da hab ich mich ein bisschen außen vor gefühlt. Frau Schilinsky hat es aber gemerkt.

»Was machen wir denn mit dir, junger Mann?«, hat sie gefragt. Sie hatte unter ihrem Stuhl auch noch einen zweiten, das mit dem Sitzen war also geklärt. »Trinkst du Bier?«

Ich hab erschrocken den Kopf geschüttelt. Mein Freund Kevin hätte das vielleicht gemacht und Artjom sowieso. »Was sind schon Verbote, du Zwerg!«, hat er immer gesagt.

»Das dachte ich mir!«, hat Frau Schilinsky gesagt. Sie hat unglücklich ausgesehen, als ob sie eine schlechte Gastgeberin wäre. »Was kann ich dir denn sonst anbieten?« Sie hat in ihrer Kühltasche gekramt, da hab ich aber gleich gesehen, dass da keine Cola drinlag oder Limo oder von mir aus auch Saft. »Magst du ein Käsebrot?«

Und sie hat ganz unten aus der Tiefe unter den Kühlaggregaten ein kleines Paket herausgeholt, das war in Alufolie eingewickelt. »Käsebrot ist natürlich auch gut bei dieser Hitze. Es ersetzt den Salzverlust durch das Schwitzen. Elektrolyte!«

»Die Evi!«, hat Herr Schilinsky gerufen und seiner Frau und Bronislaw gleichzeitig zugeprostet. »Immer bestens informiert!«

Über den Salzverlust hatte ich vorher nicht nachgedacht, aber mir ist eingefallen, dass ich an diesem Morgen noch gar nichts gegessen hatte und dass die Ohnmacht vielleicht auch daher gekommen war. Alleine frühstücken in einer fremden, neuen Wohnung macht keinen Spaß. Das Käsebrot kam also gerade richtig.

5.

Frau Schilinsky hat dann noch eine leere Bierflasche genommen und sie unter dem Wasserhahn gefüllt, der eigentlich für Gießkannen gedacht war. Er war gleich um die Ecke hinter dem Rhododendron, nur drei Gräber weiter.

»Ja, das ist ein günstiger Platz hier, was, Bronislaw!«, hat Herr Schilinsky zufrieden gesagt. »Glaub nicht, dass wir da einfach so drübergestolpert sind! Wir haben Studien getrieben, bevor wir uns entschieden haben, wochenlange Studien!«

»Glaub ich gerne!«, hat Bronislaw gesagt und noch einen Schluck genommen und Frau Schilinsky ist vom Wasserhahn zurückgekommen.

»Ich weiß ja, dass Kinder nicht so gerne Wasser trinken!«, hat sie gesagt. »Aber das hilft jetzt nichts. Du musst deinen Wasserhaushalt aufstocken, sonst helfen die ganzen Elektrolyte im Käse dir auch nichts!«

Zum Glück hat man die Elektrolyte im Käse nicht geschmeckt. Aber einen kleinen Bierrest hat man noch geschmeckt im Wasser aus dem Gießkannenhahn, das war ein bisschen eklig. Ich hab es aber nicht gesagt, um Frau Schilinsky nicht zu kränken. Sie hat schließlich versucht, nett zu sein. Ich hab meine Flasche gehoben und den anderen zugeprostet.

»Ja, so lass ich mir den Sommer gefallen!«, hat Herr Schilinsky zufrieden gestöhnt und seine Beine von sich weggestreckt wie vorhin Mesut. Er hatte Badelatschen an und eine kurze Hose. »Wer braucht da Mallorca?«

Bronislaw hat genickt.

»Aber ist gefährlicher Platz, Herr Schilinsky!«, hat er verschwörerisch gesagt und seinen komischen Gärtnerhut abgenommen. Da konnte man am Hinterkopf eine grünblaue Beule sehen, Bronislaw hat seine Haare ja ganz kurz rasiert. »Gibt hier Verbrecher, sehen Sie das!«

Er hat zuerst Herrn Schilinsky und dann Frau Schilinsky seinen Hinterkopf zugedreht und Herr Schilinsky hat mit der Zunge geschnalzt.

»Sag mir nicht, du bist überfallen worden, alter Schwede!«, hat er gesagt. »Etwa hier auf dem Friedhof?«

»Pole, Herr Schilinsky, bin ich Pole«, hat Bronislaw gesagt. Es hat wie »Polle« geklungen. Und Frau Schilinsky hat sich vorgebeugt und ist mit dem Finger fachmännisch über seine Beule gefahren.

»Da haben Sie aber noch mal Glück gehabt, Herr Bronislaw!«, hat sie gesagt. »Kein Schädelbruch, soweit ich das beurteilen kann.«

»Vor der Kapelle, direkt!«, hat Bronislaw gesagt und sich seinen Hut wieder aufgesetzt. Ich konnte sehen, dass es ihm peinlich war, wenn Frau Schilinsky an ihm rumgefummelt hat. »Hab ich nur gewollt schnell ein Bedürfnis befriedigen …«

»Was für ein Bedürfnis?«, hat Frau Schilinsky interessiert gefragt und Herr Schilinsky hat »Evi!« gesagt und Frau Schilinsky hat sich mit der Hand gegen die Stirn geschlagen.

»Entschuldigung, Herr Bronislaw!«, hat sie gesagt. »Erzählen Sie weiter.«

»Ja, weiter bin ich aber nicht gekommen, gar nix!«, hat Bronislaw gesagt. »Hat plötzlich ordentlichen Schlag gegeben von hinten auf Kopf, *krawumm!*, und alles schwarz!«

»Natürlich, da kann man schon mal das Bewusstsein verlieren!«, hat Frau Schilinsky gesagt. »Aber das könnte nun doch bedenklich sein, Herr Bronislaw! Innere Verletzungen! Blutgerinnsel im Gehirn! Wie lange hat denn die Ohnmacht wohl gedauert?«

Bronislaw hat die Schultern gezuckt. »Weiß nicht«, hat er gesagt. »Aber hab ich sofort geguckt, wo ist Verbrecher geblieben, der Idiot. War aber weg.«

Ich hab dagesessen und ihn angestarrt. Das war nun ja fast so gut wie bei der Kinderbande in meinem Buch. Nur dass Bronislaw nichts gestohlen worden war, hat er erzählt. Er hat sein Geld immer in seinem Spind im Friedhofsbüro eingeschlossen und den Schlüssel dazu hat der Verbrecher ihm nicht abgenommen. Dabei war der an seinem Schlüsselbund.

»Und Uhr ist nur von Aldi«, hat er gesagt. »Hat Verbrecher nicht gewollt, gar nix.«

»Mann, Mann, Mann, Bronislaw!«, hat Herr Schilinsky gesagt und eine neue Flasche geöffnet. Im Radio hat jetzt eine Frau gesungen, dass sie mit einem Theo nach Lodz fahren will. »Das klingt aber gar nicht gut!«

Bronislaw ist zusammengezuckt. »Lodz, haben Sie gehört?«, hat er gesagt. »Ist sich nicht so weit von Budy Wolskie, gar nix! Meine Heimat! Kennen Sie Lodz, Herr Schilinsky?«

Herr Schilinsky hat bedauernd den Kopf geschüttelt, aber Frau Schilinsky war noch nicht fertig mit dem Überfall. »Haben Sie die Polizei informiert, Herr Bronislaw?«, hat sie gefragt. »In so einem Fall würde ich das empfehlen! Da muss doch eine Gefährdung für alle Friedhofsbesucher ausgeschlossen werden!«

Bronislaw hat abgewinkt.

»War ja nichts geklaut, gar nix«, hat er gesagt. Vielleicht hat er schon bereut, dass er überhaupt von dem Überfall erzählt hatte. Und ich hätte ihm außerdem erklären können, dass die Polizei sowieso nicht viel genützt hätte. Nicht so, wie ich sie in dem Buch mit der Kinderbande kennengelernt habe.

»Jedenfalls gut, dass wir jetzt gewarnt sind, Bronislaw, alter Schwede!«, hat Herr Schilinsky grimmig gesagt. »Man wird sich im Notfall zu wehren wissen!« Und er hat seine halb leere Bierflasche durch die Luft geschwenkt wie eine Keule. Wenn er die abgekriegt hätte, wäre der Verbrecher bestimmt zu Boden gegangen.

Und ich hab überlegt, ob ich es gut finden sollte, dass der Friedhof jetzt nicht mehr nur ein schöner Ort des Friedens war und schattig und genau richtig zum Lesen; oder ob ich vielleicht lieber Angst kriegen und ihn gefährlich finden sollte.

Dann hab ich aber gedacht, dass Verbrecher, die Menschen ausrauben wollen, sich eigentlich keine Kinder aussuchen. Selbst wenn die Kinder ihr Taschengeld dabeihaben, ist das ja meistens so wenig, dass es sich nicht lohnt, dafür ins Gefängnis zu gehen.

Ich konnte also beruhigt sein.

6.

Das mit dem Gedankenlesen war mir da noch nicht wieder passiert. Jetzt weiß ich natürlich, dass es immer nur dann kommt, wenn ich jemanden allzu genau anstarre. Unhöflich genau, sozusagen. Manchmal muss man das ja.

Einen Augenblick lang haben Bronislaw und die Schilinskys sich nur stumm zugeprostet und nachdenklich geguckt. Vielleicht haben sie über den Verbrecher nachgedacht und wo man sich überhaupt noch seines Lebens sicher fühlen kann, wenn man jetzt sogar schon auf einem Friedhof mit Überfällen rechnen muss.

Dann hat Herr Schilinsky plötzlich nach dem Radio geangelt, es stand aber für ihn zu weit weg. »Mach lauter, Evi!«, hat er gesagt. »Hör mal!«

Eine Frau und ein Mann haben mit ganz viel Schmelz in der Stimme von einem Zigeuner gesungen, der am Abend spielt, *Hasta la vista!*, und dass die Liebe da ist, *La cuenta, la cuenta!*

Man konnte es gleich mitsingen, obwohl ich den Text ein kleines bisschen verwirrend fand. Aber vielleicht war es ja das Lieblingslied von Herrn Schilinsky, weil er es gerne lauter hören wollte.

Das war es aber nicht.

»Hörst du?«, hat er zu Bronislaw gesagt. »Wie wäre denn das, he? Zigeuner?«

Bronislaw hat ein bisschen skeptisch ausgesehen und die Lippen zusammengekniffen und den Kopf geschüttelt, und Frau Schilinsky hat »Es heißt Sinti und Roma, Klaus-Peter!« gesagt.

Wie das Gespräch weitergegangen wäre, kann ich nicht sagen, weil ich plötzlich in meinem Rücken so ein Geschnaufe gehört habe, da brauchte ich mich nicht mal umzudrehen, ich wusste gleich, dass es bestimmt Dicke Frau war. Man konnte sie am Scharren der Räder von ihrem Einkaufswagen erkennen.

»Alter Schwede, da kommt Dicke!«, hat Herr Schilinsky gerufen. »Na, nun ist die Runde bald vollzählig!«

Ich bin sofort aufgestanden, um Dicke Frau meinen Stuhl anzubieten. Es ist eine Selbstverständlichkeit, hat Babuschka immer gesagt, dass Kinder aufstehen und Erwachsenen ihren Platz anbieten, wenn es nicht genug Sitzmöglichkeiten für alle gibt, vor allem, wenn die Erwachsenen alt sind. Das war zu Hause, wenn wir mit dem Bus gefahren sind. Hier hab ich eigentlich noch nicht gesehen, dass Kinder für alte Leute aufstehen, darum weiß ich nicht, ob es hier auch eine Selbstverständlichkeit ist; aber Dicke Frau hat so geschnauft in der Hitze, dass ich dachte, wenn sie sich jetzt nicht sofort hinsetzen kann, wird *sie* ohnmächtig.

Als ich auf meinen Stapelstuhl gedeutet habe, hat sie aber nur den Kopf geschüttelt und sich gegen ihren Einkaufswagen gelehnt. Meine Güte! Da sind von ihrem Gewicht die Räder mit einem lauten Knirschen gleich in den Weg eingesunken, und so stand der Wagen fest wie eingemauert. »Ich weiß gar nicht, was ich machen soll, Heilige Jungfrau!«, hat Dicke Frau gejammert. »Verdammter Kack!«

Ich hab mit einem Blick abgeschätzt, dass sie sowieso nicht in meinen Stapelstuhl gepasst hätte. Der hatte ja Lehnen an beiden Seiten, die hätte sie glatt gesprengt mit ihren Pobacken und den Stuhl zu Schrott gemacht, das wäre doch schade gewesen. Also hab ich mich beruhigt wieder hingesetzt.

»Wobei weißt du nicht, was du machen sollst, Dicke?«, hat Herr Schilinsky gefragt. »Willst du auch einen Schluck? Evi, gib Dicke mal ein Bierchen!«

Frau Schilinsky hat also wieder ihre Kühltasche aufgemacht und in den Tiefen gewühlt, aber Dicke Frau hat nur geschnauft und abgewinkt.

»Ich nehm lieber ein Seelentrösterchen!«, hat sie gestöhnt und zwischen den Plastiktüten nach der Flasche gekramt. »Auf dich, Heilige Jungfrau Maria, auch wenn du Mist gebaut hast!«

»Das ist meiner Meinung nach aber nicht gut für Ihren Flüssigkeitshaushalt, Frau Dicke Frau«, hat Frau Schilinsky höflich gesagt. »Wenn da in der Flasche das ist, was ich vermute! Hochprozentiger Alkohol ist nicht gut bei dieser Hitze, nehmen Sie doch lieber was von uns!«

Da hatte ich wieder was gelernt. Ich bin mir ziemlich sicher, dass mein Deduschka zu Hause das auch nicht wusste. Wenn er abends die Mücken mit seinen Zigaretten bekämpft hat, hat er manchmal auch ganz gerne einen Schluck Kräftiges dazugenommen.

Aber Dicke Frau hat Frau Schilinsky gar nicht zugehört. »Er ist weg!«, hat sie gesagt und ihren Oberkörper vor Kummer hin- und hergewiegt, dass der Einkaufswagen ins Schwanken gekommen ist. »Sie haben mir meinen Dollar gestohlen! Heilige Mutter, da hast du nicht aufgepasst, du Idiot!«

Bronislaw hat schon den Mund aufgemacht, um etwas zu sagen, aber Herr Schilinsky war schneller.

»Ja, was denn nun, Dicke?«, hat er gerufen. »Mutter oder Jungfrau, beides geht doch wohl nicht, was?« Dann hat er gelacht und noch einen kräftigen Schluck genommen und ich von meinem Gießkannenwasserhahn-Wasser übrigens auch.

Kann ja sein, dass Dicke Frau mit ihrem muddeligen Kopf gar nicht richtig zuhören konnte, wenn einer mit ihr geredet hat, geantwortet hat sie jedenfalls nicht.

»Wenn das der Dokter wüsste!«, hat sie gerufen, und jetzt sind ihr plötzlich die Tränen über das Gesicht geströmt, dass es mir ganz peinlich war. Aber leidgetan hat sie mir auch. »Na warte, Jungfrau, na warte!«

»Jungfrau Maria ist Mutter von Jesus!«, hat Bronislaw zu Herrn Schilinsky gesagt. »Ist sich doch ein und dieselbe Person, Herr Schilinsky. Ist klar?«

Was Herr Schilinsky geantwortet hat, hab ich aber gar nicht mehr mitgekriegt. Weil es genau da nämlich wieder passiert ist.

7.

Ich hab Dicke Frau angeguckt, weil sie so geweint hat, das war schließlich ungewöhnlich für eine erwachsene Frau. Darum konnte ich auch die Augen gar nicht von ihr lassen, sozusagen: Und da war plötzlich wieder dieses Eintauchen und der wüste Wirrwarr. Ich sah den Einkaufswagen und die Grabsteine und die goldene Münze, und dabei hab ich immer wieder die Stimme von Dicke Frau gehört, aber innen drin in meinem Kopf, das kann ich beschwören: »Der Dollar! Der Dollar!«

Mein Schreck war so riesengroß, dass ich überhaupt nicht mehr aufpassen konnte, was die anderen geredet haben. Schon zum zweiten Mal an einem Vormittag beinahe ohnmächtig, das war doch gruselig! Vielleicht hatte die Frau Schilinsky ja recht mit den Elektrolyten und ich hatte doch noch zu wenig davon gehabt.

Ich habe also überlegt, ob ich den Kopf wieder zwischen meine Knie hängen soll oder ob ich das eher peinlich finde, weil mich dann vielleicht alle fragen, was denn mit mir los ist. Erst da habe ich gemerkt, dass mir bei dem ganzen Gewusel in meinem Kopf gar nicht übel war. Überhaupt nicht wie damals bei der Ohnmacht im Bus. Da hatte ich nämlich gleichzeitig auch so ein Gefühl, als ob ich spucken muss, und es war mir ganz merkwürdig im Bauch, und vor meinen Augen hat es geflimmert. Aber jetzt hat da nichts geflimmert, und das Gewusel war alles nur in meinem Gehirn, das hab ich ganz deutlich gespürt. Also, mein Magen war okay, und schwindelig war mir auch nicht. Nur all diese Bilder sind da in meinem Kopf durcheinandergepurzelt, und die Stimme von Dicke Frau hat immer »Der Dollar! Der Dollar!« gerufen und »Heilige Jungfrau!«, während sie sich doch eigentlich gerade mit den Schilinskys und Bronislaw unterhalten hat, und beides gleichzeitig kann ja eigentlich nicht sein.

Da war ich fast noch mehr erschrocken als vorhin, als ich gedacht hatte, es ist eine Ohnmacht. Ich hab beschlossen, den Kopf nun doch nicht zwischen die Knie zu hängen, sondern einfach ganz tief zu atmen und zu warten, ob es vielleicht auch so weggeht. Dabei hab ich auf die Petersilie auf dem Grab gestarrt (Petersilie fand ich beruhigend) und auf das Maggikraut, und sofort war der wüste Wirrwarr genauso wieder verschwunden, wie er gekommen war. Das war natürlich eine große Erleichterung (einerseits), aber doch auch wieder gruselig (andererseits). Also, ich wünsche wirklich keinem, dass er so ein Durcheinander im Kopf mal erlebt, wenn er nicht weiß, was es ist; auch wenn Herr Schmidt sagt, es ist eine wunderbare Gabe. Der hat leicht reden.

Ich habe also geatmet und geatmet, und die Luft hat nach Lilien geduftet und vielleicht auch nach Rosen und ganz bestimmt nach Dicke Frau. Das ist ja klar, wenn eine an so einem heißen Tag so viele Klamotten übereinander anhat, dass die Rosen und die Lilien dann nicht gegen sie ankommen. Und ich hab also Hoffnung geschöpft und gedacht, vielleicht lag es auch einfach an dem Geruch, dass mein Kopf so verwirrt war. Das hat mich erst mal beruhigt und ich konnte auch wieder zuhören.

»Wenn ich es dir aber doch sage, Dicke!«, hat Herr Schilinsky gesagt. »Das ist nicht gültig! Da kann der Dokter viel reden, solange er lebt, das bedeutet gar nichts!«

»Aber er wollte es doch!«, hat Dicke Frau gejammert und die Tränen sind immer noch geströmt. Vielleicht hatte sie trotz der Hitze doch noch genug Flüssigkeit und Elektrolyte. »Den Dollar sollte *ich* kriegen, hat er gesagt! *Den kriegst du, Dicke, wenn ich in die Ewigkeit eingegangen bin, das ist mir ein Trost,* so hat er gesprochen!« Dann hat sie wieder zwischen ihren Tüten gekramt, bis sie einen Zettel gefunden hat. »Er hat es ja sogar aufgeschrieben!« Der Zettel war ein Kassenbon vom Topp-Preis-Dromarkt, das hab ich sofort gesehen. Mit dem Topp-Preis-Dromarkt kenne ich mich schließlich aus.

Der Bon war ziemlich zerknüllt und schmuddelig, aber als sie ihn Herrn Schilinsky hingehalten hat, konnte ich sehen, dass jemand mit rotem Kugelschreiber was auf die Rückseite geschrieben hatte. Die Schrift war sehr krakelig.

Herr Schilinsky hat in den Taschen seiner Shorts gekramt. Dazu musste er kurz aufstehen. Zuerst ist dabei der Stapelstuhl an seinen schwitzigen Oberschenkeln kleben geblieben, aber dann ist er aufs Grab zurückgeplumpst.

»Na, das kann ja wohl nicht sein!«, hat Herr Schilinsky gesagt. »Hast du meine Brille, Evi?«

Frau Schilinsky hat die Stirn in Falten gelegt und in der Kühltasche gewühlt. »Meine Güte, Klaus-Peter, entschuldige!«, hat sie gesagt und eine Brille hochgehalten. »Die Hitze hat mich auch schon ganz wirr gemacht!«

Herr Schilinsky hat sich seine eiskalte Brille auf die Nase gesetzt und den Kassenbon ganz dicht an die Augen gehalten. »*Mein letzter Wille!*«, hat er gelesen. »Na, das überrascht mich jetzt aber wirklich, Dicke.«

Wir haben alle den Atem angehalten.

»*Hiermit verfüge ich, Michael Wassermann ...*«

»Das ist der Dokter!«, hat Dicke Frau geschnauft und Bronislaw hat genickt. Als wir später zurückgegangen sind, hat er mir erzählt, dass er sich ja in der Woche davor nach der Beerdigung um das Grab von Herrn Wassermann gekümmert hatte. Und dass niemand genau wusste, ob Herr Wassermann, früher in einem besseren Leben und bevor er auf der Straße gelebt hat, wirklich mal ein Arzt gewesen war; oder ob ihn alle bloß den Dokter genannt haben, weil er immer so kluge Sachen erzählt hat. Jedenfalls hatte Dicke Frau die Wahrheit gesagt. Er hatte auf einem Kassenbon ein Testament geschrieben.

»*... dass nach meinem Tode aus meinem Besitz der Golddollar aus dem Jahre 1861 an meine langjährige Freundin und Seelengenossin ...*«

Herr Schilinsky hat hochgeguckt. »Da ist es zu Ende!«, hat er gesagt.

Dicke Frau hat wieder in ihrem Wagen gekramt. »Wo hast du den denn hingetan, Heilige Mutter!«, hat sie gemurmelt. »Ja, Scheiße, mit der Ordnung hast du es wohl nicht so, Idiot! Ich hab doch noch einen Zettel ...« Aber den hat sie nicht mehr gefunden. Vielleicht lag er auch nur ganz unten unter der untersten Tüte.

»Also sagen wir mal so«, hat Herr Schilinsky gesagt.

»Ein Name steht da ja nicht, aber trotzdem glaub ich dir schon, dass er damit gemeint hat, du sollst den Dollar kriegen, Dicke. Oder was meinst du, Evi? Bronislaw, alter Schwede?«

»Pole«, hat Bronislaw gesagt. »Bin ich Pole, Herr Schilinsky.« Es hat wieder wie »Polle« geklungen, ich hab ja schon gesagt, sein Akzent war noch nicht so ganz gut.

»Aber auch, wenn Sie den zweiten Zettel noch finden sollten, Frau Dicke Frau«, hat Frau Schilinsky gesagt. Ich glaube nicht, dass Dicke Frau ihr zugehört hat. Sie hat immer nur gekramt und gemurmelt. »Dann glaube ich trotzdem nicht, dass ein Kassenbon als Testament gültig ist! Sie haben keinen Rechtsanspruch darauf, verstehen Sie?«

Aber Dicke Frau hat nicht verstanden. »Sie haben ihn mir geklaut!«, hat sie gejammert. »Sie haben mir meinen Golddollar geklaut! Er hat ihn noch gehabt, als er umgefallen ist! Der Dokter hat ihn im Buswartehäuschen doch noch gehabt, verdammte Scheiße!«

»Vielleicht hat man sein Begräbnis davon bezahlt?«, hat Herr Schilinsky gefragt. »Verstehst du, Dicke, das geht vor!«

»Nein, war Armenbegräbnis«, hat Bronislaw entschieden gesagt. »Weiß ich genau! Gab keinen Besitz von totem Herrn Michael Wassermann, gar nix.«

Ich fand das spannend. Ob der Kassenbon ein echtes gültiges Testament war und der Dollar darum wirklich Dicke Frau gehört hätte, wusste ich natürlich nicht, aber egal, wem er gehörte, verschwunden war er auf jeden Fall. Irgendwer hatte dem Dokter nach dem Tod seinen Golddollar geklaut, da hatte Dicke Frau recht, auch wenn ihr Kopf muddelig war.

Und Münzen von einem Toten zu klauen, ist besonders gemein. Der kann sich ja nicht mehr wehren.

»Ich muss wieder an die Arbeit!«, hat Bronislaw gesagt und ist aufgestanden. Seine Flasche war auch leer. »Wünsch ich allerseits noch einen schönen Tag!«

Da bin ich mitgegangen, ich kannte die Schilinskys ja eigentlich nicht und ich wollte ihnen auch nicht zur Last fallen.

Im Radio hat ein Mann von griechischem Wein gesungen und die Schilinskys haben uns zum Abschied mit ihrem Bier zugeprostet. Dicke Frau hat noch einen Schluck Seelentröstерchen genommen, aber zugeprostet hat sie uns nicht, sie hat uns nicht mal nachgeguckt.

»Begonien warten!«, hat Bronislaw gesagt.

An diesem Tag hat mein größtes Abenteuer angefangen.

8.

Als ich nach Hause gekommen bin, stand immer noch Mesut vor dem Eingang, aber diesmal hat er mir kein Bein gestellt. Ich wusste darum nicht, ob ich jetzt »Hallo!« sagen oder ihn wenigstens angrinsen sollte. Ich hab zur Sicherheit nach meiner Kappe gegriffen und mich entschlossen, so zu tun, als ob ich ihn nicht sehe, das fand ich am ungefährlichsten.

Das war wahrscheinlich richtig, weil Mesut nämlich auch so getan hat, als ob er mich nicht sieht, und weiter mit seinem Handy gespielt hat. Darum bin ich schnell im Haus verschwunden. Ich hab gedacht, dass sich einer schon ganz schön langweilen muss, wenn er den ganzen Tag allein vor der Haustür lehnt und mit dem Handy spielt, und dass es vielleicht keine anderen Kinder in unserem Haus gibt, sonst hätte er doch mit denen gespielt. Oder die waren alle verreist oder bei der Oma. Schließlich waren Ferien. Aber trotzdem war ich froh, dass er mich diesmal in Ruhe gelassen hat.

In unserer Wohnung hab ich mich dann mit einem Küchenstuhl auf den Balkon gesetzt und über die Stadt geguckt. Bis zum entgegengesetzten Stadtrand sehen konnte ich nicht, die Stadt ist zu groß. Aber wenn ich in die andere Richtung geguckt habe, lag da der Friedhof, und in mir drin ist eine Zufriedenheit gewesen, weil ich gewusst habe, morgen geh ich da wieder hin, und bestimmt treffe ich dann wieder Bronislaw (ein Gärtner muss ja jeden Tag auf dem Friedhof sein) und vielleicht auch die Schilinskys. Dicke Frau war mir nicht so wichtig.

Dann bin ich aufgestanden, um mir das Abschiedsbuch von meiner alten Klasse zu holen. Eigentlich hatte ich es mir ja für einen Regentag aufbewahren wollen, aber plötzlich habe ich gedacht, dass ich darin vielleicht Tipps finde, wie man Dicke Frau mit ihrem verschwundenen Dollar helfen konnte. (Da fand ich sie doch wieder wichtig.) Die Kinderbande hätte damit bestimmt überhaupt kein Problem gehabt, sie hatten ein Superhirn dabei und einen Dicken, der immerzu Ökoriegel aß und sich mit Computern auskannte, und ein Mädchen, das sie für geheime Zwecke einsetzen konnten.

Das hatte ich natürlich alles nicht, ich hätte höchstens vielleicht Mesut gehabt, aber der hätte mir wahrscheinlich was gehustet. Ich hab gedacht, vielleicht bringt das Buch mich trotzdem auf eine Idee, wie man auch als Ein-Mann-Detektivbüro den Täter schnappen kann, und darum hab ich mir eine Scheibe Brot genommen und drei saure Gurken dazu und hab mich auf den Balkon gesetzt und gelesen.

Natürlich hat das Buch mich nicht auf eine Idee gebracht. Vielleicht hab ich auch nur einen Vorwand gebraucht, damit ich es jetzt schon ohne Regen lesen konnte, und übrigens war es noch haargenau so spannend wie beim ersten Mal. Sie haben den Täter beschattet, was sehr gefährlich war, weil er eine Waffe hatte. Und mit der Hilfe eines Privatdetektivs, der mit der alleinerziehenden Mutter des Superhirns befreundet war (aber nicht wissen durfte, dass das Superhirn ein Superhirn war und bei einer Bande mitmachte), haben sie den Täter dann geschnappt. Gerade noch rechtzeitig, bevor er einen Schweinetransport in einem Lastwagen ohne Kühlung und Wasser vollkommen tierfeindlich in ein wahrscheinlich östliches Land schmuggeln konnte.

Ich habe beschlossen, dass ich am nächsten Tag vielleicht doch als Erstes die Bücherei suchen musste, bevor ich zum Friedhof ging. Hinten im Buch stand, dass es noch dreizehn Fortsetzungen gab, und ich habe gedacht, wenn mir die mit dem Schweinetransport nichts nützt, dann gibt es aber doch vielleicht auch eine Folge über Grabräuber, von der ich dann für den Fall Dicke Frau etwas lernen kann. Obwohl ja schon zu erwarten war, dass die Kinder auch in den anderen dreizehn Bänden immer dann, wenn es richtig schwierig wurde und man einen Erwachsenen brauchte, auf die Hilfe des Privatdetektivs zählen konnten. Und das konnte ich eben leider nicht. Da half es mir gar nichts, dass ich genau wie das Superhirn eine alleinerziehende Mutter hatte. Mama hatte ja keinen Freund. Schließlich gab es in Kasachstan immer noch Papa, auch wenn der nichts von uns wissen wollte.

Und gerade, als ich fast angefangen hätte, an Papa zu denken und warum er bei Artjom geblieben war, hat sich zum Glück der Schlüssel im Türschloss gedreht. Da war es 20.30.

»Valentin?«, hat Mama gerufen. Ich hab gehört, dass sie ihre Tasche im Flur abgestellt hat. »Entschuldige, dass ich so spät bin! Aber es gab so viel zu regeln, und am ersten Tag …«

Dann hat sie mich mit meinem Küchenstuhl auf dem Balkon gesehen. »Du sollst da nicht alleine rausgehen!«, hat sie gerufen. »Das ist viel zu hoch, Valentin! Das ist gefährlich!«

In ihrer Stimme war etwas, das ich nicht hören wollte.

»Ich lese doch nur, Mama!«, hab ich gesagt. »Ich mach nichts Schlimmes!«

Aber Mama hat mich schon an meinem T-Shirt reingezerrt. »Die Tür wird abgeschlossen!«, hat sie gesagt. »Da lass ich jemanden kommen, der einen abschließbaren Griff montiert! Ich hab ja sonst keine ruhige Minute!«

Das war es dann also gewesen mit meiner Idee, Geld für die gute Aussicht zu kassieren, sobald unsere Wohnung erst mal aufgeräumt war. Immer, wenn ich eine gute Idee habe, wie ich reich werden kann, kommt mir etwas dazwischen.

Mama hat sich ihre Jacke ausgezogen. »Hast du eingekauft?«, hat sie gefragt.

Ich hab einen Schrecken gekriegt.

»Natürlich nicht!«, hat Mama gerufen. »Wozu hab ich dir denn den Zettel geschrieben!«

Da hab ich ihn gesehen, er lag auf der Umzugskiste gleich neben der Wohnzimmertür. Und übrigens ist mir auch wieder eingefallen, dass Mama ihn mir gezeigt hatte, bevor sie am Morgen gegangen war.

»Ich hab es vergessen«, hab ich gesagt. Das war natürlich keine Entschuldigung.

»Und was sollen wir jetzt essen?«, hat Mama gefragt. »Zum Abendbrot?«

Ich hab nicht gesagt, dass ich das nicht so wichtig finde, es war ja noch Brot da und saure Gurken. Aber ich weiß, dass Mama das Essen wichtiger ist als mir, vor allem, wenn sie abends von der Arbeit kommt.

»Dann geht es heute eben hungrig ins Bett!«, hat sie gesagt. »Ich würde mir wirklich wünschen, Valentin, dass auf dich

NEUES
ESLEBEN.DE
UNTEN
LEBEN.DE
NTEN
S LEBEN.DE

ein bisschen mehr Verlass wäre, vor allem in so einer schwierigen Situation!«

Ich weiß nicht, warum ich mich nicht entschuldigt habe. Es hat irgendwie nicht gepasst. Und außerdem glaube ich auch nicht, dass es Mama beruhigt hätte. Natürlich hat sie jetzt an Artjom gedacht, der hätte das Einkaufen nicht vergessen. Sowieso wäre sie bestimmt lieber mit ihm hier als mit mir, das kann man ja auch verstehen, aber zu ändern ist es nicht.

Hungrig ist sie übrigens nicht ins Bett gegangen, es waren auch noch zwei Eier da, nicht nur das Brot und die Gurken. Sogar noch ein Rest Käse, den hatte ich vorher übersehen. Und Milch und Tee. Es gibt viele Länder auf der Welt, da würden die Menschen sich über so ein Abendbrot enorm freuen, aber das hab ich Mama vorsichtshalber nicht gesagt.

Nach dem Essen hat sie sich an die Arbeitsplatte in der Küche gesetzt und ihre Tasche aus dem Flur geholt. »Ich muss noch was tun für die Arbeit!«, hat sie gesagt und mehrere Blätter mit grünem Raster und dem Topp-Preis-Dromarkt-Logo aus einer Plastikfolie rausgeholt. Weiter ausgepackt hat sie nicht. In diesem Tempo würden wir noch am Heiligabend zwischen unseren Umzugskisten sitzen. »Und du gehst jetzt ins Bett!«

»Es sind Ferien!«, hab ich gesagt.

Mama hat von ihren Blättern aufgesehen. Vielleicht waren es Bestelllisten oder irgend so was. Bestimmt musste man sich auch erst mal einarbeiten, wenn man plötzlich Marktleiterin im Topp-Preis-Dromarkt war. Sie hatte mir ihren neuen Markt noch nicht gezeigt, aber sicher ist es eine schwierige Arbeit mit viel Stress. Darum habe ich ihr auch verziehen, als sie jetzt gesagt hat: »Ferien oder keine Ferien! Zehn Uhr ist spät genug!«

»Mama, ich bin zehn!«, hab ich gerufen. Man muss es immer noch mal versuchen.

»Davon habe ich nichts gemerkt, als es ums Einkaufen ging!«, hat Mama streng gesagt. Womit sie natürlich recht hatte. Aber gemein hab ich es trotzdem gefunden.

Ich habe aber nicht protestiert. Weil es mir nämlich plötzlich wieder passiert ist, ausgerechnet bei Mama und mitten in unserer Wohnung; und ganz ohne Hitze und ohne Gerüche.

Als ich »Mama, ich bin zehn!« gesagt hatte, hatte ich Mama logischerweise angeguckt dabei. Nicht nur so normal angeguckt, natürlich. Wenn man etwas von einer Mutter will, gibt es ja so einen bestimmten Blick. Ich habe sie also sozusagen sehr fest angesehen. Enorm fest.

Und da war es dann wieder. Ich hab mich am Türrahmen festgekrallt und überlegt, ob ich schnell ein Stoßgebet zum Himmel schicken soll. Nicht eine Sekunde lang habe ich diesmal geglaubt, dass ich in Ohnmacht falle, vielleicht auch, weil es in Mamas Kopf kein wüster Wirrwarr war, sondern eher wie ein ruhiger Film und ganz ohne Ton. Oder wie ein Foto. Und darauf war die Brücke über den Fluss, immer nur die Brücke über den Fluss, und ich habe mich weggedreht, weil ich nichts mehr sehen wollte.

Danach bin ich ins Bett gegangen, zitternd. Und ich habe angefangen zu begreifen, was mir heute dreimal passiert war, auch wenn es das nicht gibt.

Ich konnte Gedanken lesen.

Aber noch mal in Mamas Kopf gucken wollte ich nicht.

Ich wollte ihre Gedanken gar nicht lesen. Weil ich sowieso wusste, dass ich darin wieder nur ihren größten Wunsch sehen würde: dass Artjom bei uns wäre. Das wünschte ich mir auch.

»Gute Nacht!«, habe ich gesagt, bevor ich mich in mein Bett gelegt habe.

Mama hat nicht von ihren Papieren aufgesehen.

Ich würde darüber nachdenken müssen. Ich konnte Gedanken lesen.

9.

Man könnte jetzt denken, dass ich wegen meiner Entdeckung vielleicht nicht einschlafen konnte. Man stellt ja nicht jeden Tag fest, dass man plötzlich Gedanken lesen kann. Aber andererseits hab ich mir im Bett überlegt, dass es eigentlich nichts Schlimmes ist. Jedenfalls nicht, wenn man erst mal weiß, was das Eintauchen und der Wirrwarr danach bedeuten. Wenn man erst mal begriffen hat, dass man in die Köpfe anderer Leute gucken kann, kann es ja vielleicht sogar noch nützlich sein.

Ich habe also geschlafen wie ein Stein. Und geträumt habe ich komischerweise nicht von Bronislaw oder Dicke Frau oder meinetwegen von Mesut, sondern von der Kinderbande. Leider konnte ich im Traum nicht sehen, mit welchen Tricks sie den Verbrecher überführt haben, er war schon gefesselt. Da konnte ich also nichts daraus lernen. Aber es hat mich daran erinnert, dass ich am nächsten Morgen die Bücherei suchen wollte.

Natürlich musste ich zuerst an Mesut vorbei. Im Fahrstuhl habe ich schon überlegt, ob er wohl wieder da steht oder nicht, und tatsächlich, er hat neben der Haustür an der Wand gelehnt und mit dem Handy gespielt. Das war doch trostlos. Warum macht einer das jeden Tag von morgens bis abends?

Mir ist eingefallen, dass ich das ja problemlos rauskriegen konnte, ich musste nur seine Gedanken lesen. Und dazu musste ich ihn nur ganz fest ansehen.

Meine Güte! Erst jetzt habe ich begriffen, was das bedeutete. Wenn man Gedanken lesen kann, dann hat man ja plötzlich eine Macht über andere Menschen, von der sie keine Ahnung haben! Wenn man in den Kopf von jemandem gucken kann, dann weiß man schließlich, was der vorhat, und man kann es verhindern oder ihm helfen, ganz wie man will. Und niemand auf der Welt kann mehr Geheimnisse vor einem haben. Das war nun wirklich das Größte.

Einen Augenblick lang habe ich sogar überlegt, ob ich vielleicht an den fremden Gedanken rumdenken kann, solange sie in meinem Kopf sind. Also die Gedanken von anderen verändern. Wenn ich zum Beispiel jemanden treffe, den ich toll finde, und der guckt mich an, und ich sehe in seinem Kopf, dass er denkt: »Igitt, was ist denn das für ein hässlicher, kleiner Russe? Der soll mal lieber ganz schnell verschwinden, bevor ich ihm eins über die Birne gebe!« Dann friemle ich an seinen Gedanken rum, solange sie in meinem Kopf sind, und stattdessen denkt er jetzt: »Oh, was für ein klasse Typ! Mit dem möchte ich aber unbedingt befreundet sein!«

Aber natürlich wusste ich, dass solche Dinge nur in Filmen funktionieren. In der Wirklichkeit gibt es so was nicht, daran glauben nur Kindergartenzwerge. Sonst könnte ich ja von jetzt an die Geschicke der ganzen Welt bestimmen, wenn ich den Politikern in die Köpfe gucken würde, und dazu bin ich schon mal überhaupt nicht schlau genug.

Ich war also ganz in Gedanken, und darum ist es mir leider zum zweiten Mal passiert. Ich war schon wieder in Mesut reingelaufen. Irgendwann muss ich mir wirklich angewöhnen, besser aufzupassen, wenn ich unterwegs bin.

»Ey, ist was?«, hat Mesut gerufen. Diesmal hatte ich ihn wirklich angerempelt. Komischerweise hat er nicht gleich zugeschlagen.

»Nee, alles gut, entschuldige bitte!«, hab ich gesagt. Und ich hab begriffen, dass meine Macht doch nicht so groß war, wie ich eben geglaubt hatte. Um Mesuts Gedanken zu lesen, zum Beispiel, musste ich ihn ja erst mal ordentlich fest ansehen. Und das hab ich mich nun wirklich nicht getraut.

»Alles gut, ey, ja hallo!«, hat Mesut böse gesagt und sich an die Stirn getippt. Aber er hat schon wieder auf sein Handy gestarrt. Da wusste ich, dass ich gefahrlos abhauen konnte.

»Kommt nicht wieder vor!«, hab ich über die Schulter zurückgerufen. Dann bin ich nach rechts gegangen, wie ich es ja eigentlich am Tag vorher schon wollte, und in der Einkaufszeile zwischen den Hochhäusern hab ich eine alte Frau gefragt, die hat mir erklärt, wo ich die Bücherei finde.

Über die Bücherei will ich nicht lange reden, irgendwie sind sich alle Büchereien ziemlich ähnlich, finde ich. Auch wenn sie natürlich groß oder klein sein können und modern oder altmodisch. Aber in jeder passiert bei mir immer haargenau dasselbe, egal, ob sie staubig ist oder nach Putzmittel riecht. Beim Anblick der vielen Bücher fühle ich, wie viel Glück ich noch vor mir habe, und ich werde aufgeregt und ziehe ein Buch nach dem anderen aus den Regalen und gucke mir den Umschlag an und lese den Text hintendrauf. Und wenn es gut klingt, setze ich mich irgendwo in eine Ecke und fange an zu lesen. Wenn ich plötzlich auf Seite fünfzehn bin, ohne es gemerkt zu haben, weiß ich, dass das Buch richtig ist. Dann nehme ich es mit nach Hause. Ich nehme meistens einen ganzen Packen.

Leider hat das in der neuen Bücherei aber nicht geklappt. Ich hätte Mamas Unterschrift gebraucht für die Anmeldung, sie haben mir ein Formular mitgegeben. Da hatte ich gleich schlechte Laune. Ich hatte nämlich gesehen, dass sie alle dreizehn Bände von der Kinderbande hatten. Sechs waren schon ausgeliehen. Und wenn ich Pech hatte, nahm heute noch einer die restlichen sieben mit. Dann war es aus mit den Tipps für mein Ein-Mann-Detektivbüro.

10.

Weil ich nun doch keine Bücher mit mir rumschleppen musste, konnte ich von der Bücherei aus direkt zum Friedhof gehen. Aber diesmal durch den Haupteingang. Von der Stadtseite aus. Es gab einen Wegweiser, da wusste ich, wie ich gehen musste.

Als ich am Zeitungsladen vorbeigekommen bin, hingen die Zeitungen aus, auf Deutsch und Türkisch und sogar auf Russisch. Die Überschrift auf der deutschen Zeitung ist mir direkt in die Augen gesprungen.

»Gentleman-Räuber schlägt wieder zu! Erneut Überfall auf Juwelier-Geschäft!«, stand da in dicker roter Schrift. Darunter ging es einen Absatz lang in Fettdruck in Schwarz weiter, und ich bin in die Knie gegangen (die Zeitung hing ziemlich tief) und habe den Absatz gelesen. Wegen der Kinderbande war ich gerade in der richtigen Stimmung.

»Ein zweites Mal innerhalb weniger Tage hat der mysteriöse Gentleman-Räuber, der zu seinen Überfällen offenbar jedes Mal im eleganten schwarzen Anzug erscheint, ein Juweliergeschäft in unserer Stadt ausgeraubt. Wie Meret Schulz (32) von *Jewels and Diamonds* am Rindermarkt unserem Reporter mitteilte … (weiter auf Seite 3).«

Ich hab einen Blick in den Zeitungsladen geworfen. Der Verkäufer hat sich mit einem Kunden unterhalten, der gerade eine *Hürriyet* bezahlte. Es klang, als ob es um Fußball ging.

Da hab ich mich getraut. Verkäufer haben ja nichts dagegen, wenn man vor dem Zeitungsaushang steht und liest. Vielleicht wird man ja dann neugierig und kauft die Zeitung. Aber wenn man neugierig wird und die Zeitung *nicht* kauft, sondern sie stattdessen heimlich aus dem Ständer nimmt und aufschlägt und gratis lesen will, dann werden die Verkäufer meistens wütend. Darum musste ich mich beeilen und die Zeit nutzen, in der die beiden Männer sich darüber gestritten haben, wie viel Ablöse für einen Bundesliga-Spieler gezahlt werden sollte, dessen Namen ich noch nie gehört hatte.

Ich hab mir also die Zeitung gegriffen und versucht, sie blitzschnell aufzuschlagen. Jeder weiß, dass das bei Zeitungen nicht so einfach ist, schon gar nicht, wenn ein Wind weht. Sie sind so riesig.

Dafür habe ich den Artikel dann aber sofort entdeckt. Er war der Aufmacher auf Seite 3.

Meret Schulz hatte dem Reporter mitgeteilt, dass genau wie beim ersten Juwelenraub des Gentleman-Räubers bei einem anderen Juwelier (natürlich hatte sie darüber in der Zeitung gelesen) ein mit schwarzem Anzug, weißem Hemd und silberner Krawatte bekleideter Herr den Laden betreten und ihr mit sehr sanfter Stimme befohlen hatte, sämtliche Stücke aus den verschlossenen Vitrinen in einen schwarzen Samtbeutel zu tun. Und die ganze Zeit hatte er freundlich gelächelt, was sie besonders unheimlich gefunden hatte.

Ich war mir sicher, dass ich das auch unheimlich gefunden hätte.

Dabei hatte er sie mit seiner Pistole in Schach gehalten, sagte Meret Schulz. Aber eben sehr höflich. Und die Pistole war auch der Grund, weshalb sie die Tätowierung an seinem linken Handgelenk gesehen hatte. Er hatte den Arm mit der Waffe ausgestreckt, und dabei war die Hemdmanschette ein Stück den Arm hochgerutscht. Und da war eben diese Tätowierung sichtbar geworden. Was sie normalerweise nicht überrascht hätte bei einem Räuber, nur weil dieser eigentlich eben doch eher wie ein gebildeter, gepflegter Herr gewirkt hatte.

»Sobald er den Laden verlassen hat, bin ich ans Fenster gerannt, um ihm nachzusehen«, hatte Meret Schulz dem Reporter erzählt. »Aber es war schon zu spät, der Räuber war nicht mehr zu entdecken. Ich hab mir dann später überlegt, dass er sofort in einem Hauseingang verschwunden sein muss. Oder in der Toreinfahrt zum Garagenhof.«

Natürlich hatte die Polizei ihn nicht mehr finden können, als sie endlich gekommen war, das hätte mich nun auch wirklich gewundert. Jeder, der ab und zu Bücher über Kinderbanden liest, hätte Meret Schulz das schon vorher sagen können. Aber was genau die Polizei am Tatort gemacht und was sie herausgefunden hatte, konnte ich nicht mehr lesen. Weil sich nämlich plötzlich eine Hand auf meine Schulter gelegt hat. Mit einem sogenannten eisernen Griff.

»Sechzig Cent!«, hat eine Stimme in meinem Rücken gedonnert. »Entweder du bezahlst die Zeitung cash auf die Hand, oder du machst dich ganz schnell vom Acker!«

Ich habe mich natürlich für das Vom-Acker-Machen entschieden. Sechzig Cent hatte ich nicht, und alles, was wirklich wichtig war, hatte ich ja gelesen. Auf dem Weg zum Friedhof habe ich gedacht, dass Mama und ich hier wirklich in einer kriminellen Gegend gelandet waren und dass es sich langsam glatt lohnen würde, tatsächlich ein Detektivbüro aufzumachen.

Nämlich erstens für den Fall Dicke Frau.

Zweitens für den Fall des Gentleman-Räubers. (Dass die Polizei den nicht finden würde, stand ja sowieso fest.)

Und drittens vielleicht noch für die Beule an Bronislaws Hinterkopf, obwohl so was ja vielleicht kein ganz richtiger Fall ist.

Drei Fälle wären kein schlechter Start für einen Detektiv. Und schließlich hatte ich Sommerferien und sonst nichts zu tun. Aber trotzdem wollte ich nichts überstürzen. Zuerst musste ich noch in Ruhe überlegen, ob ich die Fälle wirklich übernehmen wollte. Oder lieber gemütlich lesen. Wenn ich erst mal meinen Büchereiausweis hatte.

11.

Am Haupteingang stand auf einer großen Tafel, dass man sich auf dem Friedhof der Würde des Ortes angemessen verhalten sollte. Das hatte Bronislaw gestern den Schilinskys ja auch immerzu gesagt. Und dass Hunde anzuleinen wären und Kindern unter zwölf Jahren der Zutritt nur in Begleitung Erwachsener gestattet ist. Dass im Winter nicht gebahnt und gestreut wurde, fand ich dagegen im Augenblick nicht so interessant. Ich hab nur überlegt, ob Bronislaw etwa glaubte, dass ich schon zwölf war, oder ob er fand, dass ich schließlich in Begleitung Erwachsener war, wenn ich mich mit ihm und den Schilinskys um meinen Flüssigkeitshaushalt kümmerte.

Auf den breiten Wegen war es wieder genauso schattig wie am Tag vorher und ich habe auch diesen Frieden wieder gespürt. Da sind mir meine Kriminalfälle fast gleichgültig geworden. Ich bin mal rechts abgebogen und mal links und habe den ganzen Friedhof erkundet. Ab und zu hockte ein alter Mann oder eine alte Frau vor irgendeinem Grab und zupfte Unkraut, da hab ich dann höflich gegrüßt. Sie haben alle zurückgegrüßt und sogar auch alle gelächelt. Darum hatte ich das Gefühl, dass sie nichts dagegen hatten, wenn ein Kind unter zwölf Jahren ohne Begleitung über den Friedhof schlenderte.

Eigentlich hab ich nach Bronislaw Ausschau gehalten. Aber dann bin ich stattdessen Herrn Schmidt begegnet.

Herr Schmidt ist durch den Seiteneingang auf den Friedhof gekommen. Ich hab ihn schon von Weitem gesehen. Er ist mir aufgefallen, weil er einen Hund an der Leine geführt hat, wie man es ja sollte, und weil er trotz der Hitze einen grauen Anzug trug. Der Hund hat mich natürlich mehr interessiert als der Anzug.

Ich habe deshalb ein bisschen Tempo zugelegt, bis ich die beiden eingeholt hatte, aber dann wusste ich nicht, was ich tun sollte. Wenn man einem Hund begegnet, möchte man ihn ja immer gerne streicheln, aber das geht am besten, wenn der Hund vor einem Supermarkt angebunden ist. Wenn sein Herrchen ihn auf einem Friedhof an der Leine führt, kann man nicht so einfach in die Knie gehen und dem Hund die ausgestreckte Hand hinhalten, damit er einen beschnuppert, und ihn danach am Hals kraulen.

Und gerade, als ich noch nachgedacht habe, wie ich den Hund am besten kennenlernen konnte, hat Herr Schmidt mir von sich aus zugelächelt. »Na, mein Jung?«, hat er gesagt.

Seine Stimme war eine sehr, sehr alte Männerstimme und sein Gesicht war ein sehr, sehr altes Männergesicht mit zehntausend Falten überall und sogar Falten zwischen den Falten; aber seine Augen haben sehr vergnügt gezwinkert. Wie bei meinem Deduschka in Kasachstan. Obwohl der natürlich noch längst nicht so alt ist. Ich hätte mich nicht gewundert, wenn Herr Schmidt mir erzählt hätte, dass er bald hundert wird.

»Guten Tag«, habe ich gesagt. Wenn wir uns in der Geschäftszeile zwischen den Hochhäusern begegnet wären oder meinetwegen an einer Bushaltestelle, hätte ich vielleicht »Hallo!« gesagt, aber auf einem Friedhof fand ich »Guten Tag« richtiger. Es passte besser zur Würde des Ortes.

»Und was machst du denn hier so ganz alleine?«, hat Herr Schmidt gefragt.

Da hab ich einen Schreck gekriegt. Wegen dem Schild vom Haupteingang. Wenn Herr Schmidt jetzt zum Beispiel die Friedhofsverwaltung anrief (aber so alte Leute haben meistens kein Handy), dann war ich geliefert.

»Ich bin nicht allein«, hab ich darum schnell gesagt. »Wie heißt denn der?« Und ich bin blitzschnell vor dem Hund in die Knie gegangen.

Aber so schnell hat Herr Schmidt sich nicht ablenken lassen. Wahrscheinlich war er doch noch nicht ganz hundert.

»Nicht?«, hat Herr Schmidt gefragt. »Mit wem bist du denn hier?«

Das war natürlich eine gute Frage. Ich hätte behaupten können, dass meine Babuschka irgendwo auf einem Grab Unkraut zupft und ich nur mal kurz einen Spaziergang mache, aber dann habe ich gedacht, ich bleibe lieber bei der Wahrheit.

»Ich wollte Bronislaw besuchen!«, hab ich gesagt. »Das ist der Gärtner, wissen Sie.«

Der Hund hatte inzwischen meine ausgestreckte Hand beschnuppert, und jetzt wedelte er mit seinem Stummelschwanz wie verrückt.

»Ach!«, hat Herr Wilhelm Schmidt gesagt. »Ja, der Herr

Bronislaw, das ist ein reizender Herr.« Er hat ganz lieb zu mir runtergelächelt. »Du magst Hunde, wie?«

Da wusste ich, dass die Gefahr vorbei war. »Wir hatten zu Hause auch einen!«, hab ich gesagt. »Das war ein Wachhund. Aber dafür war er zu freundlich, hat Babuschka immer gesagt. Der hätte einem Einbrecher noch den Weg zur Geldschatulle gezeigt.«

Herr Schmidt hat gelacht. Das Lachen war auch ein sehr, sehr altes Männerlachen. »Ich kann nicht so lange stehen, mein Jung«, hat er gesagt. »Aber du kannst Jiffel und mich begleiten, wenn du magst und es mit deinem Treffen mit Bronislaw nicht eilig ist.«

»Gar nicht eilig!«, hab ich gesagt. »Darf ich die Leine halten?«

Herr Schmidt hat kurz die Stirn in Falten gelegt (das konnte man gut sehen, trotz der zehntausend anderen Falten), dann hat er genickt. »Da du dich mit Hunden ja auskennst«, hat er gesagt.

Da hatte ich zum ersten Mal, seit Mama und ich von zu Hause weg waren, wieder einen Hund, und das Glück ist durch mich durchgeströmt wie ein warmer Fluss. Es war ein anderes Glück als in Büchereien. Ein vergnügteres. Am liebsten wäre ich jetzt losgerannt und hätte geguckt, wer schneller war, der Hund oder ich. Und auf der Tafel stand ja nicht, dass Kinder unter zwölf Jahren, die in Begleitung Erwachsener waren, mit Hunden, die an der Leine waren, nicht um die Wette rennen durften. Aber vorsichtshalber hab ich es gelassen. »Heißt er Jiffel?«, hab ich gefragt.

Mitten auf einer Wegkreuzung, die fast ein Platz war, stand

eine riesenhohe Kastanie. Ihre Blätter wurden schon gelb von der Hitze und ein paar waren auf den Weg und auf die Bank unter ihrer Krone gefallen. Auf diese Bank hat Herr Schmidt sich gesetzt, ohne mich zu fragen, ob mir das recht war. Es war mir aber recht. Wenn man von jemandem einen Hund ausgeliehen kriegt, darf man nicht wählerisch sein. Und wenn der Jemand schon fast hundert ist, ist es ja klar, dass er sich ab und zu hinsetzen muss. Außerdem stand die Bank schön im Schatten.

Ich bin aber stehen geblieben. Und der Hund hat auf dem Boden rumgeschnüffelt. Für Hunde gibt es ja immer etwas zu tun.

»Wilhelm Schmidt!«, hat Herr Schmidt gesagt und mir mit einer kleinen Verbeugung seine sehr, sehr alte Männerhand hingestreckt. Die war so mager, dass man alle Knochen sehen konnte, und die Haut war fast durchsichtig, nur dass sie voller brauner Flecken war. Wie Sommersprossen. »Und wer bist du?«

»Valentin!«, hab ich gesagt. »Ich wohne dahinten.« Und mit der Hand ohne Leine hab ich in die Richtung der Hochhäuser gezeigt. Die konnte man aber durch die vielen Bäume nicht sehen. »Und heißt der Hund wirklich Jiffel?«

Herr Schmidt hat mich freundlich angelächelt. »Was, mein Jung?«, hat er gefragt.

Da ist mir eingefallen, dass man bei alten Leuten ja immer so furchtbar laut sprechen muss, weil sie schwerhörig sind. Nicht alle, natürlich. Aber vielleicht ist es besser, laut anzufangen. Wenn einer es dann auch leiser versteht, wird er es schon sagen.

»Ob der Hund wirklich Jiffel heißt?«, hab ich also noch mal gefragt. Dieses Mal vielleicht ein bisschen *zu* laut.

Herr Schmidt hat wieder gelächelt. »Ja, leider, mein Jung, und das ist meine Schuld«, hat er dann bekümmert gesagt. »Er hat meiner Else gehört, weißt du? Aber die ist jetzt ja schon seit zwei Jahren bei unserem Herrgott. Sie musste ihren Jiffel bei mir zurücklassen.«

»Und warum hat sie ihn Jiffel genannt?«, habe ich gefragt. Ich musste die ganze Zeit Jiffel angucken, er war einfach zu niedlich. Ich glaube, er ist so eine Art Foxterrier, zumindest war vielleicht sein Vater oder Großvater einer. Er hatte ein braunes Ohr und ein weißes Ohr und über dem Auge auf der weißen Seite einen schwarzen Fleck wie eine Augenklappe. Dadurch sah er irgendwie verwegen aus.

»Else hat ihn Foxi genannt«, hat Herr Schmidt gesagt, und da wusste ich, dass ich recht gehabt hatte. »Aber ich bin nie ein Hundefreund gewesen, mein Jung. Für Elses Hunde konnte ich mich nie begeistern.« Er hat geseufzt. »Und als sie dann noch mal einen haben wollte, als sie schon so krank war …«

Er hat eine Pause gemacht. Der Hund hatte sich inzwischen auf den Rücken geworfen und sich von mir den Bauch kraulen lassen. Er war total begeistert.

»Ich hab ihr gesagt: Das wird doch nichts mehr, Else! Dass der Hund mal alt ist, das erleben wir beide nicht mehr, und dann muss das Tier ins Heim. In unserem Alter schafft man sich keinen Hund mehr an! Aber sie war unvernünftig.«

Ich hab genickt zum Zeichen, dass ich zugehört habe, und dabei habe ich die ganze Zeit Foxi gekrault. Oder Jiffel.

»Um sie zu ärgern, hab ich zu ihr also immer *Dein lütt Jiffel* gesagt, wenn ich den Hund gemeint habe, ich weiß, das war nicht nett, und heute bedauere ich es auch sehr. Und wenn ich den Hund gerufen habe, habe ich auch immer *Jiffel!* gerufen. Da hat er eines Tages angefangen, darauf zu hören, Else konnte gar nichts dagegen tun. Jetzt schäme ich mich natürlich ein bisschen.«

»Ich glaube nicht, dass es ihm was ausmacht!«, habe ich gesagt. »Er ist doch ein sehr fröhlicher Hund.«

Das war Jiffel im Augenblick nämlich wirklich. Er hat geschnauft und gezappelt und mich mit seiner feuchten Nase angestupst, wenn ich aufhören wollte, ihn zu kraulen. Allerdings war er eigentlich eine Sie. So was sieht man ja, vor allem, wenn ein Hund auf dem Rücken liegt.

»Ja, fröhlich ist er wohl«, hat Herr Schmidt gesagt. »Aber du hast mir immer noch nicht so richtig erzählt, was ein Junge wie du auf dem Friedhof macht. Warum willst du denn den Herrn Bronislaw treffen?«

In diesem Augenblick hab ich das Schnaufen gehört und das Kratzen der kleinen Räder auf dem Sandboden. Dicke Frau ist mit ihrem Einkaufswagen an uns vorbeigezogen und hat wieder »Der Dollar! Der Dollar!« gemurmelt, ohne uns einen Blick zuzuwerfen.

Ich hab gedacht, wie schade es war, dass ich ihren richtigen Namen nicht kannte. Dann hätte ich »Hallo!« sagen können. Sie sah so einsam aus.

Aber »Hallo, Dicke Frau!« geht ja wirklich nicht.

»Ja, das ist sehr traurig mit dieser Dame!«, hat Herr Schmidt mit seiner sehr, sehr alten Stimme gesagt, als sie in einem der vier Wege verschwunden war. »Für manche ist ihr schweres Schicksal nicht zu ertragen.«

Zuerst dachte ich, es ist komisch, dass er Dicke Frau eine Dame nannte, aber dann fand ich es nett. »Dass ihr einer den Golddollar vom Dokter geklaut hat?«, hab ich gefragt. »Den sie erben sollte?«

»Was, mein Jung?«, hat Herr Schmidt gesagt. »Ihr Junge ist gestorben, das erzählt man sich. Der war erst zwölf. Da ist sie nie drüber weggekommen, weißt du.«

Mir ist es eiskalt den Rücken runtergelaufen. Vielleicht kann man nie darüber wegkommen.

»Sie soll vorher eine ganz patente Person gewesen sein!«, hat Herr Schmidt gesagt. »Hat in der Bank gearbeitet hinten in der Einkaufszeile. Immer adrett gekleidet, freundlich zu den Kunden. Dann ist das mit ihrem Jungen passiert, und danach war es dann vorbei.«

Er hat mir seine zitterige, alte Hand auf den Arm gelegt, die war so leicht wie ein Blatt Papier. »Als meine Else gestorben ist, da war das auch, als ob auf einmal alles dunkel würde«, hat er gesagt. »Wir waren ja siebenundsechzig Jahre verheiratet! Aber dann hab ich mir gesagt, es ist richtig, dass der Herrgott sie zu sich geholt hat, langsam sind wir mal dran. Ich darf ihr ja bald nach. Und Else war neunundachtzig, so ist es doch gedacht im Leben, mein Jung. Ein jedes Ding hat seine Zeit. Aber wenn ein Kind stirbt, vor der Mutter …«

Jiffel hat mich ungeduldig immer so mit seiner feuchten Schnauze angestupst, damit ich ihn weiterkraule. Ich konnte es aber nicht.

»Kann man nicht verstehen, dass die Dame angefangen hat

Bellmann
1860

zu trinken?«, hat Herr Schmidt gesagt. »Und nun hält der Teufel Alkohol sie in seinen Klauen und lässt sie nicht mehr los. Aber wer weiß, mein Jung? Vielleicht hat sie so wenigstens Vergessen gefunden?«

Jiffel hat jetzt angefangen zu fiepen. Er konnte nicht verstehen, warum ich so plötzlich aufgehört hatte, mit ihm zu spielen.

»Sie meinen, sie denkt jetzt nicht mehr an ihren Jungen?«, hab ich gefragt. Ich musste mich räuspern, meine Stimme hat aber trotzdem noch gezittert. »Aber das geht doch nicht! Das ist doch ungerecht! Sie muss doch wenigstens noch an ihn denken, wenn er schon tot sein muss! Sie darf ihn nicht vergessen!«

Herr Wilhelm Schmidt hat ein bisschen erstaunt ausgesehen. »Wenn sie die Erinnerung nicht erträgt«, hat er gesagt, »dann wird er ihr wohl verzeihen, mein Jung, meinst du nicht? Er weiß ja, dass sie ihn nur zu vergessen versucht, weil der Schmerz immerzu so heftig an ihrem Herzen reißt, dass es längst gebrochen ist. Jeden Tag und jede Nacht, jede Minute und jede Sekunde.«

»Er weiß gar nichts!«, hab ich böse gerufen. »Er ist tot! Tot ist weg, dann ist man gar nichts mehr!« Ich hab Jiffel weggeschubst. Er hätte doch mal merken können, dass ich ihn jetzt grade nicht mehr kraulen wollte. »Gar nichts, gar nichts, gar nichts!« Ich hatte schließlich lange genug darüber nachgedacht.

Herr Schmidt hat mich nachdenklich angesehen. »Ja, glaubst du das, mein Jung?«, hat er gefragt. »Na, das ist nichts, worüber wir beide uns streiten sollten, findest du nicht auch?

Die richtige Antwort kann uns ja keiner geben. Weil keiner sie weiß.« Er hat gelächelt. »Und das ist auch gut so, meinst du nicht?« Er hat eine Uhr aus seiner Sakkotasche genommen, die war mit einer Kette am Knopfloch befestigt. Sie hat sehr schön ausgesehen, silbern und altmodisch, und er hat den Deckel aufspringen lassen. »Meine Güte, jetzt wird es aber Zeit für mich! Es war nett, dich kennenzulernen, mein Jung!«

In diesem Augenblick habe ich Herrn Schilinsky gesehen, er ist im Laufschritt über den Weg getrabt. »Weiß einer, wo Bronislaw sich versteckt?«, hat er gerufen. »Na, das ist doch wirklich ein Skandal! Ach, hallo, Herr Schmidt! Haben Sie den Bronislaw ...?«

Herr Schmidt hat den Kopf geschüttelt. »Nein, leider, Herr Schilinsky!«, hat er gesagt. »Was gibt es denn so Dringendes?«

»Dringendes, ja, das ist das richtige Wort!«, hat Herr Schilinsky geschnaubt. »Bronislaw! Bronislaw, du alte Schabracke, wo bist du! Wenn du nicht gleich hier anlandest, *tu* ich es! Stante pede! Subito! Bronislaw!«

Jiffel hat jetzt an seinen Füßen geschnuppert, aber als ich wieder angefangen habe, ihn zu kraulen, hat er Herrn Schilinsky sofort in Ruhe gelassen.

So ganz weit weg kann Bronislaw nicht gewesen sein. Jedenfalls kam er da schon um die Ecke. Und er hat wütend ausgesehen, das ist noch sehr höflich formuliert.

»Herr Schilinsky!«, hat er gesagt. »Sage ich nichts, wenn Sie aufstellen Ihre Stühle auf Grabstelle! Sage ich nichts, wenn Sie friedlich trinken Ihr Bier und leise hören Ihre Musik! Aber friedlich, Herr Schilinsky! Aber leise!« Er hat sich direkt vor ihm aufgebaut. »Hab ich nicht gesagt, ist immer zu beachten Würde des Ortes? Darf man so brüllen auf Friedhof?«

»Nun krieg dich mal wieder ein, Bronislaw, alter Schwede!«, hat Herr Schilinsky versöhnlich gesagt. »Würde des Ortes, ja, was glaubst du denn, worum es mir geht? Oder soll ich mich hinter einen Grabstein stellen? Was habt ihr euch dabei gedacht, die Pinkelbude abzuschließen, Mensch? Du kannst dankbar sein, dass ich mich nicht einfach irgendwo unwürdig erleichtert habe!«

Und er hat Bronislaw fordernd die Hand hingestreckt.

Der hat das auch verstanden und einen riesigen Schlüsselbund von seinem Gürtel abzumachen versucht. Der war mit einem Karabinerhaken befestigt.

»Wie, ist abgeschlossen?«, hat Bronislaw gefragt. Der Karabinerhaken hatte sich im Taschenfutter verhakt. »Ist nicht abgeschlossen Eingang WC! Ist sich immer offen. Kommen alte Omas, kommen alte Opas ...«

»Danke, besten Dank!«, hat Herr Schmidt gesagt und sich leicht verneigt. Er hat sehr vergnügt ausgesehen dabei. »Sehr rücksichtsvoll.«

»Dann sieh doch selber nach, alter Schwede!«, hat Herr Schilinsky gesagt. »Nun mal Tempo, Tempo, es ist dringend! Die Tür ist so fest verschlossen wie der Hauptsafe im Keller der Bundesbank, glaub mir!«

Da hatte Bronislaw den Schlüssel befreit.

»Bitte sehr!«, hat er gesagt. »Und wieder zurückbringen, Herr Schilinsky! Wiedersehen macht Freude!«

Aber Herr Schilinsky hat ihm gar nicht mehr zugehört, bestimmt war es wirklich *sehr* dringend. Er ist schon in Richtung Kapelle gelaufen, da sind die Klotüren ja auf der Rückseite. Und plötzlich habe ich gemerkt, dass ich beim Frühstück auch ziemlich viel getrunken hatte. Und ich wollte die Würde des Ortes genauso wenig verletzen wie Herr Schilinsky. Darum hab ich Herrn Schmidt noch mal kurz zum Abschied zugewinkt und Jiffel auch und bin Herrn Schilinsky nachgerannt.

12.

Die Kapelle hatte ich mir vorher noch gar nicht richtig angesehen. Wenn man vom Haupteingang kommt, steht sie nach ungefähr hundert Metern da, kurz hinter dem Parkplatz. Sie ist aus dunklem Klinker gebaut und auf ihrem Dach sitzt ein spitzes Glockentürmchen. Die zweiflügelige Vordertür ist immer verschlossen.

Auf einer Tafel daneben sind die Beerdigungen angeschlagen und die Trauerfeiern. Wenn eine Trauerfeier stattfindet, stehen die Türflügel offen, damit man in den Vorraum gehen kann, in dem auf einem Schreibpult ein Buch ausgelegt ist, in das die Trauergäste ihren Namen schreiben. Vom Vorraum kommt man dann in die Kapelle, die Tür liegt dem Eingang gleich gegenüber. Aber vom Vorraum kommt man auch in die Klos, eins für Männer und eins für Frauen. Die Klos sind aus beiden Richtungen zu erreichen, von drinnen für die Beerdigungsbesucher und von draußen für die Leute, die auf dem Friedhof ihre Gräber pflegen. Von drinnen kommt man nur aufs Klo, wenn gerade eine Trauerfeier stattfindet, und das war jetzt eben nicht der Fall.

Herr Schilinsky ist fast gerannt, sobald er die Kapelle gesehen hat, das war der Beweis dafür, wie dringend es war. Ich weiß nicht, ob er bis dahin überhaupt mitgekriegt hatte, dass ich ihm auf den Fersen war, er hatte ja anderes im Kopf. Aber auf den letzten Metern habe ich ihn sogar überholt. Und als er an der Kapelle angekommen ist, hab ich ihm die Klotür aufgehalten.

»Bitte!«, hab ich gesagt.

Ich hab ihm die Klotür aufgehalten! Dabei war sie doch abgeschlossen gewesen, hatte er gesagt. Aber das stimmte nicht. Als ich den Griff runtergedrückt habe, ist sie aufgegangen, so leicht, als ob sie gerade erst geölt worden wäre.

Herr Schilinsky ist mitten im Laufen stehen geblieben.

»Alter Schwede!«, hat er gesagt. Aber dann hat er sich wieder in Bewegung gesetzt und ist blitzschnell durch die Tür verschwunden.

Ich finde es immer ein bisschen peinlich, wenn ich mit erwachsenen Männern zusammen pinkeln soll. Aber die Becken hingen ziemlich hoch für mich, und es gab zum Glück auch ein Kabäuschen mit Tür, da bin ich reingeschlüpft. Aber unterhalten konnten wir uns natürlich trotzdem.

»Wieso war die Tür offen?«, hat Herr Schilinsky gefragt. Das wusste ich ja nun auch nicht.

»Vielleicht hat sie vorher nur geklemmt?«, hab ich aus meinem Kabäuschen gefragt. Obwohl ich das nicht wirklich geglaubt habe. Dafür war sie eben viel zu leicht aufgegangen.

»Papperlapapp!«, hat Herr Schilinsky ärgerlich gerufen. »Ich hab schließlich daran gerüttelt wie verrückt. Und die Frauenseite …« Ich hab gehört, wie er zum Ausgang gegangen ist, da hat er extra auf mich gewartet. »Was tut man nicht alles in seiner Not? Was ist schlimmer, auf einem Friedhof zu erledigen, was man an so einem Ort nicht erledigen sollte, oder mal eben kurz bei den Damen Unterschlupf zu suchen, wenn bei den Herren versperrt ist? Ich habe nicht lange gezögert! Aber die Tür war genauso verschlossen wie die Männertür. Da war auch kein Reinkommen.«

Inzwischen hatte ich mein Kabäuschen auch verlassen und hab zugesehen, wie er von außen die Tür zu den Frauenklos aufgerissen hat. Eine magere alte Frau ist ihm ganz empört entgegengekommen. Aber bei den Frauen ist das ja nicht so schlimm. Da hängt im Vorraum ja nur das Handwaschbecken, was soll man da schon sehen. Sie hätte sich wirklich nicht so aufregen müssen.

»Können Sie nicht lesen?«, hat sie Herrn Schilinsky angeschnauzt. »Was soll denn das? Wollen Sie, dass ich die Friedhofsverwaltung rufe?«

Dabei musste man gar nicht lesen können. Auf der Frauentür ist eine kleine Frau aus Messing angebracht und auf der Herrentür ein kleiner Mann.

Herr Schilinsky hat sich nicht einschüchtern lassen. »Wie lange sind Sie schon dadrin?«, hat er die alte Frau gefragt. »Schon lange?«

»Was erlauben Sie sich!«, hat die Frau gerufen und sich an ihm vorbeigedrängt. »Ich rufe die Polizei!«

Diesmal konnte ich sie verstehen. Es geht schließlich niemanden etwas an, wie lange man sich auf dem Klo aufhält. Das ist ja eine peinliche Frage.

Dabei hatte Herr Schilinsky natürlich nur rauskriegen wollen, ob die Frau auch gerade erst gekommen war und wie lange die Türen schon geöffnet waren.

»Ich werde mir das doch nicht nur eingebildet haben!«, hat

er auf dem Weg zurück zu Bronislaw gesagt. »Alter Schwede! Zu den Friedhofsöffnungszeiten müssen die Pinkelbuden immer geöffnet sein, das war ja auch mit ein Grund, warum Evi und ich das Grundstück so reizvoll gefunden haben! Und bisher *waren* sie immer geöffnet!«

In einem Seitenweg hat Bronislaw gerade an einem alten Grab mit einem flechtenüberwachsenen Grabstein die Kantenbepflanzung erneuert.

»Da, Bronislaw«, hat Herr Schilinsky gesagt und ihm die Schlüssel hingehalten. »War wieder offen. Hast du eine Ahnung, warum sie heute …«

Bronislaw hat sich den Sand an der Hose abgewischt. »Hab ich schon gesagt, sind immer offen!«, hat er gesagt und die Schlüssel wieder an seinen Gürtel geknipst. »Immer. Geht gar nicht anders, ist Gesetz.«

»Ich bin doch nicht verrückt!«, hat Herr Schilinsky gemurmelt und sich auf den Weg zu seiner Frau gemacht. »Ich bilde mir doch nichts ein! Von zwei kleinen Bierchen ist man doch nicht …«

Frau Schilinsky saß in Shorts und Sandalen auf ihrem Stapelstuhl, genau wie gestern. Auf dem Deckel der Kühltasche stand eine große Schüssel Kartoffelsalat, und auf der Erde war ein Küchentuch ausgebreitet, darauf lagen Würstchen in einer Tupperdose.

»Ich hab mich schon gewundert, wo du geblieben bist, Klaus-Peter«, hat sie gesagt. »Ich hab mir schon Sorgen gemacht! Bei dieser Hitze!« Und sie hat ihn strafend angesehen. Aber dann hat sie mich entdeckt.

»Ach, und du bist ja auch wieder da!«, hat sie gerufen.

»Guck mal, was ich habe! Extra für dich mitgebracht! Ich hab gedacht, falls der Junge heute wiederkommt, soll er nicht noch mal Wasser trinken müssen!« Dann hat sie den Kartoffelsalat von der Kühltasche genommen und eine Dose Cola rausgeholt. »Das magst du doch?«

Ich hab heftig genickt. Es war schön, dass ich jetzt irgendwie schon richtig dazugehörte.

»Auch ein Würstchen?«, hat Frau Schilinsky gefragt. »Kartoffelsalat? Ich hab genug für alle! Manchmal setzt sich ja der Herr Bronislaw zu uns oder Frau Dicke Frau, da muss man vorsorgen!«

Sie hatte mir längst einen Stapelstuhl hingestellt. »Ja, das ist immer sehr gesellig hier!«, hat sie gesagt. »Sehr nett! Wir haben noch keinen Tag bereut, dass wir uns für das Grundstück entschieden haben!«

Dann hat sie mir einen Teller mit Kartoffelsalat gegeben und ein Würstchen. Senf wollte ich nicht.

Ich hab überlegt, ob ich sie fragen konnte, wer im Grab lag, oder ob sie dann vielleicht angefangen hätte zu weinen. Vielleicht wollte sie ja auch vergessen wie Dicke Frau.

»Ist das ein Verwandter von Ihnen?«, hab ich gefragt und nach unten gezeigt. Es gab keinen Grabstein. Ich hab gesehen, dass Frau Schilinsky von der Petersilie abgeschnitten und sie in den Kartoffelsalat gemischt hatte. Es war aber noch ganz viel da.

Herr Schilinsky hat sich mit dem Handrücken über den Mund gewischt. Eine kleine Mayonnaise-Spur ist zurückgeblieben.

»Nein, da liegen später mal wir, was sagst du nun!«, hat er

gerufen und gelacht. »Eines Tages! Meine Evi und ich. Es ist ein Doppelgrab.«

Frau Schilinsky hat heftig genickt. »Manchmal denke ich, ich freu mich fast schon darauf!«, hat sie gesagt. »Jeden Tag hier zu sein. Alles so schön hier und so vertraut, und Herrn Bronislaw kennen wir ja nun und eine ganze Menge von den Nachbarn, also langweilig wird das hier bestimmt nie! Noch ein Würstchen?«

Ich hab sie verblüfft angesehen. Im Grab liegt nur die körperliche Hülle, das hat Mama mir erklärt, das Grab ist ganz unwichtig. Die Seele hat ihre körperliche Hülle dann längst verlassen, da kann es ihr ganz egal sein, ob der Friedhof schön ist oder hässlich und ob man die Leute da kennt. Die Seele ist ja im Himmel.

Aber auf einmal hab ich gedacht, dass sie das manchmal unter Umständen auch nicht ist. Wenn es ihr auf dem Friedhof eventuell gefällt? Dann bleibt sie vielleicht ganz gerne noch ein bisschen. Darüber muss man sich nicht streiten. Herr Schmidt hat es ja gesagt, die richtige Antwort kann uns keiner geben. Weil keiner sie weiß.

»Wir haben uns überlegt«, hat Herr Schilinsky gesagt, »warum sollen wir uns unsere Grabstätte eigentlich erst kaufen, wenn wir mal *unter* dem Rasen liegen? Das ist doch so eine Vergeudung, hast du eine Ahnung, was so eine Grabstätte kostet? Na!«

»Bitte, das ist noch warm!«, hat Frau Schilinsky gesagt und mir ein Würstchen neben den Kartoffelsalat gelegt. »Eigentlich wollten wir immer einen Schrebergarten, weißt du? Sechshundert Quadratmeter, eine kleine Laube, nette Nachbarschaft, ab und zu mal feiern. Aber das Finanzielle …«

»Da wollen wir gar nicht drum herumreden!«, hat Herr Schilinsky gesagt. »Es hat eben nicht gereicht. Nicht für eine Wohnung mit Balkon …«

»Wir haben eine schöne Wohnung!«, hat Frau Schilinsky protestiert.

»… nicht für ein Häuschen im Grünen und auch nicht für einen Schrebergarten. So ist das. Manchmal läuft es im Leben nicht so, wie man gerne möchte. Aber soll man deshalb verzweifeln, was? Meine Evi ist dann auf die grandiose Idee gekommen.«

Frau Schilinsky hat über das ganze Gesicht gestrahlt. »Wir sind hier früher manchmal spazieren gegangen, weißt du?«, hat sie gesagt. »Und wir haben es immer so schön gefunden. Da hab ich plötzlich gedacht: Kaufen müssen wir uns eines Tages die Grabstätte sowieso! Warum sollen wir sie dann nicht auch schon nutzen, solange wir leben und noch was davon haben?«

»Und jetzt haben wir unseren Schrebergarten!«, hat Herr Schilinsky gerufen. Er hat sich eine Flasche Bier aufgemacht. »Und besser hätten wir es gar nicht treffen können! Evi kann ihre Kräuter ziehen und jeden Tag gibt's einen kleinen Plausch mit Herrn Bronislaw. Und von den Nachbarn kennen wir auch schon eine ganze Menge! Siehst du die Bank dahinten?«

Tatsächlich stand neben einem andern Grab, gar nicht weit entfernt, eine hölzerne Gartenbank. »Die gehört Frau Jelkovic, die kommt auch fast jeden Tag her, ihren Mann besuchen. Sie hat in der Reifenfabrik gearbeitet. Abends treffen wir uns jetzt manchmal bei ihr zum Kartenspielen.«

»Auch mit Frau Wegner«, hat Evi gesagt und über die Schulter gezeigt. Tatsächlich stand da neben einem anderen Grab noch ein Gartenstuhl. »Und dahinten liegt Frau Schmidt, da kommt jeden Tag ihr Mann mit Hund zu Besuch. Nein, schöner könnte ein Schrebergarten auch nicht sein.«

Ich hab genickt. »Aber darf man das denn?«, hab ich gefragt. Ein Grab als Schrebergarten zu benutzen, war nun ja doch ungewöhnlich. Auch wenn natürlich noch keiner drinlag.

Herr Schilinsky hat die Achseln gezuckt. »Solange wir hier nicht Tarantella tanzen!«, hat er gesagt. Ich hatte keine Ahnung, was Tarantella war. »Obwohl, ich weiß eigentlich nicht, warum die Toten was gegen Tarantella haben sollten, was, Evi? Mal so ein bisschen Abwechslung? Nur die Angehörigen vielleicht, solange einer noch so richtig trauert …«

»Wie Dicke Frau?«, hab ich gefragt.

Frau Schilinsky hat ihre Gabel sinken lassen. »Ja, das ist sehr, sehr traurig«, hat sie gesagt. »Die arme Frau. Uns sind ja Kinder verwehrt geblieben, Klaus-Peter und mir, aber das kann ich mir schon vorstellen, dass so was ein schweres Schicksal ist.«

»Ja«, hab ich gemurmelt.

»Gib noch mal von deinem vorzüglichen Salat, Evi!«, hat Herr Schilinsky gesagt. »Den kriegt keine so hin wie du! Kompliment!« Er hat ihr den Teller hingehalten. »Hab ich dir eigentlich schon berichtet, was mir eben passiert ist?« Dann hat er losgelegt und ihr die ganze Geschichte von den verschlossenen und wieder offenen Klotüren erzählt, und ich habe meinen Salat und mein Würstchen gegessen und meine Cola getrunken. Im Hintergrund hat das Radio leise »Ramona« gespielt. Da war es wieder ein sehr schöner Nachmittag.

13.

Eigentlich war ich überrascht, dass Mesut nicht vor der Haustür gestanden hat, als ich nach Hause gekommen bin. Inzwischen war ich irgendwie schon an ihn gewöhnt.

Ich bin mit dem Fahrstuhl in den zwölften Stock gefahren und hab die Tür aufgeschlossen. Der Flur stand noch voller Kisten und mein Zimmer auch. Darum bin ich in die Küche gegangen und hab mich an die Arbeitsplatte gesetzt. Wenn ich ein Ein-Mann-Detektivbüro sein wollte, musste ich ja irgendwann mal mit der Arbeit loslegen.

Zum Glück war der Ranzen mit meinen ganzen alten Schulsachen nicht in einer Kiste, der stand in meinem Zimmer. Im Matheheft waren hinten noch ein paar leere Seiten und in der neuen Schule würde ich doch sowieso in einem neuen Heft rechnen. Da konnte ich das alte problemlos benutzen.

Echte Detektive, also solche in Filmen und in Büchern, haben natürlich auch echte Büros. Die schreiben nicht in der Küche an der Arbeitsplatte in ein altes Matheheft. Und eine Sekretärin haben sie auch, da hätte ich aber nicht gewusst, wo ich die bei uns noch hätte unterbringen können. Oder wozu sie gut sein sollte.

Ich habe das Heft umgedreht und von hinten angefangen zu schreiben. Ich hatte drei Fälle zu untersuchen, und wenn es nicht nur um Kriminalfälle gehen sollte, sondern um ungelöste Rätsel überhaupt, dann hatte ich vielleicht sogar vier. Weil ich dann die Sache mit den verschlossenen Klotüren auch noch gleich hätte mit aufklären können. Aber ich habe mich dagegen entschieden. Ein echter Detektiv hätte sich um so was auch niemals gekümmert.

Ich habe beschlossen, dass im Heft jeder Fall eine eigene Seite kriegen sollte. Mit dem Fall Dicke Frau habe ich angefangen. Unter der Überschrift ***Dicke Frau/Golddollar*** habe ich die erste Liste angelegt. Die Unter-Überschrift hieß »*Bekannte Fakten*«, das bedeutet, alles, was ich weiß. Und das war:

- *Der Dokter wollte Dicke Frau seinen Golddollar vererben.*
- *Bei seinem plötzlichen Tod in einem Buswartehäuschen (wo? welches?) hatte er den Dollar noch in der Tasche.*
- *Der Dokter hat ein Armenbegräbnis gekriegt. Bronislaw sagt, er hatte gar nichts. (Frage: Wo ist also der Golddollar geblieben?)*
- *Was ich rauskriegen muss: Wer hatte Zugang zum Dokter, nachdem er tot war? Und zwar unbeobachtet? Sodass er den Golddollar klauen konnte? (Es könnte natürlich auch eine Sie sein.)*
- *Weiteres Vorgehen/Nächste Schritte:*

An der Stelle wusste ich nicht weiter, weil mir keine weiteren Schritte eingefallen sind. Die einzige Möglichkeit war, Dicke Frau zu fragen. Aber da war ja schon klar, dass ich nicht viel rauskriegen würde außer Gejammer.

– *Bronislaw fragen!*

hab ich also als Letztes geschrieben. Immerhin hatte Bronislaw ja gewusst, dass der Dokter ein Armenbegräbnis gekriegt hatte. Vielleicht wusste er auch noch mehr.

Als ich meine Dicke-Frau-Liste noch mal durchgelesen habe, hab ich gedacht, dass sie nicht sehr verheißungsvoll aussah. Überhaupt nicht so, als ob ich den Fall in der nächsten Zeit ganz locker aufklären würde. Darum habe ich umgeblättert und gleich die zweite Liste geschrieben.

Juwelenraub/Gentleman-Räuber
Bekannte Fakten:
- *Der Räuber trägt immer einen schwarzen Anzug mit Krawatte.*
- *Er spricht sehr sanft und freundlich.*
- *Er hat eine Pistole. (Frage: Ist sie echt? Ist es vielleicht nur eine Spielzeugpistole?)*
- *Er hat eine Tätowierung am linken Handgelenk.*
- *Der Täter ist Linkshänder!*
- *Der Täter war nach dem Raub blitzschnell verschwunden. (Frage: Wohin?)*
- *Weiteres Vorgehen/Nächste Schritte: Umgebung um das Juweliergeschäft ausspionieren!*

Diese Liste sah schon ein bisschen besser aus. Zumindest wusste ich da, was ich als Nächstes tun musste, nämlich in der Nähe des Juweliergeschäfts gucken, wohin der Räuber so schnell verschwunden sein konnte. Wenn man bei einem Kriminalfall weiß, was man als Nächstes tun kann, ist das immer gut.

Die dritte Liste habe ich nur noch geschrieben, weil ich dachte, es wäre Bronislaw gegenüber nicht nett, wenn ich mich ausgerechnet um seinen Fall nicht kümmern würde.

Bronislaw/Beule

Bekannte Fakten:

- *Bei der Friedhofskapelle hat jemand Bronislaw von hinten eins übergezogen.*
- *Ergebnis: ziemlich große Beule am Hinterkopf, aber keine Gehirnerschütterung. (Frage: Hat der Täter mit Absicht nicht so heftig zugeschlagen?)*
- *Der Verbrecher hat nichts gestohlen. (Frage: Weil Bronislaw nichts Wertvolles bei sich hatte? Warum hat er den Schlüsselbund nicht mitgenommen? Wusste er, dass Bronislaws Spind mit seinen Sachen im Friedhofsbüro steht und es darum schwierig ist, ungesehen ranzukommen?)*
- *Warum hat er Bronislaw dann überhaupt überfallen? Dachte er vorher, dass Bronislaw Geld bei sich hätte? Wie wahrscheinlich ist das bei einem Friedhofsgärtner bei der Arbeit?*
- *Wollte der Täter vielleicht etwas ganz anderes von Bronislaw?*
- *Kannte der Täter Bronislaw? Ist er vielleicht ein regelmäßiger Friedhofsbesucher?*

Einen Augenblick lang habe ich mir Herrn Schilinsky vorgestellt, wie er Bronislaw von hinten mit der Bierflasche eins überzieht. Aber das war albern. Warum sollte Herr Schilinsky das tun? Oder Herr Schmidt. Ich konnte nicht glauben, dass einer der regelmäßigen Friedhofsbesucher der Täter war.

– *Weiteres Vorgehen/Nächste Schritte:*

habe ich wieder geschrieben. Und in diesem Fall hatte ich da am allerwenigsten eine Idee. Ich konnte mich höchstens neben der Friedhofskapelle auf die Lauer legen und abwarten, ob so was noch mal passiert. Aber das wäre dann doch bestimmt sehr langweilig gewesen. Und außerdem hab ich nicht geglaubt, dass es mir viel weiterhelfen würde.

Mit einem Seufzer bin ich aufgestanden und wollte das Heft in mein Zimmer zurückbringen. Und da erst habe ich den Zettel gesehen.

Es ist wirklich gefährlich, wenn man nach einem Umzug nicht gleich alle Kisten ausräumt. In so einem Chaos kann man ja leicht mal was übersehen. Weil sowieso nichts an der Stelle liegt, wo es eigentlich liegen sollte, da fällt ein Zettel, den jemand auf das Ceran-Feld vom Küchenherd legt, eben auch nicht auf.

Aber jetzt hatte ich ihn zum Glück noch rechtzeitig entdeckt. Ich wollte mir gar nicht vorstellen, was Mama gesagt hätte, wenn ich heute wieder vergessen hätte einzukaufen.

14.

Für die Verkäuferinnen ist es bestimmt nicht so schön, wenn die Geschäfte immer so lange aufhaben. Mama klagt ja auch manchmal darüber, dass der Topp-Preis-Dromarkt jetzt schon bis 21 Uhr geöffnet hat, außer samstags, da macht er schon um 19 Uhr zu. Aber für die Leute, die erst spät einkaufen wollen, ist es natürlich sehr nützlich. Für mich, zum Beispiel. Es war schon Viertel nach sieben, aber ich war trotzdem sicher, dass der Supermarkt in der Einkaufszeile noch aufhatte.

Dieses Mal hatte ich nicht mit Mesut gerechnet. Wahrscheinlich hatte ich erwartet, dass er um diese Zeit in seiner Wohnung saß und Computer spielte oder Abendbrot aß. Oder irgendwas. Als ich ihn gesehen habe, gleich nachdem ich aus dem Fahrstuhl gestiegen bin, habe ich ihn darum vielleicht länger angeguckt, als man das normalerweise tut. Zum Glück von hinten, da hat er es nicht gemerkt. Sonst hätte er womöglich »Was glotzt du so?« gesagt.

An diesem Tag war es mir noch kein einziges Mal passiert. Ich hatte darum schon beinahe vergessen, dass ich Gedanken lesen konnte. Aber natürlich war es einfach nur deshalb nicht passiert, weil ich den ganzen Tag noch niemanden angestarrt hatte.

Als ich jetzt plötzlich das Abtauchgefühl hatte, wusste ich

sofort, was los war. Die Bilder waren wie ein fröhlicher Film. Eine alte Frau hat gelacht und hinter einem Jungen hergerufen. Das Dorf sah völlig anders aus als alle Dörfer, die ich bisher gesehen habe. In Deutschland war das jedenfalls nicht und auch nicht in Kasachstan, und was die alte Frau gerufen hat, konnte ich auch nicht verstehen. Vielleicht war es Türkisch. Zwischen den Häusern sind Kinder herumgetobt und haben Fangen gespielt. Sie haben gelacht und gekreischt, wenn einer einen anderen erwischt hat, und die Sonne hat noch schlimmer vom Himmel gebrannt, als sie es jetzt hier tat, obwohl es in Mesuts Gedanken schon langsam Abend wurde. Trotzdem waren die fröhlichen Bilder in eine Traurigkeit getaucht, und jetzt soll mich bitte niemand fragen, wie denn das geht. Man kann es nicht erklären. Man weiß es, weil man es spürt. Bei den eigenen Gedanken spürt man Traurigkeit schließlich auch, und genauso habe ich es jetzt von Mesut gewusst. Er hat ganz still neben der Haustür gestanden und in seinem Kopf ist dieser schöne, fröhliche Film abgelaufen; und trotzdem war er traurig. Ich hab nicht verstanden, wie das zusammengepasst hat.

Aber plötzlich hatte ich keine Angst mehr vor ihm. Es ist ja sowieso albern, Angst vor einem zu haben, nur weil er aussieht, als ob er drei Jahre älter wäre.

Ich hab also tief Luft geholt und wollte gerade »Hallo!« sagen, da ist Mesut plötzlich herumgeschnellt, als hätte ihn eine Bremse gestochen. »Was glotzt du so?«, hat er gefragt.

Das hatte ich ja geahnt.

Weil man so eine Frage nicht beantworten kann, habe ich einfach nur meine Hand ausgestreckt. »Hallo, ich bin Valentin«, hab ich gesagt. »Ich wohn auch hier.« Und weil Mesut mich immer noch so angestarrt hat, habe ich gesagt: »Ich bin zehn. Auch wenn ich nicht so aussehe.«

»Alter!«, hat Mesut gesagt. Dann hat er meine Hand tatsächlich genommen, das hätte ich nicht geglaubt. Aber bei Hunden funktioniert das mit dem Handhinstrecken auch immer. Es ist ein Freundschaftsangebot und sie schnuppern daran. Das hat Mesut natürlich nicht getan. »Bist du echt schon zehn?«

»Ich bin klein für mein Alter!«, habe ich gesagt. Aber ich habe mich sehr erleichtert gefühlt. Wenn man einen zusammenschlagen will, fragt man ihn ja nicht vorher erst noch, ob er wirklich schon zehn ist.

»Enorm klein für dein Alter!«, hat Mesut gesagt und mich rauf und runter gemustert. »Und, Alter, wo willst du jetzt hin?«

Vorgestellt hatte er sich mir immer noch nicht. Ich wusste aber ja längst, wie er hieß.

»Meine Mutter kommt immer so spät von der Arbeit«, hab ich gesagt. »Darum muss ich noch einkaufen.«

Mesut hat genickt. »Ich zeig dir, wo das ist«, hat er gesagt.

Da wusste ich endgültig, dass er sich tödlich gelangweilt hat, und auch, dass er mir keine reinhauen wollte. Und ich war so erleichtert, dass ich nicht mehr richtig aufgepasst habe.

»War das deine Oma?«, hab ich gefragt. Meine Güte, wie konnte ich so blöd sein?

»Wer?«, hat Mesut gefragt.

Ich hab immer noch nichts begriffen. »In dem Dorf da«, hab ich gesagt. »Die alte Frau!«

Mesut ist stehen geblieben, als wäre vor ihm ein Meteorit eingeschlagen. »Woher weißt du das?«, hat er gefragt. Jetzt hat er wieder gefährlich ausgesehen. Und leider war kein Mensch in der Nähe, schon gar kein Erwachsener. Und dass irgendwer in einem Hochhaus das Fenster aufreißt, wenn ein Junge »Hilfe« brüllt, braucht man ja gar nicht zu erwarten.

»Deine Mutter hat das meiner Mutter erzählt«, hab ich darum schnell gesagt. Ich konnte nur hoffen, dass er eine Mutter hatte und dass die außerdem geschwätzig war. Mütter reden im Treppenhaus ja öfter mal mit den Nachbarn, das ist normal. Jedenfalls um einiges normaler als Gedankenlesen, man konnte es leicht glauben.

»Was hat sie erzählt?«, hat Mesut gefragt. Ein bisschen misstrauisch sah er immer noch aus, aber wenigstens nicht mehr gefährlich. Trotzdem hab ich *Hilfe!* gedacht. Was sollte ich jetzt denn antworten?

»Von deiner Oma«, hab ich gesagt.

Mesut hat geschnaubt. »Uroma!«, hat er gesagt. »Was geht das deine Mutter an?«

Ich hab mit den Achseln gezuckt.

»*Meine* Uroma ist schon lange tot«, hab ich gesagt. Ich habe versucht, das Gespräch immer ungefährlicher zu machen.

Einen Augenblick war Mesut still, dann hat er sich wieder in Bewegung gesetzt. »Meine jetzt auch«, hat er dabei gesagt. »Weißt du dann ja.« Er hat jetzt übrigens ganz normal gesprochen. Ohne coolen Akzent.

»Bist du *deswegen* traurig?«, hab ich gefragt. Hinter dem nächsten Haus ist schon die Einkaufszeile aufgetaucht.

»Klar, Alter«, hat er gesagt. »Und weil wir sie logisch diesen Sommer nicht besuchen fahren. Das war immer total geil da.«

»Und warum fahrt ihr dann nicht trotzdem?«, hab ich gefragt. »Habt ihr da sonst keine Familie mehr?«

Mesut hat eine Dose in die Büsche gekickt. »Meine Eltern sind sowieso immer nur wegen meiner Oma gefahren!«, hat er gesagt. »Weil die unbedingt hinwollte. Aber meine Eltern wollten schon immer lieber mal nach Gran Canaria ...«

»Echt jetzt?«, hab ich gefragt. »Das ist doch auch gut!«

Mesut hat geschnaubt. »Meine Oma ist voll durch den Wind deswegen!«, hat er gesagt. »Die hat Heimweh nach der Türkei! Aber meine Mutter sagt, irgendwann muss sie schließlich auch mal machen können, was sie will, und wo die Mutter von meiner Oma jetzt gestorben ist, muss meine Oma auch nicht mehr jeden Sommer hinfahren.«

»Sie könnte ja alleine fahren«, hab ich gesagt. Da sind wir in die Einkaufszeile eingebogen. Die Geschäfte waren zum Glück wirklich alle noch geöffnet, nur die Bücherei war zu.

»Spinnst du?«, hat Mesut gefragt. »Kennst du meine Oma?« Dann hat er mit dem Kopf auf die Geschäfte gedeutet. »Wohin willst du?«

Wir sind zusammen in den Supermarkt gegangen. Ich konnte gut verstehen, dass Mesut Sehnsucht hatte nach dem Dorf, in dem er sonst jeden Sommer gewesen war. Ich hatte ja auch immer noch Sehnsucht nach zu Hause.

15.

Das Erlebnis mit Mesut hatte mir klargemacht, wie vorsichtig ich sein musste. Es war einfach Glück gewesen, dass er mir meine Ausrede geglaubt hatte. Nun konnte ich nur hoffen, dass er seine Mutter nicht fragen würde, warum sie denn mit wildfremden Leuten über seine tote Uroma redete.

Von jetzt an musste ich besser aufpassen. Wenn ich bei jemandem in den Kopf guckte, durfte ich mich hinterher nicht verraten. Mir war klar, dass nicht mal Mama mir geglaubt hätte. Die schon grade nicht.

In den nächsten Tagen hab ich mir einen Spaß daraus gemacht, absichtlich rauszukriegen, was die Leute dachten. Das Problem war, dass ich sie dazu immer so lange angucken musste, und manchmal haben sie was gemerkt. Die Frau an der Supermarktkasse hat aufgehört, meine Einkäufe einzutippen, und »Hab ich Ketchup an der Nase oder warum starrst du mich so an?« gefragt, und bei der Frau in der Bücherei hab ich gesehen, dass sie verliebt war, nur leider nicht, in wen. Und dass der sie nicht zurückgeliebt hat. Darum war ich ihr nicht böse, dass sie so unfreundlich zu mir war, als ich mit Mamas Unterschrift wiedergekommen bin, um mir endlich die Büchereikarte zu holen und die Fortsetzungen von der Kinderbande auszuleihen. Liebeskummer kann Menschen ziemlich fertigmachen, hat Artjom gesagt, als Maria aus der Bäckerei nicht mit ihm gehen wollte. Er war damals auch unfreundlich zu mir.

Natürlich waren in der Bücherei inzwischen noch zwei weitere Bände ausgeliehen, aber fünf waren ja auch schon mal nicht schlecht. Als ich sie in meiner Tasche hatte, hab ich wieder diese Vorfreude und dieses Glücksgefühl gespürt und beschlossen, gar nicht erst den Umweg über unsere Wohnung zu nehmen, sondern direkt zum Friedhof zu gehen, um zu lesen. Bei dieser Hitze war das bestimmt der beste, schattigste Ort dafür. Außer vielleicht zu Hause unser Balkon, aber ich hatte Mama ja versprechen müssen, nicht mehr rauszugehen, bis die verschließbaren Türgriffe angebracht worden waren. Alleine konnte sie das nicht. Jetzt wäre es natürlich gut gewesen, wenn Papa nicht bei Artjom geblieben wäre.

Außerdem hab ich gedacht, dass vor unserer Haustür vielleicht wieder Mesut steht, und nachher will der irgendwas spielen. Eigentlich fand ich es toll, dass ich hier auch schon einen Freund hatte, aber jetzt wollte ich eben unbedingt mehr von den Abenteuern der Kinderbande wissen. Und ich war sicher, dass Mesut das nicht verstanden hätte. Ich hatte ihm gegenüber ein bisschen ein schlechtes Gewissen.

Weil ich von der Bücherei aus wieder durch den Haupteingang auf den Friedhof gegangen bin, musste ich natürlich an der Kapelle vorbei. Und da habe ich endlich begriffen, dass ich wirklich und wahrhaftig selbst in ein Abenteuer geraten war. Knietief.

Die Schubkarre stand ordentlich abgestellt auf dem Plattenweg neben dem Hintereingang der Kapelle. Wie immer lagen Bronislaws Spaten darauf und die Hacke mit dem langen Stiel, auch die Hacke mit dem kurzen Stiel und die kleine Schaufel, also alles in Ordnung.

Was mich stutzig gemacht hat, war die Kiste mit den kleinblütigen Begonien. Die ließen ihre Köpfe hängen und von manchen waren sogar schon die ersten Blütenblätter in die sandige Wanne der Karre gefallen, so vertrocknet waren sie.

Bronislaw hätte das seinen Blumen nie angetan. Entweder er hätte sie gleich eingepflanzt, oder er hätte sie wenigstens reichlich gegossen. Und so mitten in der Sonne stehen gelassen hätte er sie auch nicht.

»Bronislaw?«, hab ich gerufen. »Bist du hier, Bronislaw?«

Obwohl man das an der Schubkarre ja sehen konnte.

Es kam aber keine Antwort.

»Bronislaw?«, hab ich wieder gerufen. Ich hab gedacht, vielleicht ist er auf dem Klo. Die zweiflügelige Haupttür war ja abgesperrt, und ich habe mit einem Blick auf der Tafel gesehen, dass heute auch keine Beerdigung anstand.

Aber Bronislaw hat ziemlich lange nicht geantwortet. (Dass man nicht sofort antwortet, wenn man auf dem Klo ist, ist klar. Darum habe ich auch ein bisschen gewartet.) Ich bin dann durch den Hintereingang gegangen. Ich kannte mich da ja aus.

Bronislaw lag auf dem Bauch auf dem Boden mit merkwürdig angewinkelten Armen und an seinem Hinterkopf war Blut. So sehen die Leichen im Fernsehen aus. (Nicht dass Mama mich solche Sendungen gucken lässt.)

»Bronislaw!«, hab ich gebrüllt. Ich bin nicht weggerannt. Ich hab mich neben ihm auf die Knie fallen lassen. »Bronislaw, lebst du noch?«

Bronislaw hat gestöhnt. »Ist Bein!«, hat er gestöhnt. »Kann ich nicht aufstehen, verdammte Scheiße!«

Ich hab vorsichtig hingeguckt, aber seine Beine sahen Gott sei Dank beide ganz normal aus. Trotzdem war schon klar, dass irgendwas damit nicht stimmte. Bronislaw ist keiner, der jammert.

Ich hab an meine Mütze gefasst und überlegt, was Artjom jetzt getan hätte. Er hätte nicht gezögert.

»Ich hol einen Krankenwagen, Bronislaw!«, hab ich gerufen. Aber im selben Augenblick ist mir auch schon klar geworden, dass ich ja gar kein Handy hatte.

»Ich geh ins Büro!«, hab ich gesagt. Bronislaw hat zur Antwort so gestöhnt, dass ich froh war, einen Grund zu haben wegzurennen. Sein Gesicht hat ganz blass und unheimlich ausgesehen.

Das Friedhofsbüro liegt in einem kleinen, alten Haus, nicht weit von der Kapelle entfernt. Auf der einen Seite ist das Büro untergebracht und auf der anderen Seite ist der Raum für die Gartengeräte. Da hatte ich Bronislaw auch schon mal hinbegleitet. Aber im Büro war ich noch nicht gewesen.

»Hilfe!«, hab ich geschrien, als ich noch nicht mal ganz am Haus angekommen war. »Hilfe, wir brauchen einen Krankenwagen!«

Eine Frau hat die Tür aufgerissen, aber als sie gesehen hat, dass es ein Kind ist, das schreit, hat sie plötzlich misstrauisch geguckt.

»Nun brüll hier mal nicht den ganzen Friedhof zusammen!«, hat sie gesagt. »Was ist los?«

Ich bin an ihr vorbei ins Büro gestürzt. An einem Schreib-

112

tisch saß ein Mann im weißen Hemd und hat an einem Computer gearbeitet.

»Sie müssen einen Krankenwagen rufen!«, hab ich geschrien. »Sofort! Bronislaw liegt in der Kapelle beim Hintereingang auf dem Boden und ist verletzt!«

»Was?«, hat der Mann jetzt auch gesagt. Man konnte sehen, dass er mir genauso wenig geglaubt hat.

»Bronislaw?«, hat die Bürofrau gefragt. »Ich seh nach.« Und sie hat sich schon umgedreht, um zur Kapelle zu gehen.

Warum glauben Erwachsene Kindern nie was? »Nein, bitte!«, hab ich geschrien. »Das kostet doch viel zu viel Zeit! Bronislaw liegt auf dem Boden in der Kapelle und hat irgendwas mit dem Bein!«

Es war klar, dass die Frau überlegt hat, was das Richtige war, anrufen oder nachgucken. Dann hat sie geseufzt. »Okay, okay«, hat sie gesagt. »Aber wenn du geschwindelt hast …«

Gleich danach hat sie dann ja gesehen, dass es die Wahrheit war. Als sie den Rettungswagen gerufen hatte, ist sie sofort zur Kapelle gerannt. Der Büromann war schon vorgelaufen. Er hat neben Bronislaw gekniet und ich hab mich dazugehockt. Wo jetzt zwei Erwachsene dabei waren, war es nicht mehr ganz so schrecklich.

»Bronislaw!«, hab ich geflüstert. »Tut es sehr weh?«

»Geht schon, geht schon, Kollege!«, hat Bronislaw gemurmelt. Er hat sogar versucht, ein bisschen zu lächeln. »Danke für Hilfe!«

»Ach, ist doch klar!«, hab ich gesagt. Es war schön, dass er mitgekriegt hat, dass ich es gewesen war, der den Rettungswagen gerufen hatte.

»Muss sich pieseln alte Weiber sonst immerzu«, hat Bronislaw gesagt, und jetzt hat er wirklich gegrinst. »Denk ich: Ist Rettung, ganz fix! Aber heute keine einzige Dame! Haben alle nix getrunken zum Frühstück, nix, gar nix?«

Ich hab gelacht. Ich war so froh, dass Bronislaw schon wieder Witze machen konnte. Und außerdem kam in diesem Augenblick der Rettungswagen. Mit Blaulicht.

»Machen Sie Platz, machen Sie Platz!«, hat ein Rettungssanitäter gesagt. Hinter ihm lief eine Frau, die hat einen Koffer getragen. »Hallo, wie geht es Ihnen? Können Sie mich verstehen?«

Das hat er natürlich zu Bronislaw gesagt.

Die Bürofrau hat mich an den Schultern gepackt und aus dem Klovorraum geschoben.

»Lass die Leute mal ihre Arbeit tun«, hat sie gesagt.

Von seinem Grundstück her kam uns Herr Schilinsky entgegen. Er hat geschnauft, so schnell war er gerannt. »Ist was passiert?«, hat er gerufen. »Wir haben den Rettungswagen gehört, und Evi hat gleich gesagt, es ist ja kein Wunder, wenn alte Leute bei dieser Hitze …«

»Jemand hat Bronislaw überfallen!«, hab ich gesagt. »Mit Hitze hat das nichts zu tun.«

»Was redest du denn!«, hat der Büromann gesagt. »Woher willst du das wissen? Er ist gestürzt, mehr kann man doch gar nicht sagen!«

Aber ich wusste, was ich wusste. Wenn einer eine Beule am Hinterkopf hat, aber er liegt auf dem Bauch, dann hat ihm jemand eins übergebraten, das ist doch vollkommen logisch. Die Leute lesen zu wenig Kriminalromane.

Die Tür ist aufgegangen und die beiden Sanitäter haben eine Trage rausgerollt. Darauf lag Bronislaw, den hatten sie zugedeckt, aber sein Gesicht sah nicht mehr so weiß und gruselig aus wie vorhin.

»Tschüs, Bronislaw, die kriegen dich schon wieder hin!«, hab ich gesagt und bin neben der Trage hergelaufen. Ich hab ihm ein bisschen über den Arm gestreichelt. Der tat ihm ja nicht weh.

»Alles klar, Kollege!«, hat Bronislaw gesagt.

»Alles Gute, Bronislaw, alter Schwede!«, hat Herr Schilinsky gerufen. »Toi, toi, toi! Werd schnell wieder gesund! Der Friedhof braucht dich!«

Da haben die Sanitäter die Trage in den Wagen gehoben. Trotzdem hab ich noch gehört, wie Bronislaw »Pole! Bin ich Pole, Herr Schilinsky!« gesagt hat. Es hat immer noch wie »Polle« geklungen.

»Na, da wird meine Evi aber staunen!«, hat Herr Schilinsky gesagt, und seine Augen haben ordentlich geblitzt. »Jetzt hab ich ja was zu erzählen! Kommst du noch mit, Junge? Heute gibt es Nudelsalat mit Schnitzel!«

Da bin ich mitgegangen. Und ich hab gegrübelt, was mir aufgefallen war, als ich mich das erste Mal über Bronislaw gebeugt hatte. Es wollte mir aber nicht wieder einfallen.

16.

Weil Bronislaw doch nun heute ganz bestimmt nicht mitessen würde, hatte Frau Schilinsky reichlich Nudelsalat für alle. Fünf Gräber weiter hat gerade Herr Schmidt die Blumen bei seiner Else gewässert und Jiffel hat ganz friedlich danebengehockt. Aber als bei uns die Kühltasche aufgegangen ist und er die Schnitzel gerochen hat (ich glaube nicht, dass es der Nudelsalat war), ist er mit wedelndem Stummelschwanz angeflitzt gekommen und hat sich vor Frau Schilinsky hingehockt. Dann hat er sie so lieb angeguckt, dass jedes Herz geschmolzen wäre.

»Hast du deinen Hund heute mal wieder nicht gefüttert, was, Nachbar Schmidt!«, hat Herr Schilinsky gerufen. »Na, ihr zwei beiden seid herzlich eingeladen! So einen bombastischen Nudelsalat wie meine Evi macht sonst keiner!«

»Ich komme gerne, wenn ich bei meiner Else fertig bin«, hat Herr Schmidt gesagt. Hinter dem Grabstein hatte er eine Harke mit langem Stiel, mit der hat er versucht, das Unkraut rauszuzupfen. Er konnte sich ja nicht mehr so gut bücken. Aber weil der Sommer so heiß war, hielt sich das mit dem Unkraut in diesem Jahr zum Glück in Grenzen.

»Na, ist das nicht ein dolles Ding?«, hat Herr Schilinsky gefragt und sich in seinen Stuhl fallen lassen, nachdem er den zweiten darunter vorgeholt hatte. »Überfällt einer den

Bronislaw! Und wenn der Junge nicht gekommen wäre, wer weiß, wie lange der arme Kerl noch da gelegen hätte!«

»Ach, irgendwer wäre schon irgendwann mal aufs Klo gegangen«, hab ich gesagt. Man soll bescheiden sein. Obwohl ich mich über das Lob natürlich gefreut habe.

»Und schon zum zweiten Mal!«, hat Frau Schilinsky gesagt und mir ein Schnitzel auf den Teller gelegt. Jiffel war jetzt kaum noch zu halten. »Wisst ihr nicht mehr, neulich die Beule?«

»Also, irgendwas stimmt nicht mit der Pinkelbude!«, hat Herr Schilinsky mit vollem Mund gesagt. Er hat mit dem Essen nicht auf Herrn Schmidt gewartet, sondern schon ordentlich reingehauen. »Und wenn ich dann noch daran denke, was mir da neulich mit den abgeschlossenen Türen passiert ist, dann fange ich glatt an, an Geister zu glauben!«

»Geister gibt es nicht!«, hab ich gesagt. Richtig sicher war ich mir aber eigentlich nicht. Wir waren schließlich auf einem Friedhof.

»War ja auch nur ein Scherz«, hat Herr Schilinsky gesagt. »Aber man fragt sich natürlich …«

Jetzt war Herr Schmidt auch fertig geworden. Er hat sich ganz langsam in den letzten freien Stuhl sinken lassen. »Nicht zu viel, danke, Frau Schilinsky«, hat er gesagt, als Frau Schilinsky ihm einen Teller aufgefüllt hat. »Mein Magen will keine so großen Portionen mehr.«

»Aber Jiffels Magen!«, hab ich gesagt. Inzwischen sah Jiffel schon ganz verzweifelt aus.

»Er weiß, dass er hier immer gefüttert wird«, Herr Schmidt hat ein bisschen geseufzt und den Teller entgegengenommen.

»Danke, Frau Schilinsky. Und dabei hatte meine Else ihn so gut erzogen! *Keine Bettelei bei Tisch!,* hat sie immer gesagt.«

»Na, bei Tisch kann man das hier ja nun weiß Gott nicht nennen, Nachbar Schmidt!«, hat Herr Schilinsky gesagt. »Aber was ich eben sagen wollte: Man fragt sich doch, wieso denen im Büro nicht früher was aufgefallen ist, was? Der Bronislaw hat da seit gestern Abend gelegen …«

»Die im Büro haben ihr eigenes Klo«, hat Frau Schilinsky gesagt. »Senf zum Schnitzel, Herr Schmidt? Wieso sollten die also da reingucken?«

»Und es ist Bronislaws Aufgabe, abends die Kapellentüren abzuschließen«, hat Herr Schmidt gesagt. Er hat in seinem Nudelsalat gestochert. »Nein, ich sehe nicht, wieso dem Büro etwas hätte auffallen sollen.«

Frau Schilinsky hat Jiffel Schnitzelstücke hingeworfen, sodass er sie mit der Schnauze aus der Luft fangen konnte. »Du kannst die im Büro einfach nicht ausstehen, Klaus-Peter, so ist das!«, hat sie streng gesagt. »Weil sie uns hier immer in die Parade fahren wollen. Aber bisher ist ihnen das ja noch nicht gelungen!«

»Wollen die nicht, dass Sie hier Ihren Schrebergarten haben?«, hab ich gefragt. Vielleicht hätten die Schilinskys die Bürofrau und den Büromann auch nur einfach mal zum Essen und zu einem Bierchen einladen sollen.

»Paragrafenreiter!«, hat Herr Schilinsky gesagt. »Die warten nur darauf, dass wir irgendwas tun, weswegen sie uns rausschmeißen können!«

Ich habe Herrn Schmidt zugesehen, wie er sehr still und

sehr langsam gegessen hat. Wenn man tot ist, braucht man gar nicht mehr zu essen. Und wenn man ganz, ganz alt ist oder ganz, ganz krank, nur noch ganz wenig. Das ist doch, als ob man sich langsam gewöhnt. Ich fand es sehr logisch.

Aber weil ich Herrn Schmidt so lange angesehen habe, ist es mir nun auch bei ihm zum ersten Mal passiert.

Es hätte mich auch gewundert, wenn bei Herrn Schmidt im Kopf so ein Chaos gewesen wäre wie bei Dicke Frau, aber dass seine Bilder so ruhig und so fröhlich sein würden, hätte ich auch nicht erwartet. Bei Herrn Schmidt im Kopf war es so glücklich wie vorher noch bei keinem. Die Sonne schien über einer wunderschönen, hügeligen Landschaft, die aussah, als ob es vielleicht Italien wäre; aber weil ich noch nie in Italien war, weiß ich das nicht so genau. Alles war grün, und es gab Blumen, die ich noch nie gesehen habe, und riesengroße Schmetterlinge und winzige Vögel, die aus den Blüten getrunken haben, das waren bestimmt Kolibris. Im Hintergrund sah man das Meer, und auf einer Bank saß eine junge Frau in einem blauen Kleid, das genau zum Himmel und zum Wasser gepasst hat, und hat gelacht. Und wenn bei Mesut und bei Dicke Frau eine große Traurigkeit über ihren Gedanken gelegen hatte, dann war es bei Herrn Schmidt eine große Freude. Das denkt man doch nicht bei so einem alten Mann. Vielleicht hat er sich gerade an seine schönste Urlaubsreise erinnert. Ich konnte mir gut vorstellen, dass einem auf diesem Friedhof schöne Erinnerungen kamen.

Frau Schilinsky hat aufgehört, Jiffel zu füttern, und ihm die leere Tupperdose gezeigt, in der die Schnitzel gewesen waren. »Du brauchst gar nicht mehr zu betteln!«, hat sie gesagt. »Nichts mehr da!« Dann hat sie die Dose zugemacht.

Jiffel ist aufgestanden und zwei Schritte zu mir rübergekommen. Er hat mir seinen Kopf auf die Knie gelegt.

»Na, Jiffel?«, hab ich gesagt.

Herr Schmidt hat aufgesehen und gelächelt. »Der Hund mag dich!«, hat er gesagt. Da hab ich mich auch ganz glücklich gefühlt. Ich finde, dass Hunde einen immer glücklich machen. Ich hätte so gerne wieder einen Hund.

Herr Schmidt hat seine Taschenuhr gezückt und ist mühsam aus seinem Stapelstuhl aufgestanden. »Das war wie immer ein wunderbares Essen, Frau Schilinsky!«, hat er gesagt. Er hat nach ihrer Hand gegriffen und ihr einen Handkuss gegeben. »Ich weiß gar nicht, wie ich mich revanchieren kann.«

»Durch Ihre nette Gegenwart, Herr Schmidt!«, hat Frau Schilinsky gesagt. Sie hat ihre Hand ganz langsam zurückgezogen. Ich hab fast geglaubt, dass sie rot geworden ist, das kann aber natürlich auch wegen der Hitze gewesen sein.

Herr Schmidt hat sich leicht verbeugt. »Zeit für mein Mittagsnickerchen!«, hat er gesagt. »Komm, Jiffel!« Dann hat er die Leine aus seiner Sakkotasche gezogen.

Ich bin aufgesprungen. »Kann ich Jiffel halten?«, hab ich gefragt. »Vielen Dank für das leckere Essen, Frau Schilinsky!«

»Das hattest du dir heute ja wahrhaftig verdient, mein Junge!«, hat Frau Schilinsky gesagt.

Herr Schmidt hat mir die Leine gegeben, damit ich sie an Jiffels Halsband festmache. So brauchte er sich nicht zu bücken. Dann sind wir zusammen ganz langsam zum Hinterausgang gegangen.

Und auf dem Weg ist mir plötzlich wieder eingefallen, was ich im Kapellenklo gesehen hatte. Bronislaw hatte eine Tätowierung über dem linken Handgelenk.

17.

Aber bevor ich darüber nachgrübeln konnte, hatte Herr Schmidt sich schon auf den Weg gemacht. Ich hab Jiffels Leine gehalten und mir vorgestellt, dass er mein Hund ist. Ich mag Foxterrier gerne. Ich mag eigentlich alle Hunde gerne.

Auf Herrn Schmidts Gesicht hat ein leichtes Lächeln gelegen, und ich hab gedacht, vielleicht hat ihm der Nudelsalat so gut geschmeckt. Ich hätte ihn gerne noch länger angesehen, um rauszukriegen, was genau grade in seinem Kopf vor sich ging, da hat er mich angeguckt.

»Ist was los, mein Jung?«, hat er gefragt.

Ich habe schnell den Kopf geschüttelt. »Waren Sie mal in Italien?«, hab ich gefragt.

Herr Schmidt hat gelacht. Er hat sich gar nicht über die Frage gewundert.

»Meine Else wollte immer dahin«, hat er gesagt. »Aber ich wollte nicht. So ein weiter Weg mit dem Auto – ich bin nie gerne Auto gefahren, mein Jung.«

»Ach so«, hab ich gesagt. »Aber in Spanien? Mit dem Flugzeug?«

Jetzt ist Herr Schmidt stehen geblieben. Vielleicht hatte er das aber ja sowieso gewollt. Alte Leute können schließlich nicht mehr so gut laufen. »Auch nicht, mein Jung, auch nicht«, hat er gesagt. »Meine Else mochte nicht fliegen, da hatte sie eine Heidenangst. Darum musste ich dann nicht zugeben, dass ich das auch nicht so gerne mag, weißt du!« Und er hat gekichert.

Das fand ich ganz schön frech von ihm, aber gleichzeitig habe ich mich gefragt, wo das schöne Land aus seinem Kopf denn sonst gewesen sein kann. Wenn er nicht weit mit dem Auto fahren mochte und fliegen auch nicht.

»Im Krieg«, hat Herr Schmidt plötzlich gesagt und damit meine Frage beantwortet, ohne dass ich sie stellen musste, »da war ich mal in Südfrankreich. Aber das war nicht schön, mein Jung, gar nicht schön.«

»Nein?«, hab ich gesagt. In seinem Kopf hatte das aber ganz anders ausgesehen. Und außerdem hatte ich nicht gewusst, dass es in Südfrankreich Kolibris gab.

»Zweifelst du daran?«, hat Herr Schmidt gefragt. »Du siehst so skeptisch aus.« Er hat ein bisschen geschnauft.

»Nee, nee, ist schon alles gut«, hab ich gesagt. Ich konnte ihm doch schlecht erklären, dass ich in seinen Kopf geguckt und dass es da ziemlich fröhlich ausgesehen hatte.

»Aber wieso willst du das denn überhaupt wissen?«, hat er gefragt. Wir waren gerade an der Wegkreuzung mit der Kastanie und der Bank angekommen (mit alten Leuten geht es ja nur langsam vorwärts) und Herr Schmidt hat auf die Bank gezeigt. »Wir wollen mal eine kleine Pause machen.«

Man konnte Jiffel ansehen, dass er lieber ein bisschen geflitzt wäre, aber er hat sich doch ganz lieb vor uns auf den Weg gehockt.

»Nun mal raus mit der Sprache!«, hat Herr Schmidt gesagt. »Warum fragst du danach?«

Wenn wir weitergegangen wären, hätte ich es ihm nicht erzählt. Aber auf der Bank war es so friedlich und die Sonne hat durch das dichte Blätterdach einen zitternden Schatten auf den Boden geworfen, und nach der Hitze in Schilinskys Schrebergarten war es hier angenehm kühl. Vielleicht war ich auch einfach erschöpft von dem Erlebnis mit Bronislaw vorhin.

»Ich hab das in Ihren Gedanken gesehen«, hab ich vorsichtig gesagt. Man kann so was ja nicht ewig für sich behalten. Irgendwem muss man davon erzählen. »Wenn ich will, kann ich Gedanken lesen.«

Herr Schmidt hat mich nachdenklich angesehen. »Mhm, mhm«, hat er gesagt. »Das ist eine wunderbare Gabe, mein Jung. Da sei mal dankbar dafür.«

»Sie glauben mir das?«, hab ich gefragt. Ich hatte nämlich eigentlich gedacht, dass er mich auslachen würde. Er hat ja gerne gelacht.

Herr Schmidt hat aber nur gelächelt. »Warum nicht?«, hat er gesagt. »Wenn du so lange gelebt hast wie ich, hast du alles Mögliche erlebt, da glaubst du vieles.« Er hat freundlich genickt. »Das hat schon alles seinen Sinn, mein Jung. Seinen Sinn und seinen Grund. Alles im Leben. Alles hat seinen Sinn.«

Das konnte natürlich sein, der Sinn und der Grund haben mich aber nicht sehr interessiert. »Bei Dicke Frau herrscht Chaos«, hab ich gesagt. »Im Kopf.« Ich hab nämlich gerade irgendwo auf einem Nebenweg die Räder ihres Einkaufswagens gehört und dazu auch das Schnaufen.

»Wundert dich das?«, hat Herr Schmidt gesagt. »Manchmal

fällt es nicht leicht, zu verstehen, warum manchen Menschen immerzu nur Schwereres auferlegt wird, meinst du nicht? Zuerst stirbt ihr Sohn; ihr Golddollar wird ihr gestohlen; und Herr Schilinsky hat erzählt, dass sie sich jetzt auch nicht mehr in dem Supermarkt aufhalten darf, in den sie sonst immer zur Abkühlung gegangen ist.«

»Zur Abkühlung?«, hab ich gefragt. Jiffel hat mit einem kleinen Pruster seinen Kopf auf die Pfoten fallen lassen.

»Bei dieser Hitze muss sich doch jeder mal abkühlen!«, hat Herr Wilhelm Schmidt gesagt. »Da ist sie immer in diesen Dromarkt gegangen, die haben eine Klimaanlage. Im Winter zum Aufwärmen und jetzt bei der Hitze zur Abkühlung. Aber die haben da eine neue Chefin, die will kein Gesindel, weil sonst die Kunden wegbleiben.« Er hat geseufzt. »Wir wollen hoffen, dass der Herrgott der hartherzigen Frau verzeiht!«, hat er gesagt. »Und sie nicht mit einem ähnlich schweren Schicksal straft. Vielleicht weiß sie nicht, was das Leben unserer Dame zugemutet hat.«

Ich dachte an Dicke Frau, die jetzt wieder irgendwo über den Friedhof zog und jammerte, und an ihren Sohn. »Warum müssen Kinder sterben, was glauben Sie, Herr Schmidt?«, hab ich gefragt und Jiffel dicht hinter dem Halsband gekrault. Jetzt hatte ich Herrn Schmidt erzählt, dass ich Gedanken lesen konnte, und er hatte mir geglaubt, da konnte ich doch auch noch *darüber* reden. »Es ist ungerecht.«

Herr Schmidt hat genickt. »Ja, so kommt es uns vor, mein Jung«, hat er gesagt. »Dagegen, wenn man alt ist ... Guck, nun, wo meine Else weg ist, da denk ich oft: Ich hab ein schönes Leben gehabt. Aber nun darf mich der Herrgott auch bald rufen. Und du besuchst mich hier dann mal. Du weißt ja nun, wo das ist.«

Das hat mich ärgerlich gemacht. Über alte Leute wollte ich nicht reden, dass die sterben müssen, war ja schon klar. Auf der Erde würde ein fürchterliches Gedrängel herrschen, wenn immer neue Kinder geboren würden, aber niemand stirbt.

Ich finde, das ist schon ganz gut ausgedacht mit dem Geborenwerden und dem Sterben. Und gerecht ist es auch. Weil die alten Leute ja schon ziemlich lange auf der Welt gewesen sind und Zeit gehabt haben, sich alles anzugucken und alles zu erleben, aber Kinder haben das nicht. Deshalb ist es bei Kindern ungerecht.

»Sie haben selbst gesagt, es gibt immer für alles einen Grund!«, hab ich gesagt. Das hatte er doch eben gerade erklärt. »Und wenn ein Kind stirbt – also der Junge von Dicke Frau, zum Beispiel –, dann muss doch irgendwer schuld sein! Der war doch noch nicht dran! Vielleicht hat sich irgendwer gewünscht, dass er tot ist! Und dann war er tot.«

»Unsinn«, hat Herr Schmidt gesagt und mir einen merkwürdigen Blick zugeworfen. »Man stirbt nicht, weil jemand einen wegwünscht. Dann wäre die Erde längst entvölkert, glaub mir, mein Jung! Weißt du, wie oft ich meinen Nachbarn zum Teufel gewünscht habe mit seiner lauten Musik immer? Aber der erfreut sich allerbester Gesundheit!« Er hat ein meckeriges Altmännerlachen gelacht.

»Ich glaub das aber doch!«, hab ich gesagt und Artjoms Kappe in den Händen gedreht. Ich weiß, was ich weiß. »Kinder sterben doch nicht so einfach! Oder Jugendliche! Wenn die danebentreten, dann muss es doch einen Grund geben!«

»Danebentreten?«, hat Herr Schmidt gefragt.

»Wenn sie es tausendmal gemacht haben!«, hab ich gerufen. »Dann können sie es doch! Es muss einen Grund geben, da ist einer schuld!«

Herr Schmidt hat mich forschend angesehen. »Ich weiß nicht, wovon du redest, mein Jung«, hat er gesagt. »Der Junge von der Dame ist bei einem Autounfall umgekommen.«

Ich hab tief Luft geholt. Es hatte keinen Sinn. Man kann nicht darüber reden. »Ich muss jetzt nach Hause«, hab ich gesagt. Ich hab nicht mal mehr Jiffel zum Abschied gekrault. Fast hätte ich meine Büchertasche liegen lassen.

18.

Es gibt eben Dinge, über die kann man nicht reden, das hätte ich doch wissen müssen. Sonst hätten wir es zu Hause schließlich getan. Mit Babuschka. Oder mit Mama.

Ich hatte nur gedacht, weil Herr Schmidt mir sogar geglaubt hatte, dass ich Gedanken lesen kann.

Neben der Haustür stand Mesut. »Ich hab schon bei dir geklingelt!«, hat er gesagt. Er hat ein bisschen vorwurfsvoll geklungen. Ich war in den letzten Tagen wirklich ziemlich oft auf dem Friedhof gewesen, und Mesut hatte ich nur ganz wenig gesehen.

»Kommst du mit hoch zu mir?«, hab ich gefragt.

»Was hast du?«, hat Mesut zurückgefragt. »Wii? Xbox? PC?«

Ich hab den Kopf geschüttelt. »Ist alles noch nicht ausgepackt«, hab ich gesagt. Das war gelogen, Mama wollte solche Sachen nur nie kaufen. Aber wo doch bei uns immer noch die vielen Umzugskisten standen, würde Mesut es bestimmt glauben. Er ist auch mitgekommen.

»Ich muss dir was erzählen«, hab ich im Fahrstuhl gesagt. Allmählich wuchsen mir die vielen Verbrechen über den Kopf. Wenn ich mit meiner Ein-Mann-Detektei Erfolg haben wollte, musste ich mit jemandem zusammenarbeiten, das war mir vorhin klar geworden, als ich Hilfe für

Bronislaw geholt hatte. Ich brauchte einfach jemanden zum Reden.

Zum Beispiel wusste ich noch nicht mal, unter welchem Punkt auf meiner Liste ich den Überfall auf Bronislaw eintragen sollte. Natürlich gehörte er auf die Seite ***Bronislaw/ Beule***, aber nur mal angenommen, ich hätte neulich die Geschichte mit Herrn Schilinsky und den verschlossenen Klos in meine Aufklärungsarbeit aufgenommen, dann hätte er doch vielleicht da auch hingehört. Weil es sich um denselben Ort handelte.

Und mit dem Juwelenraub war ich überhaupt noch nicht weitergekommen.

»Alter!«, hat Mesut gesagt, als ich die Wohnungstür aufgeschlossen hab. »So ein Rummelhaufen!«

Ich hatte mich inzwischen an die Kisten gewöhnt. Aber ich konnte schon verstehen, dass Mesut sich gewundert hat.

»Meine Mutter kommt abends immer so spät!«, hab ich gesagt. »Da schafft sie es nicht mehr auszupacken.«

»Auch nicht sonntags?«, hat Mesut gefragt. »Ich würde ja durchdrehen, echt!«

Er ist zur Balkontür gegangen. »Setzen wir uns raus, okay?«

Ich musste schon wieder den Kopf schütteln. »Ich darf nicht«, hab ich gesagt. »Meine Mutter hat Angst, dass mir was passiert.«

Jetzt hat Mesut mich richtig angestarrt. Wenn er hätte Gedanken lesen können, dann hätte er gesehen, was mir alles durch den Kopf gepurzelt ist. Es war aber nicht so wirr wie bei Dicke Frau.

»Die hat sie doch nicht mehr alle, Alter, echt«, hat er gesagt. »Entschuldige. Ist ja deine Mutter und alles.« Dann hat er mir versöhnlich auf die Schulter gehauen. »Meine ist auch manchmal komisch. Vergiss es.«

Ich hab die Küchentür aufgemacht. In der Küche sah es von allen Räumen noch am besten aus. Geschirr und Besteck und Töpfe waren längst in den Schränken.

»Setz dich schon mal hin«, hab ich gesagt und auf die Arbeitsplatte gezeigt. »Ich muss noch was holen.« Dann bin ich in mein Zimmer geflitzt und habe die Liste unter dem Kopfkissen herausgezogen.

Mesut saß auf Mamas Stuhl und hat sich interessiert in der Küche umgesehen. Ich hatte wenigstens schon unseren Kalender aufgehängt mit den Bildern von zu Hause. »Sieht gut aus da!«, hat Mesut gesagt.

Ich hab mit den Achseln gezuckt. »Wenn ich dir ein Geheimnis verrate, sagst du es nicht weiter?«, habe ich gefragt.

Mesut hat sich mit einem Ruck vorgebeugt und wild den Kopf geschüttelt. Drei Schwurfinger gehoben hat er aber nicht.

»Ich komm mit meinen Verbrechen nicht weiter!«, hab ich gesagt.

Mesut hat mich verblüfft angestarrt. »Sag nicht, du hast was geklaut, Alter!«, hat er gesagt.

Da hab ich begriffen, dass ich es schlecht ausgedrückt hatte.

»Doch nicht *meine* Verbrechen!«, hab ich gesagt. »Die ich aufklären will!« Und ich hab Mesut mein Mathe-Heft mit der Liste hingehalten und ihm erklärt, dass ich ein Ein-Mann-Detektivbüro aufgemacht hatte. Aber dass ein Zwei-Mann-Büro wahrscheinlich besser wäre.

Mesut war ganz still. Also hab ich ihm von dem Überfall auf Bronislaw erzählt.

»Geil!«, hat er gesagt. Bronislaw gegenüber war das vielleicht nicht so nett. »Das hast du echt erlebt?«

Ich hab genickt. »Das erzählen wir nachher meinem Bruder!«, hat Mesut gerufen. »Der ist bei der Polizei! Der weiß, was wir machen müssen!«

»Nein!«, hab ich gesagt.

Selbst wenn er die Wahrheit sagte und sein Bruder wirklich bei der Polizei war, wusste man doch von der Kinderbande, wie blöde die Polizei sich immer anstellt. Die musste man unbedingt da raushalten. Und außerdem waren das *meine* Fälle. Die konnte Mesut nicht so einfach seinem Bruder geben. Dem schon gar nicht.

Mesut hat aber überhaupt nicht gemerkt, wie sehr ich dagegen war. »Nächstes Jahr ist er mit der Ausbildung fertig!«, hat er gesagt. Man konnte sehen, wie stolz er war. »Ich mach das auch, wenn ich meinen Schulabschluss habe. Der darf eine Pistole tragen! Der kennt sich aus!«

»Du musst schwören, dass du es ihm nicht erzählst!«, hab ich gesagt und jetzt selbst drei Finger in die Luft gehalten. »Ich hab dir gleich gesagt, es ist ein Geheimnis!«

»Aber doch nur meinem Bruder, Mann!«, hat Mesut gesagt. »Weil Ahmed sich auskennt! Der ist doch mein Bruder!«

»Nein und Scheiße!«, hab ich ihn angeschrien.

Ich wollte nicht weinen. So was kommt einfach.

»Mann, Alter!«, hat Mesut erschrocken gesagt. Er ist auf seiner Seite der Arbeitsplatte sitzen geblieben, aber er hat ausgesehen, als ob er gerne rübergekommen wäre, um mich

in den Arm zu nehmen. »Deswegen musst du echt nicht heulen! Ist was los?« Er konnte natürlich keine Gedanken lesen.

Aber ich konnte nicht aufhören. Mesut hatte einen Bruder, der war Polizist. Bestimmt wäre Artjom ein viel besserer Polizist gewesen.

Das Weinen hat mich geschüttelt.

»Logisch ist was, Alter, du lügst!«, hat Mesut unruhig gesagt. »Du heulst doch nicht einfach so!« Und dann ist er zu mir gekommen. Aber angefasst hat er mich nicht. »Das ist nicht nur, weil ich dein Geheimnis nicht verraten soll!«

Ich hab den Kopf geschüttelt. Wenn ich jetzt geredet hätte, hätte meine Stimme so sehr gezittert, dass nichts zu verstehen gewesen wäre. Das wäre noch peinlicher gewesen. Ich hatte gar nicht gewusst, dass ich so sehr weinen konnte. Dass überhaupt irgendwer auf der Welt so sehr weinen konnte, außer Babuschka. Babuschka hat tagelang geweint. Und nächtelang. Babuschka hat bestimmt noch geweint, als wir schon in Deutschland waren.

Aber Mama nicht.

»Nein, nein!«, hat sie mit einer fremden Stimme geschrien, als die Polizei vorgefahren ist und es uns erzählt hat. »Nein!« Dann ist sie mit zur Brücke gefahren, auf der Artjom immer, immer auf dem Geländer balanciert war. Wie alle großen Jungs. Ich würde da später auch balancieren. Hatte ich gedacht.

Ich hab auch nicht geweint. Weil ich es nicht geglaubt habe, vielleicht. Vielleicht hab ich es auch nicht richtig verstanden, ich war ja noch klein. Dass Artjom danebengetreten war, konnte ich mir gerade noch vorstellen, obwohl Artjom doch so tüchtig war; aber dass er niemals mehr wiederkommen würde, das konnte ich nicht glauben.

Im Sommer davor war unsere Katze gestorben, der Mähdrescher hatte sie überfahren. Sie hieß Minka. Und sie war auch nicht wiedergekommen. Tot ist tot, daher wusste ich das eigentlich.

Aber eine Katze ist doch nicht dasselbe wie ein Mensch! Nicht wie Artjom. Artjom war von allen der Klügste und der Stärkste und der Mutigste. Der Mutigste vor allem. Wie Artjom wollte ich sein, eines Tages. Und nun war er nicht mehr da.

Damals an dem Nachmittag bin ich nach draußen gegangen, weil ich Babuschka nicht mehr weinen hören wollte. Die Nachbarinnen sind gekommen und haben sie getröstet. Ich hab mich hinten vor den Zaun gehockt und unser Hund ist gekommen und hat seinen Kopf auf meine Knie gelegt. Unser Hund hieß Kaleschko.

Ich konnte nicht richtig denken, aber in meinem Kopf sind ganz viele Dinge durcheinandergepurzelt. Dass Babuschka aufhören sollte zu weinen. Dass ich im Herbst in die Schule kommen würde. Dass Mama mit der Polizei weggefahren war und wie ungerecht das war. Eigentlich wollte *ich* schon immer so gerne mal mit einem Polizeiauto fahren, und nun durfte Mama das, und der war das doch eigentlich ganz gleichgültig.

Ich habe nicht geweint. Ich habe Kaleschko gekrault.

»Besser?«, hat Mesut gefragt. Er hat immer noch so ungefähr einen Meter von mir entfernt gestanden. Ich hab gesehen, dass er ein Blatt von unserem Küchenpapier abgerissen hatte. Das hat er mir hingehalten.

»Danke!«, hab ich gesagt und mir die Nase geschnäuzt. »Das war blöde von mir.«

Mesut hat mich immer noch angesehen. »Nee, bestimmt nicht!«, hat er gesagt. »Du hast nicht wegen meinem Bruder geheult, oder? Du hast wegen deinem *echten* Geheimnis geheult, Alter. Aber wenn du das nicht verraten willst, ist auch okay.« Dann hat er mir noch ein Blatt Küchenpapier gegeben.

Und plötzlich hab ich gewusst, dass es gar kein Geheimnis war und dass ich es erzählen wollte. Genau Mesut wollte ich es erzählen, genau jetzt.

»Das ist kein Geheimnis«, hab ich gesagt. Genau Mesut wollte ich es erzählen, weil er nicht über mich gelacht hat und weil er mich nicht falsch getröstet hat und weil er mir immer noch Küchenpapier gab. Und weil seine Uroma gestorben war.

»Mein Bruder ist tot.«

19.

Mesut hat gesagt, dass man sich besser unterhalten kann, wenn man dabei etwas trinkt. Er hat zwei Gläser aus dem Hängeschrank genommen und Wasser aus dem Hahn eingefüllt. Dabei habe ich schon geredet und geredet.

»Sie erzählen einem, dass die Seele im Himmel ist!«, hab ich gesagt. »Und im Grab liegt nur der Körper, der ist eine leere Hülle. Das ist nicht mehr der echte Artjom. Darum konnten wir ja auch wegziehen, Mama und ich. Mama wollte nicht mehr jeden Tag mit dem Bus über die Brücke fahren.«

Mesut hat mir mein Glas gegeben.

»Sie wollte so weit weg wie möglich. Und mein Onkel war ja schon in Deutschland. Aber mein Vater wollte nicht. Er lässt seinen Sohn nicht im Stich, hat er gesagt.«

»Dich hat er im Stich gelassen«, hat Mesut gesagt.

Ich habe genickt. »Er schreibt uns nicht. Er ist böse auf Mama!«, hab ich geflüstert. »Und Babuschka ist böse auf Mama, Deduschka auch. Sie haben alle furchtbar geweint. Sie wollten bei Artjom bleiben.«

Eine Weile war es still.

»Man weiß es nicht, Alter«, hat Mesut dann gesagt. »Das mit der leeren Hülle.«

Ich war froh, dass er mit mir geredet hat wie mit einem

normalen Menschen. Er fand es nicht komisch, dass ich so geweint hatte.

»Aber irgendwie ist einer, der tot ist, ja trotzdem immer noch da, oder? Ich muss jeden Tag an meine Uroma denken. Manchmal hab ich das Gefühl, dass sie mir zuzwinkert. Oder als ob sie auf mich aufpasst. Sie wollte mir immer alles verbieten, was gefährlich war. Da passt die doch jetzt auf mich auf.«

Ich wusste, was er meinte. Artjom war auch nicht verschwunden. Manchmal tauchte er auf, ganz plötzlich. Als wollte er mir etwas sagen. Oder mich trösten.

»Und du glaubst, das ist die Seele?«, hab ich gefragt.

Mesut hat die Achseln gezuckt. »Muss ich das wissen?«, hat er gesagt. »Meine Uroma liegt in Anatolien im Grab, das weiß ich, und irgendwie ist sie trotzdem nicht weg. Das weiß ich auch, Alter. Wie das genau funktioniert, hab ich keine Ahnung.«

Das konnte ich verstehen. Bei einer Uroma war es vielleicht auch nicht ganz so wichtig wie bei einem Bruder. Aber es war trotzdem gut, mit Mesut darüber zu reden.

»Und wer ist schuld?«, hab ich gefragt. Übrigens hat das mit dem Trinken beim Reden nicht gestimmt. Mein Glas war noch ganz voll.

»Woran, dass sie tot ist?«, hat Mesut gefragt. »Mann, Alter, keiner! Sie war alt.«

»Artjom war nicht alt«, hab ich gesagt.

»Nee, aber der war selber ...!«, hat Mesut gesagt, aber dann hat er mich ganz erschrocken angesehen. »Der ist auf dem Brückengeländer balanciert, hast du gesagt. So ist das passiert.«

Ich hab genickt. Das Letzte konnte ich mit Mesut vielleicht doch nicht besprechen.

»Lass uns mal die Listen angucken«, hab ich gesagt. Schließlich waren wir jetzt ein Zwei-Mann-Detektivbüro.

Als Erstes mussten wir die Listen ergänzen.

- *Bronislaw schon wieder überfallen,*

habe ich in der Liste ***Bronislaw/Beule*** unter *Weiteres Vorgehen/Nächste Schritte* eingetragen. Natürlich stimmte die Reihenfolge so nicht mehr, die nächsten Schritte hätten an letzter Stelle kommen müssen. Es ließ sich nicht ändern.

- *Ohnmächtig. Muss mit Krankenwagen abgeholt werden. Schwere Verletzung am Bein?*
- *Liegt auf dem Bauch, aber Beule am Hinterkopf!!!!!*

Das hab ich unterstrichen. Es war der Beweis dafür, dass Bronislaw wirklich überfallen worden und nicht nur einfach so gestolpert war.

Vor dem nächsten Punkt hab ich ein bisschen gezögert. Vielleicht hatte es gar nichts zu bedeuten. Aber so dürfen Detektive nicht denken. Sie müssen jeder noch so kleinen und unwahrscheinlichen Spur nachgehen. Vielleicht führt sie in die Irre, dann haben sie Pech gehabt. Aber vielleicht führt gerade sie auch zur Aufklärung, so war das bei der Kinderbande zum Beispiel in Band elf.

– *Bronislaw hat eine Tätowierung am linken Handgelenk,*

habe ich also geschrieben. Nicht, dass ich gedacht habe, Bronislaw ist ein Verbrecher. Aber ein echter Detektiv hätte auch nichts ausgelassen.

»Das muss auch noch auf die andere Liste!«, hat Mesut gesagt. »Von dem Gentleman-Räuber!«

Daran hat man gemerkt, dass er schon richtig mitgedacht hat. Es war ein gutes Gefühl. Ich musste nicht mehr allein grübeln.

– *Bronislaw hat eine Tätowierung am linken Handgelenk,*

habe ich also auch noch auf die Liste ***Juwelenraub/Gentleman-Räuber*** geschrieben. Nur bei ***Dicke Frau/Golddollar*** hat es nicht gepasst.

»Und was bedeutet das nun, Alter?«, hat Mesut gefragt. »Dass es auf beiden Listen steht?«

Jetzt hab ich doch einen Schluck von meinem Wasser genommen. »Dass die beiden Verbrechen zusammenhängen?«, hab ich gefragt. »Die Beule und der Juwelenraub?«

»So sieht es aus!«, hat Mesut gesagt.

Ich hab den Kopf geschüttelt. »Aber nur, wenn Bronislaw der Mann vom Juwelen-Überfall ist, der mit der sanften Stimme und dem schwarzen Anzug.«

»Eben!«, hat Mesut gesagt.

Jetzt war es Zeit, zu widersprechen. »Aber dann hätten sie doch in der Zeitung geschrieben, dass der einen polnischen Akzent hatte«, hab ich gesagt.

Mesut hat mit meinem Kugelschreiber gespielt. »Vielleicht dürfen sie das nicht, weil es diskriminierend wäre?«, hat er gesagt. Ich hätte nicht gedacht, dass Mesut solche Wörter kennt. Aber vielleicht gerade.

»Ich glaube nicht, dass Bronislaw einen schwarzen Anzug hat«, hab ich gesagt. Obwohl das vielleicht Blödsinn war. Viele Männer haben schwarze Anzüge.

»Das kann man leicht rauskriegen!«, hat Mesut gesagt. »Wenn man seine Wohnung durchsucht!«

Jetzt habe *ich* »Alter!« gesagt.

Obwohl ich es bestimmt irgendwie hätte hinkriegen können, zu ihm eingeladen zu werden; ich kannte Bronislaw ja jetzt gut. Aber da hätte ich trotzdem nicht einfach so seinen Kleiderschrank durchsuchen können. Und außerdem war er ja sowieso im Krankenhaus.

»Ich glaube einfach nicht, dass er der Räuber ist!«, hab ich gesagt. »Du kennst ihn ja nicht, Mesut. Aber wenn du ihn kennen würdest, dann würdest du es auch nicht glauben!«

»Er steht auf beiden Listen!«, hat Mesut gesagt. »Er ist das Bindeglied! Vergiss das nicht!«

Das war natürlich richtig, und kein Detektiv der Welt hätte das so einfach vernachlässigen können.

»Er ist total nett!«, habe ich gesagt. Aber *total nett* bedeutet natürlich noch lange nicht *gesetzestreu.* Zum Beispiel hatte Bronislaw auf dem Friedhof geraucht und Bier getrunken, das war schließlich gegen die Vorschrift und konnte einem zu denken geben. Wegen der Würde des Ortes. Vielleicht überfällt so einer auch Juweliergeschäfte.

»Bei einem Verbrechen geht es nicht darum, ob einer nett ist!«, hat Mesut ganz vernünftig gesagt. »Sondern ob es logisch ist. So musst du fragen. *Ist es logisch, dass er der Täter ist?* Mein Bruder will später zur Kriminalpolizei.«

Er hatte recht. Die Frage war wirklich gut. »Logisch ist es nicht, oder?«, hab ich gesagt. »Warum sollte der Juwelenräuber im Friedhofsklo auf dem Boden liegen? Warum sollte ihn da jemand überfallen?«

»Mann, Alter!«, hat Mesut gesagt. »Denk doch mal eine Minute nach! Wenn das nun einer getan hat, der bei der Gelegenheit die Diebesbeute von ihm geklaut hat?«

Ich habe ihn angestarrt, aber dann habe ich weggeguckt. Jetzt gerade wollte ich nicht in seine Gedanken.

»Verstehst du?«, hat Mesut gesagt. »Warum ist er nach dem ersten Überfall nicht zur Polizei gegangen? Warum war er so dagegen, als diese Frau Schilinsky das vorgeschlagen hat?«

Mir ist ganz übel geworden. »Er hat gesagt, ihm ist nichts geklaut worden!«, hab ich gemurmelt.

Aber Mesut ist jetzt zu ganz großer Form aufgelaufen. Manche sind geborene Detektive. »Und welchen Beweis haben wir dafür?«, hat er gefragt. »Auch beim zweiten Überfall! Jede Wette hat ihm da auch keiner seine Geldbörse und seinen Schlüsselbund und alles geklaut! Aber der Typ, der ihn überfallen hat, wollte auch überhaupt nicht an sein bisschen Kohle oder seine Aldi-Uhr! Der wollte die Juwelen!«

Es klang so logisch, dass ich schon gar nicht mehr widersprechen mochte.

»Und wo sollen die gewesen sein?«, habe ich gefragt.

Inzwischen ging Mesut beim Reden längst in unserer winzigen Küche auf und ab, so aufgeregt war er. »In der Schubkarre!«, hat er gesagt. »Unter den Begonien! Vielleicht wollte er sie gerade im Klo im Spülkasten verstecken, damit der, der sie für ihn weiterverkaufen sollte, sie da abholen konnte! Klospülkästen sind total beliebte Verstecke, Alter!«

Es klang so logisch, dass ich nicht mal mehr gewagt habe zu widersprechen. Ich war froh, dass ich Mesut wenigstens nichts davon erzählt hatte, dass neulich die Klos abgeschlossen und dann plötzlich wieder geöffnet gewesen waren. Es hätte einfach alles zu gut gepasst.

»Und diese anderen Typen!«, hat Mesut gesagt. »Diese Schilinskys! Vielleicht sind die überhaupt seine Komplizen! Findest du das nicht merkwürdig, dass die da jeden Tag auf dem Friedhof hocken und ihren Kartoffelsalat essen?«

»Auch Nudelsalat«, habe ich schwach gesagt. Aber Mesut hat mich schon unterbrochen.

»Wer benutzt denn einen Friedhof als Schrebergarten!«, hat er gerufen. »Mann, Alter! Das ist doch so was von verdächtig!«

Einen Augenblick lang waren wir beide still. Ich wollte das alles einfach nicht. Verbrecher sollen die Fiesen sein, nicht gerade die Leute, die man am nettesten findet. Nachher behauptete Mesut noch, dass Herr Schmidt auch mit im Komplott war und den geklauten Schmuck in Jiffels Halsband versteckt abtransportierte. Den Tipp hab ich ihm lieber gar nicht erst gegeben.

»Bleibt nur die Frage, wie wir das alles beweisen können!«, hat Mesut gesagt. »Fällt dir was ein?«

Das ist es mir zum Glück nicht. Aber ich wusste, dass ich

von jetzt an nie mehr gemütlich mit den Schilinskys würde Schnitzel essen oder Jiffel hinter dem Halsband kraulen können. Vielleicht wäre es doch besser gewesen, ein Ein-Mann-Detektivbüro zu bleiben.

20.

Am nächsten Morgen hat mich ein wildes Klingeln an unserer Wohnungstür geweckt.

Mama war längst zu ihrer Arbeit im Topp-Preis-Dromarkt verschwunden, darum blieb mir nichts anderes übrig, als selbst aufzumachen. Wenn jemand so wild an unserer Tür klingelt, denke ich immer, es könnte Papa sein. Oder der Telegrammbote mit einem Telegramm von Babuschka. Alte Leute schicken vielleicht noch Telegramme, wenn etwas Wichtiges passiert ist. Sie wissen nicht, dass man auch eine SMS oder eine E-Mail schreiben kann.

Ich hab mich also aus meinem Bett geschält und zwischen den Umzugskisten auf dem Flur durch zur Wohnungstür gequetscht. Es war aber nur Mesut.

»Ey, Alter, sag nicht, du schläfst noch?«, hat er gefragt und war schon halb in der Wohnung. »Es ist gleich neun!«

»Nee, nee, ich bin nur noch nicht angezogen!«, hab ich gesagt und an mir runtergeguckt. Außer Boxershorts hatte ich nichts an. »Komm rein!«

Das war natürlich überflüssig. Mesut war längst in der Küche.

»Hast du nicht Frühstücksfernsehen geguckt?«, hat er gefragt. Das war auch überflüssig. Er konnte doch selbst sehen, dass hier nirgendwo ein Fernseher stand.

»Noch nicht ausgepackt!«, habe ich gesagt und gegähnt. »Wieso?«

Inzwischen hat Mesut sich bei uns aufgeführt, als ob es seine Wohnung wäre. Er kannte sich ja auch aus. Er hat sich auf einen Küchenstuhl fallen lassen.

»Alter!«, hat er gefragt. »Warum glauben wir, dass Bronislaw der Juwelenräuber ist?«

»Das glaubst *du*!«, hab ich gesagt und mir Kakaopulver in eine Tasse mit Milch gerührt. Irgendwie musste ich ja wach werden. »*Ich* glaub das nicht.«

Mesut hat abgewinkt. »Okay, okay!«, hat er gesagt. »Fragen wir mal so: Wieso ist der Verdacht überhaupt entstanden?«

Ich hab meinen Kakao geschlürft. Genau, wieso verdächtigten wir Bronislaw überhaupt?

Aber Mesut hat sich schon selbst die Antwort gegeben. »Weil er eine Tätowierung am Arm hat. Links!«, hat er gesagt. »Oder? Und der Juwelenräuber hat das auch. Stimmt's? Richtig?«

Ich habe genickt.

»Also müssen wir doch nur rauskriegen, ob das beide Male dieselbe Tätowierung ist!«, hat Mesut gesagt. »Richtig? Stimmt's?«

Ich konnte wieder nur nicken.

»Wir wissen aber nicht, wie die Tätowierung von dem Gentleman-Räuber aussieht!«, habe ich gesagt. »Also nützt uns das gar nichts.«

Mesut ist aufgesprungen. »Wissen wir nicht?«, hat er gerufen. »Aber hallo wissen wir das! Sie haben sie eben genau beschrieben, Alter! Und eine Rekons-Dingsbums gezeigt, so ein Bild davon!«

»Konnte die Juwelierfrau die beschreiben?«, habe ich gefragt.

»Genau!«, hat Mesut gerufen. »Sie hat sich gemerkt, wie die aussieht. Und jetzt pass mal auf!« Er hat sich in der Küche umgesehen. »Hast du was zu schreiben?«

Ich hab das Matheheft aus meinem Zimmer geholt. Da gehörte ja sowieso alles rein, was mit den Verbrechen zu tun hatte.

Mesut hat einen Werbekugelschreiber vom Topp-Preis-Dromarkt genommen (wir schreiben bei uns immer mit Topp-Preis-Stiften) und versucht, einen Totenkopf zu malen. Vielleicht war er ja ein guter Detektiv, aber ein guter Zeichner war er jedenfalls nicht.

»Also so irgendwie!«, hat er gesagt. Dann hat er noch so ein Gekringel drum herum und quer durch den Totenkopf durchgemalt. »Das ist eine Schlange!«, hat er gesagt. »Die kriecht sozusagen zum Mund rein und zu den Augen wieder raus.«

»Igitt!«, habe ich gerufen.

»Und sie züngelt mit ihrer gespaltenen Zunge!«, hat Mesut gesagt. »So!«

Die gespaltene Zunge konnte man nun wieder ganz gut erkennen, aber das war auch so ungefähr das Einzige, was man erkennen konnte.

»Und außen rum steht in einem Kreis in altmodischer Schrift *War-Love-Peace*«, hat Mesut gesagt und versucht, die Wörter rund um seine merkwürdige Zeichnung zu schreiben. »Aber das kriege ich jetzt nicht so gut hin.«

Das war noch untertrieben. Ich habe mich aber auch gefragt, wer so einen blöden Text in einem Tattoo hat. Viel Englisch kann ich ja nicht, aber dass *War-Love-Peace* auf Deutsch *Krieg-Liebe-Frieden* heißt, weiß jedes Kindergartenkind. Das ist doch bescheuert.

»Die Schrift ist blau, die Schlange ist rot und der Totenkopf ist schwarz!«, hat Mesut gesagt. »Sah voll geil aus.«

Ich habe den Kopf geschüttelt. »Albern!«, habe ich gesagt.

Mesut hat abgewinkt. »Du musst jetzt nur rauskriegen, ob Bronislaw die gleiche über dem Handgelenk hat!«, hat er gesagt. »Dann ist er der Täter. Sonst stehen wir wieder ohne Spur da, Pech.«

Das wollte ich natürlich auch nicht so gerne, aber doch lieber, als dass Bronislaw der Täter war. Ich konnte mir auch überhaupt nicht vorstellen, dass Bronislaw eine so blödsinnige Tätowierung hatte. »Der ist doch im Krankenhaus!«, hab ich gesagt.

Mesut hat sich an die Stirn getippt. »Na und?«, hat er gefragt. »Gibt's da keine Besuchszeit? Kommst du vorher noch mit zum Kieferorthopäden? Ich hab um zehn einen Termin.«

Da hab ich mich ganz schnell angezogen.

21.

Als ich noch ein Ein-Mann-Detektivbüro gewesen war, hatte ich mir gewünscht, dass ich mit irgendwem über meine Fälle reden konnte; aber dass Mesut sich da nun so tief reinhängte, war mir irgendwie doch wieder nicht so ganz recht.

Wenn ich an meine Fälle gedacht hatte und dass ich die jetzt aufkläre wie die drei von der Kinderbande, dann war ich immer das Superhirn gewesen, schon wegen der Brille. Aber jetzt sah es eher so aus, als ob ich der langweilige Dicke mit den Ökoriegeln sein würde. Dabei war ich doch eher klein und schmächtig.

Wir mussten zu Fuß zu Mesuts Kieferorthopäden gehen, weil ich kein Geld hatte. Mesuts Mutter hatte ihm Fahrgeld mitgegeben, aber für zwei reichte das leider nicht.

»Dafür kauf ich uns hinterher ein Eis, okay?«, hat Mesut gesagt und die Münzen gezählt. »Wenn ich das jetzt nicht für den Bus brauche.«

Das fand ich natürlich gut.

Mesut hat gesagt, so weit ist es gar nicht bis zu seinem Kieferorthopäden, nur fünf Haltestellen. Aber dann mussten wir doch laufen, weil er Angst hatte, dass er sonst zu spät kommt.

Nach ungefähr zehn Minuten, die mir vorgekommen sind wie ungefähr tausend, musste ich eine kleine Pause einschieben. »Nur mal kurz gehen!«, hab ich gesagt. »Eine Minute!«

Der Blick, den Mesut mir zugeworfen hat, war nicht sehr nett.

»Wenn ich zu spät komme, krieg ich Ärger!«, hat er gesagt. »Der Zahnonkel macht mir aus Wut glatt eine pinke Zahnspange! Der meldet das glatt meiner Mutter!«

Die Gegend hatte sich inzwischen übrigens verändert. Wir waren raus aus unserem Stadtteil, in dem nur Hochhäuser stehen und noch so ein paar alte, kleine Siedlungshäuser. Hier war es viel dichter bebaut und bestimmt alles schon vor mindestens fünfzig Jahren oder hundert. Die Häuser hatten höchstens vier Stockwerke und standen in einer langen Reihe an einer vierspurigen Straße aufgereiht, und unten war in jedem Haus ein Laden.

»Mesut!«, hab ich gesagt, als ich die Kneipe gesehen habe. *Bierschenke am Rindermarkt* stand in altmodischer Schrift über der Tür. Sie sah ziemlich heruntergekommen aus. »War hier nicht neulich der Überfall?« Ich war ein bisschen stolz auf mein gutes Gedächtnis und darauf, dass ich mir jede Einzelheit aus dem Zeitungsartikel damals gemerkt hatte.

»Beeil dich!«, hat Mesut geschnauzt. »Ja logisch, da drüben! Nun mach aber los!«

Auf der anderen Straßenseite lag tatsächlich ein Juweliergeschäft, kein besonders großes. Überhaupt war das hier nicht wirklich die Gegend, in der man Juweliergeschäfte vermutet. *Jewels and Diamonds* stand über dem Fenster.

»Vielleicht sollten wir dann zuerst mal ...!«, hab ich gesagt.

Aber Mesut hat mich nicht ausreden lassen. »Wir sollten zuerst mal zum Kieferorthopäden!«, hat er gerufen. »Mann! Alter!«

Ich schäme mich ein bisschen, das zu sagen, aber ich war sogar ganz froh, dass ich jetzt einen Grund hatte, nicht mehr länger rennen zu müssen. Demnächst hätten sie mich wirklich mit einem Rettungsteam wiederbeleben müssen.

»Lauf du schon mal vor!«, hab ich gesagt und meine Hände auf die Knie gestützt. »Ich spionier das hier noch mal kurz aus!«

Mesut hat mir einen total bösen Blick zugeworfen, aber die Zeit war inzwischen so knapp, dass er nicht mal mehr mit mir diskutieren konnte.

»Dann hätte ich ja auch mit dem Bus fahren können!«, hat er mir über die Schulter zugerufen, als er wieder losgetrabt ist.

Das hat gestimmt. Und mein Eis würde ich jetzt auch nicht kriegen. Das fand ich aber nicht so wichtig. In mir drin ist so ein gutes, kribbeliges Gefühl aufgestiegen und ich hab an der Fußgängerampel auf den Knopf gedrückt.

Jetzt hat die Ermittlungsarbeit endlich Fahrt aufgenommen.

22.

Mir war schon klar, dass ich nicht ins Juweliergeschäft gehen und die Verkäuferin ausfragen konnte. In Büchern funktioniert so was natürlich, aber in der Wirklichkeit geben Verkäuferinnen in Juweliergeschäften zehnjährigen Kindern nicht unbedingt bereitwillig Auskunft, schon gar nicht zu einem Überfall. Von draußen alles genau ansehen konnte ich natürlich trotzdem. Inspizieren.

Das Schaufenster sah völlig normal aus, soweit ich das beurteilen konnte. Mir fehlte ja der Vergleich. Normalerweise verbringe ich meine Freizeit ja mit anderen Dingen, als die Auslagen von Juweliergeschäften anzugucken.

Ich habe versucht, mich daran zu erinnern, was die Verkäuferin in dem Zeitungsartikel erzählt hatte. Am Schluss hatte sie sich gewundert, dass der Räuber schon verschwunden war, als sie ihm aus dem Fenster nachgeguckt hatte. Sie hatte vermutet, dass er sich in einem Hauseingang versteckt hatte. Oder im Garagenhof.

Ich konnte unmöglich an allen Türen klingeln, um in den verschiedenen Treppenhäusern zu fragen, ob jemandem etwas aufgefallen war. Aber den Garagenhof konnte ich ausspionieren.

Tatsächlich bin ich durch eine kleine Toreinfahrt direkt neben dem Laden problemlos dahin gekommen. Es war so ein altmodischer Garagenhof mit nur sechs Garagen auf einer Fläche, auf die sie heute locker zehn gebaut hätten. Und die Garagen hatten auch keine normalen Metalltore zum Hoch- und Runterklappen, sondern zweiflügelige, grün angestrichene hölzerne Türen, als wären sie früher mal für Pferdekutschen gedacht gewesen.

Aber mein Herz hat bei einem anderen Anblick angefangen zu hüpfen. Zwischen den Garagen spielten Kinder.

Wenn das kein Glück war! Es war ein richtiges Gedränge. Die Kinder waren alle viel jünger als ich (auch wenn manche nicht so aussahen), und wahrscheinlich haben ihre Eltern ihnen nicht erlaubt, woanders als im Hof zu spielen. Eine vierspurige Straße ist ja gefährlich.

Ich habe sie im Kopf kurz durchgezählt, es waren sieben. Wie groß war die Wahrscheinlichkeit, dass eins von ihnen auch am Tag des Juwelenraubs im Hof gespielt und irgendetwas mitgekriegt hatte? Ich hab geschätzt, ziemlich groß.

Hatte die Polizei sie also auch befragt? Kindern traut die Polizei ja nicht so furchtbar viel zu, das habe ich auch wieder von der Kinderbande gewusst. Andererseits verfolgt sie im Falle eines schweren Verbrechens natürlich jede Spur, auch noch die kleinste. Und Juwelenraub *war* ein schweres Verbrechen.

Aber egal, ob die Polizei schon mit den Kindern gesprochen hatte oder nicht, ich musste es jetzt jedenfalls tun.

»Na, hallo, ich hab mal eine Frage!«, habe ich gesagt und mich direkt zwischen zwei Mädchen mit Puppenbuggys gestellt, die mich erschrocken angestarrt haben. Vielleicht haben sie erwartet, dass ich ihnen gleich eine reinhauen würde. Falls das hier so eine Gegend war.

Ein kleiner Junge ist mit seinem Rutscheauto ganz dicht an meine Füße gefahren. »Womm!«, hat er geschrien. »Zusammenstoß! Du bist tot!«

»Ja, logisch, alles klar!«, hab ich gesagt und geguckt, wer aussah, als ob er mindestens fünf Jahre alt war. »Ich bin von der Jugendpolizei, okay? Ich soll hier eine Befragung durchführen!«

Ein kleines Mädchen im pinken Kleid über der Jeans hat mich angestarrt. Der Rotz lief ihr in einem dicken Faden auf die Oberlippe. »So was gibt es ja gar nicht!«, hat sie gesagt und mir ihre Zunge rausgestreckt. »Oder, Jassy?« Dann war der Rotzfaden blitzschnell verschwunden. Manche Leute haben einen komischen Geschmack.

»Wie, gibt es nicht?«, habe ich streng gefragt. Es war gut, dass sie alle so klein waren, da musste ich keine Angst haben. Auch wenn der Zwerg auf dem Rutscheauto ständig weiter gegen meine Füße gefahren ist.

»Jugendpolizei!«, hat das Mädchen gesagt und schon wieder geleckt. »Oder, Jassy, oder?« Ich hätte ihr gerne ein Taschentuch angeboten, aber natürlich hatte ich keins dabei. Zum ersten Mal habe ich begriffen, warum Babuschka immer gesagt hat, man soll das Haus niemals ohne Taschentuch verlassen.

»Nee, gibt's nicht?«, hab ich gesagt. »Steh ich nicht hier? Und Jugendfeuerwehr gibt's etwa auch nicht? Du kennst dich aus, ja?«

Das Mädchen hat böse geguckt und mit seiner Zunge

gesucht, ob sich Oberkante Oberlippe vielleicht schon wieder die nächste Ernte fand; aber ein kleiner schwarzer Junge, der bis gerade eben in lebensgefährlicher Geschwindigkeit mit einem Schrottfahrrad um den Hof gekurvt war, hat jetzt vor mir abgebremst. Wenn er schon fünf war, war er alt. Vielleicht waren die hier doch nicht die allerbesten Zeugen.

»Jugendfeuerwehr gibt's«, hat er mit einer unglaublich tiefen Stimme gesagt. »Da ist mein Bruder! Der darf schon ...«

Ich hab ihm herablassend zugenickt.

»Eben, genau!«, habe ich gesagt. »Frag deinen Bruder, Jugendpolizei gibt es auch.«

Das Mädchen hat an seiner Nase nach unten geschielt, aber widersprochen hat sie nicht mehr. Allmählich haben sich die Kleinen alle um uns versammelt.

»Wir werden geschickt, wenn Kinder befragt werden müssen!«, habe ich gesagt und gehofft, dass keiner von den Zwergen nach einem Ausweis fragen würde. Vielleicht hätte ich vorsichtshalber meinen Schwimmpass einstecken sollen. Aber in dem Kistenrummel in unserer Wohnung hätte ich danach wahrscheinlich zwei Stunden suchen müssen. »Euch hat die erwachsene Polizei ja auch schon befragt, stimmt's? Da wisst ihr ja, dass ich die Wahrheit sage.«

Natürlich war das überhaupt kein Beweis, aber wenn welche noch nicht mal zur Schule gehen, nehmen sie es mit der Logik nicht so genau. Vier von den sieben Köpfen haben jedenfalls genickt. Der Junge mit dem Rutscheauto hat aufgehört, meine Knöchel zu quälen, und stattdessen einen Finger in die Nase gesteckt.

»Okay!«, hab ich gesagt und überlegt, was das Superhirn jetzt gefragt hätte. Oder meinetwegen auch der Dicke mit den Ökoriegeln. »Es geht um einen Tag vor ungefähr zwei Wochen.«

Obwohl die Köpfe alle bereitwillig weitergenickt haben, konnte ich doch an den Gesichtern sehen, dass sie nicht die geringste Vorstellung davon hatten, wie lange das her war. Vielleicht hatten da noch die Saurier die Erde bevölkert.

»Vor meinem Geburtstag?«, hat ein kleines Mädchen gefragt, das seine Puppe wenig mütterlich am Bein über den Boden geschleift hat.

»Wann war der?«, habe ich gefragt.

Die Kleine hat sich mit dem Finger gegen die Stirn getippt. »Piep, piep, piep!«, hat sie gesagt. »Als ich den Gameboy gekriegt habe, doch, du Dummi!«

Ich musste zusehen, dass ich zur Sache kam. »Jedenfalls, da gab es ein ziemlich schweres Verbrechen!«, habe ich gesagt. »Bestimmt wisst ihr, dass der Juwelier vorne an der Straße überfallen worden ist.«

»Die Frau hat mir einen Gummivampir geschenkt!«, hat der Junge mit der tiefen Stimme gerufen. »Aber der war klebrig.«

»Ah ja«, habe ich gesagt. Ich war mir nicht sicher, ob der Vampir uns hier weiterhalf. »Jedenfalls ist ein Räuber in das Geschäft gegangen …«

»Die Polizei war hier, oder, Jassy?«, hat das Mädchen mit dem Rotz gesagt.

Das Mädchen mit der Puppe hat stumm genickt und mich

angestarrt. Ich habe überlegt, ob ich zurückstarren sollte, um an ihre Gedanken zu kommen. Ich hatte aber den Verdacht, dass ich da nicht viel Nützliches finden würde.

»Aber da war keiner tot«, hat ein Junge aus dem Hintergrund gerufen, der sich bisher noch nicht gemeldet hatte, und hat empört den Kopf geschüttelt. »Aber das muss eigentlich! Meine Mama sagt das! Das muss!«

Ich war allmählich schockiert, was für eine blutrünstige Phantasie in diesem Hof schon die Jüngsten zu haben schienen.

»Nein, das muss überhaupt nicht jedes Mal!«, habe ich gesagt. »Nicht bei jedem Juwelenraub! Denkt doch mal an die nette Frau, die euch immer die Gummivampire schenkt! Das ist doch ein Glück ...«

»*Ihm* hat sie die geschenkt!«, hat das Mädchen mit dem Rotz gerufen.

»Nur *einen* hat sie!«, hat der Kleine mit der tiefen Stimme protestiert. »Der war klebrig!«

Ich hab genervt den Kopf geschüttelt. »Da ist es doch ein Glück, dass die nicht tot ist!«

»*Die* doch nicht, du Polizei!«, hat der Junge aus dem Hintergrund gesagt. »Mama hat immer aus dem Fenster geguckt, aber sie haben keinen rausgeschleppt!«

Ich habe mich gefragt, was wohl aus kleinen Kindern wird, deren Mütter nach einem Juwelenraub in ihrem Beisein sensationsgierig nach Toten Ausschau halten.

»Nee, der war leer!«, hat das Mädchen mit dem Rotz gesagt. Sie hatte sich gerade wieder bedient. »Oder, Jassy? Da haben sie keinen reingepackt. Oder?«

Die Puppenquälerin hat gehorsam genickt. »Der war leer!«, hat sie gesagt.

Ich habe geseufzt. Vielleicht hatte die Polizei ja vorsichtshalber gleich einen Krankenwagen mitgeschickt, als sie von dem Überfall informiert worden war. Das war immerhin möglich.

»Aha!«, habe ich also gesagt. »Der Krankenwagen ist leer wieder weggefahren.«

Der Junge mit der sensationsgierigen Mutter hatte sich inzwischen ganz nach vorne gedrängelt.

»Krankenwagen doch nicht, du Polizei!«, hat er gerufen, ganz offensichtlich erschüttert über meine Begriffsstutzigkeit. »Totenwagen! Echter Totenwagen war das!«

Ich habe den Jungen angestarrt. Inzwischen haben alle Köpfe im gleichen Takt genickt.

»Leichenwagen?«, habe ich verblüfft gefragt. In meinem Kopf leuchtete ein Alarmlämpchen auf. »Ihr habt einen Leichenwagen gesehen an dem Tag, als der Juwelier überfallen worden ist?«

Die Köpfe nickten immer noch.

»Ihr seid sicher, dass es derselbe Tag war?«, habe ich gefragt.

»Der war doch zuerst da!«, hat der Junge mit der tiefen Stimme empört gesagt. »Und dann kommte die Polizei.«

»Kam«, habe ich ihn verbessert. Aber Grammatik hat den Jungen nicht interessiert. Seine Interessen waren handfester.

»Kriegen wir jetzt eine Belohnung?«, hat er gefragt. »Du, Polizei?«

Ich habe geseufzt. »Nur wenn aufgrund eurer zweckdienlichen Aussage der Täter gefasst wird!«, habe ich gesagt. Ich hatte nicht den Eindruck, dass sie mich verstanden. »Aber vielen Dank für eure Hilfe. Ich muss das jetzt im Präsidium zu Protokoll nehmen.«

Ich habe nicht geglaubt, dass ich noch mehr Informationen aus ihnen herausbekommen würde. Ich war mir nicht mal sicher, ob ich das wollte.

Als ich schon wieder fast im Torbogen angekommen war, hat der Kleinste mir zum Abschied sein Rutscheauto gegen die Hacken gerammt. Die anderen haben mir stumm hinterhergestarrt.

Ich würde Mesut nicht beim Kieferorthopäden abholen. Jetzt musste ich erst mal meine Gedanken sortieren.

23.

Ich bin langsam zurückgeschlendert. An diesem Morgen war ich schon genug gerannt, und beim Rennen pumpt das Herz das Blut bekanntermaßen in die äußeren Gliedmaßen. Im Gehirn kommt dann nicht viel an, und darum kann man dabei nicht so gut denken. Und nachdenken musste ich jetzt.

Ich hab nach meiner Kappe gegriffen. Was hätte Artjom an meiner Stelle getan? Oder das Superhirn?

Wenn die Kinder nicht alles durcheinanderbekommen hatten, war am Tag des Juwelenraubs also ein Leichenwagen im Hof aufgetaucht. Ich habe mich gefragt, warum davon nichts in der Zeitung gestanden hatte. Es gibt natürlich bei jedem Verbrechen so etwas wie Insiderwissen, das nur der Täter haben kann, darum gibt die Polizei es nicht bekannt. Und wenn einer das dann trotzdem weiß, dann ist klar, dass er der Täter sein muss.

Aber Insiderwissen war der Leichenwagen ja nun ganz bestimmt nicht. Alle Leute, die ein Fenster zum Garagenhof hatten, hätten ihn sehen können. Warum hatte die Polizei ihn dann nicht erwähnt?

»Sie weiß nichts davon!«, hab ich gemurmelt. Das war die einzige Erklärung.

Aber wieso wusste die Polizei nichts davon, wenn sogar ich

es von den Kindergartenzwergen gehört hatte? Das konnte man sich doch fragen.

Dann wurde mir klar: Sie hatten die Kleinen gar nicht erst befragt, ein Vergnügen war das ja auch wirklich nicht. Und die Erwachsenen, die sie nach dem Raub interviewt hatten, hatten ihnen wahrscheinlich alles erzählt, wovon sie glaubten, es hätte mit dem Raub zu tun. Aber doch bestimmt nicht mehr, nicht freiwillig. In so einer Gegend redet man nicht gerne länger mit der Polizei als unbedingt nötig. Und manche können vielleicht auch kein Deutsch. Und sowieso war die Frage, wie viele Leute an diesem Nachmittag überhaupt aus dem Fenster geguckt hatten. Vielleicht nur die beiden sensationslüsternen Mütter, die sich zur Abwechslung mal einen Toten erhofft hatten.

Ich bin stehen geblieben. Wenn ich an dieser Stelle nach links abbog, kam ich zu unserem Haus. Wenn ich nach rechts abbog, kam ich zum Friedhof. Es war keine Frage, wohin ich gehen musste.

Wenn am Tag des Raubs ein Leichenwagen im Garagenhof gesehen worden war, machte das Bronislaw nur noch verdächtiger, egal, wie sehr ich hoffte, dass er mit der ganzen Geschichte nichts zu tun hatte. Ich musste rausfinden, ob seine Tätowierung ein Totenkopf mit Schlange und dem Schriftzug *War-Love-Peace* war. Und dafür musste ich ihn im Krankenhaus besuchen. Aber zuallererst musste ich natürlich wissen, in welches Krankenhaus er überhaupt eingeliefert worden war. Und da gab es nur eine Möglichkeit, das rauszukriegen.

Ich hab die Tür zum Friedhofsbüro geöffnet, ohne anzuklopfen. An einem Schiebetürenschrank stand der unfreundliche Büromann und hat einen Beutel in ein überfülltes Fach gestopft. Über die Schulter hat er mir einen wütenden Blick zugeworfen. »Moment!«, hat er gesagt. Der Schreibtisch der Frau war leer. »Und was willst du schon wieder? Der nächste Unfall?« Er hat mit dem Fuß nach seinem Schreibtischstuhl geangelt und sich daraufplumpsen lassen.

»Es war kein Unfall!«, habe ich böse gesagt.

Der Mann hat ironisch gelächelt. »Bist du gekommen, um darüber mit mir zu diskutieren?«, hat er gefragt.

Es war albern, Zeit mit ihm zu vergeuden, ich habe also einfach den Kopf geschüttelt. »Ich wollte nur fragen, in welchem Krankenhaus Bronislaw liegt«, habe ich gesagt. »Damit ich ihn besuchen kann.«

Der Büromann hat schon wieder gelächelt.

»Nicht nötig, so weit zu gehen!«, hat er gesagt. »Den findest du hier irgendwo. Der kann es offensichtlich gar nicht aushalten ohne seinen Arbeitsplatz.«

Jetzt war ich wirklich erschrocken. »Er arbeitet schon wieder?«, habe ich gefragt. Dass Bronislaw einen Tag nachdem die Sanitäter ihn verletzt vom Boden des Friedhofsklos aufgesammelt hatten, schon wieder hier auftauchte, war mehr als verdächtig. Obwohl ich nicht richtig wusste, auf welche Weise. Aber seit ich auch noch herausgefunden hatte, dass am Tag des Überfalls ein Leichenwagen direkt beim Juwelierladen gesehen worden war …

»Natürlich nicht!«, hat der Büromann gesagt. Sein Computer gab einen *Pling!*-Ton von sich. »Mit *dem* Bein? Nee, den treibt allein die Sehnsucht her!« Er hat ein meckerndes Lachen gelacht, das fand ich ziemlich gemein.

»Vielen Dank!«, habe ich trotzdem gesagt.

Bronislaw wurde wirklich immer verdächtiger. Ich musste so schnell wie möglich gucken, dass ich ihn fand. Außerdem wollte ich nicht gerne noch länger bei dem unangenehmen Büromann bleiben. »Dann such ich ihn mal.«

Ich hatte schon eine Vermutung, wo ich Bronislaw finden würde.

TEIL 2

24.

Tatsächlich hat Bronislaw mit einem Bier in der Hand in Schilinskys Schrebergarten auf dem dritten Stapelstuhl gesessen. Sein rechtes Bein lag ausgestreckt auf dem vierten.

»Bronislaw!«, hab ich gerufen.

Frau Schilinsky hat mich angestrahlt. »Wie nett, dass du kommst!«, hat sie gesagt. »Ich hab grünen Wackelpudding zum Nachtisch. Aber nun haben wir gar keinen Stuhl mehr für dich!« Dann hat sie wieder so ein verlegenes Gesicht gemacht, als ob sie sich wie eine schlechte Gastgeberin fühlte.

»Kollege!«, hat Bronislaw gerufen und beide Arme nach mir ausgestreckt. Ich habe versucht, einen Blick auf seinen linken Unterarm zu erhaschen, aber seine Hemdsärmel waren zu lang.

»Ich wollte dich im Krankenhaus besuchen!«, hab ich gesagt. Irgendwie war mir das peinlich. Jetzt habe ich erst gesehen, dass auch Herr Schmidt zur Gruppe gehörte. Er saß auf der Bank, die sonst eigentlich am Nachbargrab stand. Jiffel hat wie verrückt mit dem Stummelschwanz gewedelt, als er mich gesehen hat, und ich habe mich hingehockt und ihn am Hals gekrault. »Hallo, Herr Schmidt! Hallo, Frau Schilinsky! Hallo, Herr Schilinsky!«

Alle drei haben mir zugelächelt.

»Bin ich raus da, ganz fix!«, hat Bronislaw geschnaubt.

»Hab ich genommen Füße in Hand. Riecht nicht gut in Krankenhaus. Wollte ich schnell – wie sagt man? – zurück in Leben.« Es hat wie »Lebben« geklungen. An seiner Aussprache musste Bronislaw unbedingt noch arbeiten.

»Ich weiß wirklich nicht, ob das klug war, Herr Bronislaw!«, hat Frau Schilinsky gesagt. Ihr Gesicht war schon wieder sorgenvoll. »Mit einer Gehirnerschütterung …«

Bronislaw hat abgewinkt. »Haben sie geguckt Blutdruck ganze Nacht und Pupille!«, hat er gesagt. »Aber ist nix, gar nix! Haben sie gesagt, Bein ist scheiße, aber Kopf ist gut.«

Ich habe nicht gefragt, was genau mit seinem Bein los war. Mich hat schließlich sein Arm interessiert.

»Kann ich mal gucken?«, habe ich gefragt. Ich habe mich verlogen und heimtückisch gefühlt. Aber das gehört zum Detektivberuf dazu. »Das Bein?«

Bronislaw hat genickt und gegen die Schiene geklopft. »Stabil wie Panzerschrank!«, hat er gesagt. »Und auch Krücken, guck, Kollege!« Tatsächlich haben auf dem Boden neben seinem Stuhl zwei Gehhilfen mit quietschegrünen Griffen gelegen.

Bronislaw hat meinen überraschten Blick gesehen. »Hab ich genommen Grün!«, hat er gesagt. »Bin ich Gärtner!« Er hat gelacht.

»Klar!«, hab ich gesagt und mich über sein Bein gebeugt. Seine linke Hand mit der Bierflasche hatte er auf dem Oberschenkel abgelegt. Zu erkennen war nichts. Wenn ich mich nicht verdächtig machen wollte, konnte ich nicht ewig so gucken.

»Ist sich hier pure Gemütlichkeit!«, hat Bronislaw gesagt

und geseufzt. »Kauf ich vielleicht auch klasse Grabstätte. Ist sich schönster Ort von Welt.«

Frau Schilinsky hat genickt. »Aber dann sehen Sie zu, dass Sie etwas in unserer Nähe kriegen, Herr Bronislaw!«, hat sie gesagt. »Wegen der Geselligkeit!«

Ihr Mann hat heftig genickt. »Und kriegst du als Mitarbeiter nicht vielleicht sogar Rabatt, Bronislaw, alter Schwede?«, hat er gefragt. »Hattest du nicht Frikadellen dabei, Evi? Na, wie wär's damit, Herr Schmidt?«

»Nein, besten Dank!«, hat Herr Schmidt und: »Bin ich Pole, Herr Schilinsky«, hat Bronislaw gesagt. Ich hätte nichts gegen eine Frikadelle gehabt.

»Und du, Junge?«, hat Frau Schilinsky da zum Glück gefragt. »Mit Senf? Ketchup?«

»Mit Ketchup, bitte«, hab ich gesagt.

Ich habe auf Bronislaws Hand gestarrt, die gerade Frau Schilinsky den Teller mit seiner Frikadelle abnahm. Vielleicht hatte er überhaupt nur deshalb ein Hemd mit langen Ärmeln angezogen, damit man jetzt, nachdem sie im Frühstücksfernsehen gezeigt worden war, seine Tätowierung nicht angucken konnte.

Mir ist eine letzte Möglichkeit eingefallen, wie ich einen Blick auf Bronislaws Arm werfen konnte.

»Wie spät ist es eigentlich?«, habe ich gefragt. Aber ich Dummkopf habe meinen Arm mit der Uhr nicht schnell genug hinter den Rücken gehalten.

Herr Schilinsky hat den Kopf geschüttelt. »Ist deine stehen geblieben?«, hat er gefragt. Dann hat er auf seine Taucheruhr mit dem lila Band geguckt.

»Nee, lassen Sie mal!«, hab ich gerufen. »Bronislaw? Sag du mal! Bronislaw?« Sie mussten mich ja für gestört halten.

Bronislaw hat seinen Ärmel hochgeschoben. Leider den rechten.

»Ist sich stehen geblieben!«, hat er gesagt. »Ist von Sturz, wahrscheinlich. Ist sich nicht schlimm, war nicht teuer. Ist sich Aldi-Uhr.« Er hat die Schnalle geöffnet und die Uhr vom Handgelenk genommen. Dann hat er sie durch die Luft geschlenkert. »Keine Zeit, gar nix.«

»Dann musst du wohl doch mit meiner Zeit vorliebnehmen, Junge!«, hat Herr Schilinsky gesagt. »Oder glaubst du, ich schwindle dich an?«

»Nee, nee«, hab ich gesagt. »Ich wollte Sie nur nicht belästigen.«

Nun ist mir wirklich nichts mehr eingefallen, wie ich herausfinden konnte, ob Bronislaw etwas mit den Raubüberfällen zu tun hatte.

Wenn er *nichts* damit zu tun hatte, hätte ich natürlich einfach fragen können. »Du, Bronislaw, kann ich mal deine Tätowierung sehen?« Daran war ja nichts Verdächtiges und manche Leute zeigen ihre Tätowierungen sogar gerne herum. Und dass ein zehnjähriger Junge daran Interesse hat, ist auch nicht ungewöhnlich.

Aber falls Bronislaw *doch* der Täter war, würde so eine Frage ihn natürlich sofort misstrauisch machen. Er würde vermuten, dass ich seine Tätowierung mit der vom Überfall vergleichen wollte, vor allem, wenn er jetzt schon extra ein langärmeliges Hemd angezogen hatte, um sie zu verbergen.

Und das hieß, wenn ich ihn einfach nach seiner Tätowierung fragte, brachte ich mich damit unter Umständen in Gefahr. Obwohl ich mir nicht vorstellen konnte, dass Bronislaw mir etwas tun würde. Aber immerhin hatte er beim Überfall eine Pistole dabeigehabt. Wenn er wirklich derjenige war, der die Geschäfte überfallen hatte.

Ich habe den letzten Bissen von meiner Frikadelle genommen und bin aufgestanden.

»Vielen Dank für das leckere Essen!«, habe ich zu Frau Schilinsky gesagt. »Ich geh dann mal!«

Herr Schmidt hat geächzt. »Wenn ich dich noch um einen Gefallen bitten dürfte?«, hat er höflich gefragt. »Ich wäre dir wirklich dankbar, mein Jung, wenn du heute mal Elses Grab für mich gießen könnest. Für einen alten Mann«, er hat gekichert, als ob er selbst eigentlich gar nicht fand, dass er ein alter Mann war, »ist das bei dieser Hitze fast zu viel.«

»Klar!«, habe ich gesagt. Hier konnte ich sowieso nichts mehr herausfinden. Die Gießkanne stand hinter Elses Grabstein.

25.

Ich habe das Grab sehr gründlich gegossen, und dann habe ich auch noch Unkraut gezupft. Herr Schmidt hatte es ja jeden Tag mit seiner langstieligen Harke versucht, aber die Wurzeln hatte er offenbar trotzdem nicht überall mit rausgekriegt, und Wurzeln sind das Entscheidende, hat Babuschka immer gesagt. Als ich fertig war mit der Arbeit, hat das Grab ausgesehen wie neu.

Neben mir hat Jiffel wie verrückt mit dem Schwanz gewedelt.

»Darf ich ihn ausführen?«, habe ich gerufen. »Herr Schmidt? Nur mal kurz?«

Das Ächzen, als er bei den Schilinskys aufgestanden ist, konnte ich bis zu Elses Grab hören. Dann hat er seine silberne Taschenuhr aufschnappen lassen. »Ich komm mit, mein Jung«, hat er gesagt. »Zeit für mein Mittagsnickerchen.« Er hat den Schilinskys und Bronislaw zugenickt. »Einen schönen Nachmittag noch.«

»Werden wir haben, werden wir haben!«, hat Herr Schilinsky gerufen und ihm zugeprostet.

Ich habe Jiffels Leine um mein Handgelenk geschlungen. Bestimmt wäre Jiffel richtig gerne mal wild gerannt und auf dem Friedhof konnte ihm schließlich auch nichts passieren. Keine Autos und nichts. Und die Toten hätten bestimmt auch nichts dagegen gehabt. Ich hab versucht, mir Artjoms Meinung dazu vorzustellen.

»Lass ihn flitzen, Kleiner, mal los!«, hätte er bestimmt gesagt. »Dann kommt wenigstens mal Leben in die Bude!« Aber Artjom war ja zu Hause.

Andererseits waren die Toten hier bestimmt meistens schon älter als er. Alte Leute wollen oft ihre Ruhe. Und manche von den kleinen alten Frauen, die jeden Tag frische Blumen in die Steckvasen auf den Gräbern steckten und die Kantenbepflanzung gossen, hatten vielleicht sogar Angst vor Hunden.

»Geht leider nicht, Jiffel!«, habe ich gesagt. Das war meine Antwort auf die Frage, die er mit dem Schwanzwedeln gestellt hatte. »Ich kann mit Jiffel aber gerne mal irgendwo hingehen, wo er sich austoben kann, Herr Schmidt! Ich pass auch auf!«

Herr Schmidt hat neben mir gekeucht. »Ja, mein Jung«, hat er gesagt. Erst da ist mir wieder eingefallen, dass ich lauter sprechen musste. »Wir machen mal eine kleine Verschnaufpause, was?« Er hat auf die Schattenbank unter dem Baum gezeigt.

Ich hab wirklich nicht gewusst, wovon er jetzt schon verschnaufen musste, aber es wäre unhöflich gewesen, das zu sagen.

Herr Schmidt hat sich zurückgelehnt. »Und? Hast du mal wieder was Schönes gesehen?«

»Was Schönes?«, hab ich gefragt.

Herr Schmidt hat die Augen geschlossen. »Das ist doch mal ein Sommer, was! Für einen alten Mann wie mich fast zu warm, mein Jung. Du hast mir doch erzählt, du kannst Gedanken lesen.«

»Ach, das!«, habe ich gesagt. »Ich will das aber nicht so gerne. Ich pass immer auf, dass es nicht passiert.«

Herr Schmidt war still. Vielleicht musste er sich erst mal erholen.

»Du hast mich neulich gefragt, wer schuld ist«, hat er dann gesagt. Seine Sätze folgten in großem Abstand aufeinander. Als ob er lange, lange darüber nachdenken musste, was er eigentlich sagen wollte. »Aber du hast gar nicht den Sohn der Dame gemeint, was, mein Jung?«

In seinem Kopf war wieder diese wunderschöne Landschaft, ich hatte ihn einen Augenblick zu lange angesehen. Haargenau dieselbe Landschaft wie neulich, und auch mit diesem Glücksgefühl. Die Schmetterlinge waren wieder unterwegs und die Kolibris, und die junge Frau trug dieses Mal ein geblümtes Kleid. Hinter ihr hat heute ein Bach geplätschert, auf dessen Oberfläche die Sonne weiße Glanzpunkte setzte, die waren so gleißend, dass man nicht hineinsehen durfte. Ich habe lieber woanders hingesehen. Beim letzten Mal war der Bach noch nicht da gewesen, da war ich mir sicher.

»Der Sohn der Dame ist nirgendwo danebengetreten«, hat Herr Schmidt gesagt. »Das war ein Autounfall. Die arme Frau.«

Ich habe gelauscht, aber nirgendwo war Dicke Fraus Einkaufswagen zu hören.

»Dann denken wir oft, dass wir schuld sind, mein Jung«, hat Herr Schmidt gesagt. »Das ist so. Alle denken wir das.«

Ich habe Jiffel so heftig gekrault, dass er erschrocken nach meiner Hand geschnappt hat. Ich wollte nicht darüber reden. Ich wollte nicht, dass mir wieder die Tränen kamen.

Aber Herr Schmidt hatte die Augen immer noch geschlossen, da konnte er nicht sehen, wie fest ich die Lippen zusammengekniffen und wie böse ich geguckt habe.

»Es ist für uns Menschen eben zu unvorstellbar, mein Jung«, hat er gesagt. »Dass es einfach zu Ende sein soll. Punkt, Schluss, aus. Eben noch lebendig, jetzt tot. Liegt noch genauso da wie vorher, haargenau so, sieht noch haargenau so aus. Aber atmet nicht mehr. Das ist der einzige, winzige Unterschied. Wie sollen wir da glauben können, dass es nun das ganz Andere ist? Nur so ein winziger Unterschied, atmet nicht mehr. Aber es genügt. Es ist derselbe Mensch, liegt noch so da, aber es gibt ihn nicht mehr.« Er hat geseufzt. »Schwer zu verstehen, mein Jung. Schwer zu verstehen.«

Ich habe nichts gesagt. Ich habe an Babuschka gedacht und wie sie geweint hatte. An Mamas Zorn. Ich jedenfalls hatte es damals bestimmt nicht verstanden.

»Und weil wir nicht begreifen können, dass es nun das ganz Andere ist«, hat Herr Schmidt gesagt. »Der Tod, mein Jung: Da suchen wir dann nach Erklärungen. Das geht doch nicht, dass wir was nicht verstehen, was? Wir sind doch so schlau!« Er hat sein leises Altmännerlachen gelacht. »Oha, was sind wir schlau! Darum suchen wir einen, der schuld sein muss. Wenn einer schuld ist, können wir es besser verstehen. Dann gibt es einen Grund. Dann gibt es eine Erklärung. Als der da oben meine Else zu sich gerufen hat …«

Ich habe mich gewundert, dass ich immer noch zuhören

wollte. Wieso sollte mich denn seine Else interessieren? Seine Else war alt gewesen. Da braucht man keinen Grund, um zu sterben, keine Erklärung. Da ist niemand schuld.

»… da habe ich mir hinterher Vorwürfe über Vorwürfe gemacht. Hätte ich besser darauf achten sollen, dass sie immer schön trinkt? Hätte ich sie vielleicht doch noch ins Krankenhaus bringen sollen? Vielleicht hätten sie ihr da noch ein paar Monate schenken können! Vielleicht sogar noch ein paar Jahre!«

Er war still. Als er wieder angefangen hat zu sprechen, waren seine Augen geöffnet. »Sie hat mir so gefehlt, mein Jung. Ich konnte nicht glauben, dass sie nun für immer weg war, dabei hab ich es ja gewusst. Aber ich hab es nicht verstanden. Ich hab mir selbst die Schuld gegeben, da war es wenigstens erklärt. Aber niemand war schuld. Ihre Zeit war gekommen.«

Er hat mich angeguckt. Ich hab die Kappe abgenommen und auf meine Knie gelegt. Nicht nur der Schriftzug war schon ganz zerbröselt, auch der Schirm war speckig.

»Ja, wenn die alt sind!«, habe ich gesagt.

Herr Schmidt hat gelächelt. »Und bei wem bist du schuld?«, hat er gefragt. »Mein Jung?«

»Bei niemandem!«, habe ich böse gerufen. »Haben Sie doch selbst gesagt!«

Artjom hatte mir meinen Zahn geklaut, so was tut man doch nicht, wenn man einen kleinen Bruder hat. Den Zahn, der beweisen sollte, dass ich schulreif war. Er war mir endlich rausgefallen, ich hatte lange warten müssen und schließlich nachgeholfen: Sascha hatte mir gezeigt, wie man drehen muss, bis Blut kommt. Und dann dreht man immer noch

weiter und weiter und darf auch keine Angst kriegen, wenn es ein kleines bisschen wehtut; immer noch weiter und weiter. Und da hatte ich den Zahn plötzlich zwischen den Fingern gehalten.

»Ich bin schulreif, Artjom!«, hatte ich geschrien und war auf den Hof gerannt, wo Artjom an seinem Fahrrad die Kette schmierte. »Hier, guck mal! Ich bin schulreif!« Und ich hatte ihm die ausgestreckte Hand hingehalten. Am Abend, wenn Mama von der Arbeit kam, würde sie den Zahn bewundern, und Papa würde den Zahn bewundern, den Beweis dafür, dass ich groß war, schulreif, kein kleiner Junge mehr.

»Lass gucken, Zwerg!«, hatte Artjom gesagt und sich die Hände an einem Putzlappen abgewischt. Dann hatte er sich über meine Hand gebeugt, als ob er den Zahn auch bewundern wollte, und dann hatte er etwas getan, was große Brüder niemals tun dürfen, niemals!, auch wenn sie sich hinterher immer wieder entschuldigen und über den Boden kriechen und suchen helfen. Mit einem kleinen Klaps mit seinem Handrücken hatte er unter meine geöffnete Hand geschlagen, unter die Hand, auf der der Zahn lag, sogar noch ein kleines bisschen blutig wie zum Beweis dafür, dass es ein hartes Stück Arbeit gewesen war, ihn herauszudrehen; und der Zahn war in die Luft gehüpft und auf dem Boden gelandet, irgendwo auf dem sandigen Boden unseres Hofes zwischen Hühnerfutter und Hühnerdreck und Kettenöl.

Ich hatte »Du Arschloch!« geschrien und mich auf die Knie fallen lassen, um zu suchen; und Artjom hatte zuerst noch gelacht, aber dann hatte er mir bei der Suche geholfen, und als der Zahn nicht wieder auftauchen wollte, als wäre er einfach zu einem weiteren Steinchen geworden zwischen den vielen anderen kleinen Steinen auf dem Boden, hatte er sich entschuldigt und mich in den Arm genommen und versucht, mich zu trösten.

»Das wollte ich doch nicht, Zwerg, ich schwöre!«, hatte er gesagt. »Ist doch gar nicht so schlimm! Man sieht doch an der Lücke, dass du schulreif bist!«

Aber ich hatte mit meinen Fäusten auf ihn eingetrommelt und mich nicht in den Arm nehmen lassen und »Du Scheiße! Du Scheiße!« geschrien.

Dann hatte ich ihn angespuckt und war weggerannt, und ich hatte Artjom so gehasst, dass ich ihm die schrecklichsten, furchtbarsten Sachen gewünscht hatte. Weil er immer, immer über mich lachte und nie verstand, wie wichtig die wichtigen Sachen waren, und weil er alles besser konnte und besser wusste und weil er jetzt schuld war, dass ich meinen Beweiszahn nicht mehr hatte. Ich wollte ihn nie mehr wiedersehen, niemals mehr.

Und so ist es dann ja auch gekommen. Dieser Streit über den Zahn auf unserem Hof war das letzte Mal, dass ich Artjom gesehen habe.

Ich habe gespürt, wie eine Träne an meiner Nase entlang nach unten gekullert ist. Aber alte Leute können nicht mehr gut gucken. Ich glaube nicht, dass Herr Schmidt etwas bemerkt hat.

»Nein, mein Jung, das bist du auch nicht«, hat er ganz leise gesagt. Ich musste erst nachdenken, um mich zu erinnern, dass das seine Antwort auf meinen letzten Satz war. »Entscheiden tut der da oben. Da sollen wir uns mal gar nicht einbilden, dass wir so mächtig sind. Ich bin nicht schuld, dass

R.I.P.

meine Else gestorben ist, und du bist auch nicht schuld, egal bei wem. Willst du ein Taschentuch?«

Vielleicht hatte er doch etwas gesehen. Oder mein langes Schweigen war ihm merkwürdig vorgekommen.

Ich habe mich in sein graues Stofftaschentuch geschnäuzt. Deduschka hatte auch immer solche.

Und als sie es mir erzählt hatten, war ich dann auch nicht traurig genug gewesen. Man muss doch traurig sein, wenn der eigene Bruder stirbt! Aber ich hatte mir nur gewünscht, dass Babuschka endlich aufhören sollte zu weinen und dass Mama endlich aufhören sollte, wütend zu sein, und Papa so fürchterlich still. Und ich war böse auf Artjom, weil er mir nun nicht nur meinen Zahn geklaut hatte, sondern auch noch schuld daran war, dass bei uns nichts mehr so war wie früher und alle mich behandelten, als wäre ich eine lästige Fliege; aber ganz plötzlich nahmen sie mich dann in den Arm und schluchzten und drückten mich so fest, dass ich zwei Minuten später bestimmt erstickt wäre, wenn ich mich nicht freigezappelt hätte. Und wenn ich böse geworden bin und gesagt habe, dass ich jetzt aber endlich mal was zu essen haben wollte oder fernsehen oder was, haben sie mich nur angebrüllt. Nicht jedes Mal, aber oft. Da hatte ich manchmal gedacht, dass es Artjom ganz recht geschah, wenn er jetzt tot war. Aber das konnte ich keinem sagen.

»Noch eins?«, hat Herr Schmidt gefragt und noch ein Stofftaschentuch herausgezogen.

Und manchmal hatte ich sogar gedacht, dass es doch vielleicht wirklich gut war, dass es Artjom jetzt nicht mehr gab. Immer war er größer gewesen als ich und klüger als ich, und immer hatte er alles gewusst und alles gekonnt, und beim Abendessen hatte Papa sich immer nur mit ihm unterhalten und nie mit mir. Jetzt würden sie sich alle endlich mit mir unterhalten müssen, das war doch nur gerecht. Ich war nicht traurig gewesen, dass Artjom tot war. Das hätte er schon lange mal machen sollen.

Herr Schmidt hat mir seine papierleichte Hand auf die Schulter gelegt.

»Ich wollte ja, dass er weg ist!«, hab ich geflüstert. So leise konnte das so ein alter Mann sowieso nicht verstehen. Und dann noch immer die Schluchzer dazwischen. »Und hinterher hab ich mich sogar noch gefreut!«

Die Hand ist trotzdem einfach da liegen geblieben. Herr Schmidt hat nicht »Pfui Teufel!« gesagt. »Vielleicht ist es viel schöner da, wo er jetzt ist. Von wem auch immer du redest, mein Jung. Viel, viel schöner.« Plötzlich hat er wieder gelacht. »Das muss man glauben, wenn man so alt ist wie ich, verstehst du. Aber wer weiß? Wer weiß, ob es nicht stimmt?«

Ich habe die Nase hochgezogen. »Klar«, habe ich gesagt.

Irgendwer hatte mir erzählt, Artjom wäre jetzt ein Stern. Aber man muss sich entscheiden. Er kann ja schlecht irgendwo sein, wo es schöner ist als hier, und gleichzeitig ein Stern. Obwohl mir die Vorstellung gefällt. Früher zu Hause hatte ich oft den Himmel angeguckt. Hier sieht man über der Stadt sowieso nur so wenige Sterne. Und dass Artjom nun ausgerechnet einer von diesen wenigen ist, wäre doch ein ziemlicher Zufall.

Ich weiß nicht, wie lange wir da gesessen haben, ohne zu reden. Irgendwann ist das Schluchzen weniger geworden.

Damals in Kasachstan war ich nicht traurig gewesen. Aber jetzt, nach so langer Zeit, wollten die Tränen gar nicht mehr aufhören.

26.

Als ich bei unserem Hochhaus angekommen bin, habe ich gehofft, dass von den Tränen nichts mehr zu sehen war. Ich hab auf den Klingelknopf mit Mesuts Namen gedrückt.

»Ich komm runter!«, hat Mesut durch die Sprechanlage gerufen.

»Wie ist es gelaufen?«, habe ich gefragt, als er unten angekommen ist. »Warst du zu spät?«

Mesut hat den Kopf geschüttelt, dann hat er den Mund aufgerissen und mit dem Zeigefinger von unten gegen seinen Gaumen gepikt. Die Zahnspange war durchsichtig, und es sah aus, als wäre ziemlich weit hinten ein kleiner Fußballspieler darin eingepresst.

»Also nicht pink!«, habe ich gesagt.

Mesut hat den Mund wieder zugemacht. »Hä?«, hat er gefragt.

Ich hab abgewinkt. »Vergiss es!«, habe ich gesagt. »Willst du hören, was ich rausgefunden hab?«

Natürlich wollte er.

Ich hatte überlegt, ob ich Mesut überhaupt von dem Leichenwagen im Garagenhof erzählen sollte. Und dass Bronislaw schon wieder auf dem Friedhof aufgetaucht war. Und dass er ein langärmeliges Hemd trug. Natürlich würde Mesut sagen, dass ihn all das noch verdächtiger machte.

Andererseits braucht man als Detektiv ja gar keinen Partner, wenn man ihm nicht alle Fakten mitteilt. Die Aufklärung eines Falles entwickelt sich meistens im Gespräch, sagt das Superhirn bei der Kinderbande in jedem Band. Das ist aber nur Höflichkeit, weil das Superhirn meistens die wichtigen Zusammenhänge ganz alleine begreift.

Aber ich habe inzwischen gewusst, dass ich kein Superhirn war. Ich brauchte Unterstützung.

»Ja, das ist merkwürdig!«, hat Mesut gemurmelt, als ich ihm alles in der richtigen Reihenfolge vorgetragen hatte. »Ich sage ja, dieser Bronislaw ist das Verbindungsglied zwischen den Fällen. Wir müssen irgendwie an seinen Arm rankommen.« Er hat mir seine Coladose hingehalten. »Andererseits darf sich ein guter Detektiv nicht nur auf einen einzigen Verdächtigen versteifen, verstehst du, Alter. Ich hab nachgedacht, auf dem Rückweg.«

Wenn das Ergebnis seines Nachdenkens etwas war, was den Verdacht von Bronislaw weglenkte, wollte ich das gerne hören.

»Dein Bronislaw ist schließlich nicht der Einzige, der mit dem Friedhof zu tun hat!«, hat Mesut gesagt. Er hat mit der Zunge an seiner Zahnspange herumgespielt. Wahrscheinlich brauchte er noch ein paar Tage, um sich daran zu gewöhnen. »Wir sollten mal nachdenken, wen es da sonst noch gibt. Nachdem du jetzt auch noch das von dem Leichenwagen beim Überfall gehört hast.«

»So gut kenn ich mich da nicht aus!«, hab ich gesagt und überlegt. »Den Pastor gibt es. Den Bestattungsunternehmer. Die kenn ich aber nicht. Ich kenn nur noch die beiden Büroleute.«

»Dann fangen wir mit denen eben an!«, hat Mesut gesagt. »Jede Einzelheit kann wichtig sein! Versuch, dich so genau wie möglich zu erinnern.«

Das hab ich auch getan. Zuerst habe ich ihm davon erzählt, wie ich gestern zum Büro gerannt war, nachdem ich Bronislaw auf dem Boden im Kapellenklo gefunden hatte. Ich hab versucht, mich an das Büro zu erinnern, an jede Kleinigkeit. Daran, wie die beiden reagiert hatten. Wenn man jemanden nicht schon verdächtig finden will, weil er Kinder offensichtlich nicht ausstehen kann, gab es nichts Verdächtiges zu berichten.

»Nee!«, habe ich gesagt. »Da war nichts.«

»Beim zweiten Mal?«, hat Mesut ungeduldig gefragt. »Als du heute da warst?«

»Die Frau war nicht da!«, habe ich gesagt. Ich habe versucht, mir das Büro ganz genau vorzustellen. »Also, vielleicht war sie auch nur gerade aufs Klo gegangen oder zum Supermarkt. Jedenfalls war der Typ allein.«

Mesut hat aufmunternd genickt.

»Er war wütend, als er mich gesehen hat!«, habe ich gesagt. »Aber das war zu erwarten. Oder? Er ist ja immer unfreundlich.«

»Normal wütend?«, hat Mesut gefragt. »Hast du ihn bei der Arbeit gestört? War er so wütend, wie es zu erwarten war?«

»Mann, Mesut!«, habe ich gesagt. Ich wollte ihm gerade erklären, dass er jetzt aber ziemlich spitzfindig war, als in meinem Kopf das Erinnerungsbild schärfer wurde. Der Büromann war wirklich übertrieben ärgerlich gewesen. Und dabei hatte ich ihn eigentlich nicht bei irgendeiner Tätigkeit gestört, bei der es etwas ausgemacht hätte. Beim Telefonieren, meinetwegen. Oder wenn er gerade irgendwas alphabetisch sortiert hätte. Da wäre ich vielleicht auch ärgerlich geworden, wenn mich jemand unterbrochen hätte.

Aber er hatte ja nur irgendwas in einen Schrank getan.

»Warte!«, hab ich gesagt. »Warte mal, Mesut!«

Und zwar keine Akten. Das wäre normal gewesen, dass einer Akten in einen Aktenschrank stellt. Aber es waren hundertprozentig keine Akten gewesen.

»Es war ein Beutel!«, habe ich gesagt. »Aus Stoff oder so. Und als der Typ mich gesehen hat, ist er wütend geworden und hat ganz schnell die Schranktür zugemacht. Ist das verdächtig?«

Mesut hat seine Coladose zerdrückt, dabei gibt es Pfand darauf. »Ein Beutel!«, hat er gemurmelt. »Irgendwo hab ich doch schon was von einem Beutel …«

Und genau da ist es mir eingefallen. Womit bewiesen ist, dass sich die wichtigsten Lösungen zur Aufklärung eines Falles wirklich im Gespräch ergeben, das Superhirn hatte recht.

»Der Gentleman-Räuber!«, habe ich gerufen. Wie gut, dass ich neulich mutig genug gewesen war, den Zeitungsartikel am Kiosk zu lesen, obwohl ich hundertprozentig mit dem Zorn des Besitzers rechnen musste. »Der Gentleman-Räuber stopft seine Beute immer in einen Samtbeutel!«

Mesut hat mich angestarrt. »Alter!«, hat er gesagt und sich gegen die Stirn geschlagen. »Mann, logisch, genau!« Er hatte das Gefühl, dass wir vor einem Durchbruch standen, das habe ich sofort begriffen, als ich ihn ansah. »Und, war der Beutel im Büro aus Samt?«

Ich habe die Achseln gezuckt.

»Kommen wir da ran?«, hat Mesut gefragt. »Nee, wir *müssen* da rankommen! Die Frage ist, *wie* kommen wir da ran!«

»Er hat den Schrank abgeschlossen!«, habe ich gesagt.

Mesut hat nachgedacht. »Bronislaws Schlüsselbund?«, hat er gefragt.

Leider musste ich den Kopf schütteln. »Der hat bestimmt keinen Schlüssel zu den Aktenschränken!«, habe ich gesagt.

Oben in einem Fenster tauchte ein Kopf auf. »Mesut!«, hat eine Frau gerufen, die ungefähr so alt war wie meine Babuschka. »Mesut!« Was sie noch gerufen hat, konnte ich nicht verstehen. Es war jedenfalls Türkisch.

Mesut hat geseufzt. »Ich muss hoch!«, hat er gesagt. »Morgen Vormittag? Lass uns das Büro ausspionieren!«

Ich hatte keine Ahnung, wie das klappen sollte. Mesut kannte den widerlichen Büromann eben noch nicht.

Trotzdem habe ich genickt.

»Ciao, Alter!«, hat Mesut gesagt und mich abgeklatscht.

Mir fiel ein, dass ich wieder nicht eingekauft hatte.

27.

Mama hatte mir einen Zettel geschrieben. Ich bin also langsam durchs Einkaufszentrum geschlendert. Bis die Läden schlossen, blieb ja noch genügend Zeit.

Wie überall gab es zwei oder drei Ein-Euro-Läden, aber ich habe es geschafft, davon wegzubleiben. Wenn man erst mal drinnen ist, findet man meistens etwas, das man gut gebrauchen kann, und zu Hause ärgert man sich dann.

In zwei anderen Schaufenstern hingen Plakate des Center-Managements, dass diese Läden zu vermieten waren. Ich kriege immer ein trauriges Gefühl, wenn Läden leer stehen, ich weiß auch nicht, warum.

Am Ende des Einkaufszentrums vor einem *Zu-vermieten-*Laden und dem Topp-Preis-Dromarkt waren Schaufenster mit schwarzer Folie ausgeklebt, sodass man auch nicht den kleinsten Blick auf das hatte, was drinnen los war.

Altgold ist Bargeld!, stand in goldener Folienschrift darauf. *Gold ist ein wertvoller Rohstoff. Warum soll er bei Ihnen ungenutzt in der Schublade liegen? Wir zahlen Bestpreise!* Und auf einer breiten Banderole, die sich unten an beiden Ladenfenstern entlangzog, wurden die Leistungen des Ladens näher erklärt. *Wir kaufen alles, Goldschmuck, Eheringe, Bestecksilber, Zahngold (auch mit Zähnen).*

Mit Zähnen! Etwas Ekligeres konnte man sich ja kaum

vorstellen. Ich habe versucht, mir auszumalen, was gerade hinter der Folie passierte. Stand da ein knarrender, rostiger Zahnarztstuhl, in dem den Kunden von einem Kerl wie ein Schrank mit blutbespritzter Schürze reihenweise ihre Goldzähne herausgebrochen wurden? Und hinterher drückte ihnen ein kleiner, krummer Mann mit randloser Brille ein Bündel schmuddelige Geldscheine in die Hand?

Ich habe mich geschüttelt. Zu Hause hatten viele Leute Goldzähne gehabt. Ich hab gemacht, dass ich zum Supermarkt kam.

Auf dem Boden davor hat Dicke Frau gesessen. Sie hatte nicht einmal einen Teller vor sich stehen oder ein Tuch hingelegt oder irgendwas, in das die Vorbeigehenden ihr Münzen werfen konnten. Es gab auch kein Schild: *Bin obdachlos und bitte um eine kleine Spende.* Trotzdem habe ich gesehen, wie sich manche Leute zu ihr hinuntergebeugt und ihr etwas zugesteckt haben. Manche sind auch ein bisschen länger stehen geblieben, vielleicht haben die versucht, sich mit ihr zu unterhalten. Eine junge Frau mit cool gestecktem, lila Kopftuch hat ihr einen Becher Kaffee gebracht. Es sah aus, als wären sie alle an Dicke Frau gewöhnt. Als ob sie sie schon lange kannten. Ich war froh, dass sie nicht nur auf dem Friedhof ihre Freunde hatte.

Gleichzeitig habe ich mich ein bisschen geschämt. Die letzten Tage hatten Mesut und ich nichts anderes getan, als über den Juwelenraub und den Überfall auf Bronislaw nachzudenken. An Dicke Frau und ihren Dollar hatten wir keinen Gedanken verschwendet. Dabei hatte sie es doch von allen vielleicht am nötigsten, dass ihr Fall aufgeklärt wurde.

»Na, hallo, guten Tag, Frau Dicke Frau!«, habe ich gesagt. Frau Schilinsky sagte das schließlich auch immer zu ihr. Dicke Frau hat hochgeguckt. »Heilige Jungfrau, den hab ich schon mal gesehen!«, hat sie gemurmelt. »Na los, Maria, nun sag schon! Ist der einer von den Guten oder von den Bösen? Schick ihm Feuer und Schwefel, dem Höllenhund!«

»Nee, Sie verwechseln mich!«, habe ich schnell gesagt. »Ich hab Ihnen doch geholfen, Ihren Wagen die Stufen hochzutragen! Wissen Sie nicht mehr?«

Aber Dicke Frau hatte mich schon wieder vergessen, das konnte ich sehen. Und zu lange wollte ich mich auch nicht bei ihr aufhalten. Ich wollte nicht aus Versehen wieder einen Blick in ihre Gedanken werfen. Es war mir zu unordentlich da. Und außerdem konnte ich die große Traurigkeit nicht so gut aushalten.

»Ja, dann tschüs erst mal!«, habe ich darum gesagt und mich an ihr vorbeigedrängelt. »Man sieht sich ja vielleicht!«

Und ich habe mir einen von den Einkaufswagen genommen, in die man einen Euro oder fünfzig Cent stecken muss.

Während ich zwei Pakete H-Milch und ein Paket Reis und einen Sechserpack Mineralwasser mit Kohlensäure in den Wagen gelegt habe, musste ich plötzlich denken, dass Mesut und ich nachlässig gearbeitet hatten. Wir hatten zwar vermutet, dass der Fall Bronislaw und die Überfälle auf die Juweliergeschäfte zusammenhängen könnten, aber an Dicke Frau hatten wir gar nicht gedacht. Dabei hielt sie sich doch auch immer auf dem Friedhof auf (selber Ort, obwohl der Dokter natürlich in einem Buswartehäuschen gestorben war), ein Golddollar war so was Ähnliches wie Juwelen, und außerdem hatte Bronislaw sich um das Grab des Dokters gekümmert. Das waren Verbindungspunkte genug. Und Bronislaw war wieder das Verbindungsglied, ich konnte es drehen und wenden, wie ich wollte.

»Acht Euro vierzig!«, hat die Frau an der Kasse gesagt. Bestimmt kam sie auch aus Kasachstan oder der Ukraine. Oder Moldawien, konnte sein. Wir hätten russisch reden können. »Bitte sehr, eins sechzig zurück.«

Ich habe das Geld in meine Hosentasche gesteckt. Vor der Tür hab ich fünfzig Cent wieder herausgenommen.

»Bitte, Frau Dicke Frau!«, habe ich gesagt. Die Münze ist auf ihren Rock gefallen und sie hat erschrocken hochgeguckt.

»Feuer und Schwefel!«, hat sie geschrien. »Mach ihn hinne, Heilige Mutter, mach ihn hinne!«

Vielleicht wollte sie einfach nur keine Jungs sehen, die ungefähr so alt waren, wie ihr Sohn es gewesen war. Das konnte ich verstehen, ich war ihr nicht böse.

»Vielleicht kriegen Sie Ihren Golddollar zurück, Frau Dicke Frau!«, habe ich gesagt. Ich hab gehofft, dass Mesut und ich morgen im Friedhofsbüro der Aufklärung des Rätsels ein ganzes Stück näher kommen würden.

28.

Am nächsten Morgen musste ich vor der Haustür lange auf Mesut warten. Mama hatte mir wieder einen Einkaufszettel dagelassen, und ich habe allmählich angefangen, mich zu ärgern, dass ich nicht zuerst zum Supermarkt gegangen war, wo Mesut nun so lange nicht kam. Langsam hatte ich den Verdacht, dass ihm über Nacht auch selbst klar geworden war, dass wir im Friedhofsbüro gegen den Büromann keine Chance hatten; da hat der Fahrstuhl geplingt.

»Endlich!«, habe ich gesagt.

Mesut hat entschuldigend die Hände gehoben. »Ich bin noch ein bisschen bei meiner Oma geblieben!«, hat er gesagt. »Die hat ein bisschen Trost gebraucht, weißt du.«

»Immer noch wegen der Reise?«, habe ich gefragt.

Mesut hat genickt, während er sich schon auf den Weg in Richtung Friedhof machte. Ganz offensichtlich hat er also an seinem Plan festgehalten.

»Weißt du, was mir eingefallen ist?«, hat er gefragt. »Wir müssen ja gar nicht an den Schrank. Es reicht doch, wenn wir einfach gucken, ob dieser Büromensch vielleicht Linkshänder ist. Und ob *er* die Tätowierung aus dem Fernsehen hat.«

Natürlich war wieder Mesut das Superhirn. »Mann, logisch!«, habe ich gesagt und mir gegen die Stirn geschlagen. »Wir waren ja blöde!«

Das schien Mesut auch zu finden. »Aber, Alter!«, hat er gesagt. »Ob das so viel einfacher wird? Trägt er Hemden mit Manschetten?«

Da war ich mir ziemlich sicher.

»Der schickt uns doch zum Teufel, bevor wir auch nur einen Blick auf seinen Arm geworfen haben«, hat Mesut gesagt. »Wir können dem doch nicht einfach den Ärmel hochkrempeln.«

»Erst mal müssen wir ihn in ein Gespräch verwickeln!«, habe ich gesagt. »Und in der Zeit …«

»Ist der so ein Typ, der sich von zwei Jungs in ein Gespräch verwickeln lässt, damit sie sich in Ruhe umgucken können?«, hat Mesut skeptisch gefragt. »Ist der nicht eher so ein Typ, der zwei Jungs, die ihn in ein Gespräch verwickeln wollen, achtkantig rausschmeißt?«

»Es muss was Berufliches sein!«, habe ich gesagt. »Wo er uns nicht rausschmeißen *kann*! Weil er sonst Ärger kriegt mit der Friedhofsverwaltung, so was. Kapierst du? Ein Beratungsgespräch, zum Beispiel.«

Mesut hat sich an die Stirn getippt. »Worüber willst du dich da denn beraten lassen?«, hat er gefragt. »Den Preis für ein Grab? Mann, Alter! Das glaubt der dir nie!«

»Grabpflege?«, hab ich lahm gesagt. »Was es kostet, wenn man sein Grab von Bronislaw gießen lässt?«

»Hast du ein Grab?«, hat Mesut gesagt und den Kopf geschüttelt. »Das will der doch dann als Erstes wissen.«

Danach haben wir geschwiegen. Es wäre natürlich gut gewesen, schon auf dem Weg zum Friedhof eine Strategie auszuknobeln. Wichtige Schritte im Verlauf der Aufklärungsarbeit darf man nicht einfach dem Zufall überlassen. Das wusste ich von der Kinderbande. Vernünftige strategische Planung ist da die halbe Miete. Aber mir ist einfach nichts eingefallen, womit wir den Büromann für ein paar Minuten hätten festnageln können. Mal ganz abgesehen davon, dass selbst dann sein Ärmel ja immer noch nicht hochgekrempelt sein würde.

»Sie haben heute Morgen im Frühstücksfernsehen den Schmuck gezeigt«, hat Mesut plötzlich gesagt. »Aus dem Überfall. Mann, aber echt! Was manche Leute für Klunker kaufen!«

Das war doch schon mal was. »Ja?«, habe ich gefragt.

»Solche Teile!«, hat Mesut gesagt und mit beiden Händen ungefähr die Größe eines Kohlkopfes gezeigt. Da kann man sich doch nur fragen, welche Frau stark genug ist, um Schmuck in der Größe zu tragen, ohne umzufallen. »Ohrringe. Und Anhänger für Ketten. Brillanten und Rubine und Saphire ...«

»Solche Teile?«, habe ich skeptisch gefragt. »Echt so groß?«

Mesut hat ärgerlich geguckt. »Glaubst du mir nicht, oder was?«, hat er gefragt. »Voll auffällige Klunker! Wenn du die einmal gesehen hast, erkennst du die immer wieder. Deshalb haben sie die ja auch gezeigt. Damit die Bevölkerung der Polizei bei der Suche helfen kann.«

»Tun wir ja«, habe ich gesagt.

Mesut hat genickt.

Dann ist es mir wieder eingefallen. »Und deine Oma?«, habe ich gefragt. »Warum musstest du die nun heute speziell trösten? Dass ihr nicht nach Anatolien fahrt, wusste sie doch schon ewig.« Vor uns lag der Weg am Bach entlang.

»Mein Vater hat gestern Abend die Buchungsbescheinigung mitgebracht!«, hat Mesut gesagt. »Zehn Tage Gran Canaria. Drei Pools, all inclusive, fünf Minuten zum Strand, Balkon. Übernächste Woche. Meine Oma ist ausgerastet. Sie hatte immer noch gedacht, meine Eltern überlegen es sich doch noch anders.«

»Wegen Anatolien?«, habe ich gefragt.

Mesut hat genickt. »Was sollen wir da schon wieder hin, jetzt, wo die Uroma tot ist, wir waren doch erst im März zur Beerdigung, hat meine Mutter gesagt. Und meine Oma hat gesagt, sie merkt schon lange, dass meine Mutter ganz und gar verdeutscht, jetzt will sie auch noch deutschen Urlaub machen, sie vergisst ihre Heimat …«

»Ja?«, habe ich gesagt. Seine Heimat kann man gar nicht vergessen. Das hätte die Oma doch wissen müssen.

»… und will keine Türkin mehr sein, das merkt meine Oma schon die ganze Zeit!«, hat Mesut gesagt und einen Stein vor sich her gekickt. »Und meine Mutter hat zurückgeschrien, dass sie logisch einen deutschen Pass hat, aber Türkin ist sie trotzdem bis an ihr Lebensende, und das will sie auch sein bis an ihr Lebensende, sie kann nämlich problemlos beides sein, sie versteht nicht, wieso das nicht gehen soll. Und meine Oma …«

Ich habe nicht mehr richtig zugehört. Wahrscheinlich ist es bei mir genauso. Jetzt bin ich schon so lange hier, und ich weiß nicht mal, ob mein Russisch noch genauso gut ist wie mein Deutsch, weil ich hier doch so viele Bücher aus den verschiedenen Büchereien gelesen habe mit Millionen von deutschen Wörtern, das habe ich auf Russisch eben nicht.

Und trotzdem fühle ich mich innen drin immer noch wie der Junge aus Kasachstan, und wenn ich die Augen schließe, kann ich riechen, wie es zu Hause gerochen hat, wenn Babuschka Blini gemacht hat, und ich sehe die Sonnenblumenfelder und den Staub über der Sandstraße im Dorf, wenn die Autos durchfahren; da gehöre ich hin. Und ich bin mir nicht sicher, ob ich in Kasachstan die gleiche Sehnsucht nach unserem Hochhaus hier und dem Einkaufszentrum und unserem Friedhof hätte, obwohl ich hier doch auch hingehöre. Beides ist mein Zuhause. Aber vielleicht ist das für Mesuts Oma zu kompliziert. Oder vielleicht hat sie sich in Deutschland nie zu Hause gefühlt.

»… Lebensende!«, hat Mesut gerade gesagt. Wir waren am hinteren Friedhofstor angekommen und sind die Stufen hochgestiegen. »›Bei der Beerdigung spätestens merkst du, wo du hingehörst!‹, hat sie gesagt. Und meine Mutter musste natürlich widersprechen, ›Das geht hier ganz genauso!‹, hat sie gerufen. Und meine Oma hat gesagt …«

»Was?«, habe ich gefragt. Inzwischen kannte ich den Friedhof so gut, als wäre ich schon jahrelang immer hierhergekommen. »Was geht hier genauso?«

»Bist du schwerhörig?«, hat Mesut gesagt. »Beerdigung! Aber meine Oma …«

»Logisch geht das, wieso weiß sie das nicht?«, habe ich verblüfft gesagt. »Komm doch mal mit ihr her und zeig ihr das! Der ganze Friedhof ist voll von beerdigten Menschen!«

Mesut hat mich ärgerlich angeguckt. »Aber nicht Muslime!«, hat er gesagt. »Die dürfen hier nicht! Da hat meine Oma ausnahmsweise recht! Wenn sie tot ist, muss sie sowieso wieder zurück in die Türkei, wir alle, hat sie gesagt. Wegen dem Ritus. Nach islamischem Ritus geht das hier nicht mit der Beerdigung. Und dann kommst du nicht ins Paradies, Alter.«

Und noch während ich den Mund aufgemacht habe, um Mesut zu fragen, was *Ritus* bedeutet und erst recht *islamischer Ritus,* wusste ich plötzlich, dass er uns eben die Lösung für unser Büromann-Problem serviert hatte. Und Mesut hat es gleichzeitig begriffen.

»Alter!«, hat er gesagt. Er hat gegrinst und mich gegen den Oberarm geboxt. Aber nur ganz leicht. »Das Beratungsgespräch!«

»Lass dir Zeit!«, habe ich gesagt und zurückgegrinst. »Schließlich fragst du für deine Oma, da brauchst du Einzelheiten.«

Mesut hat zwischen den Zähnen gepfiffen. Das kann ich leider nicht. »Mein lieber Mann!«, hat er gesagt.

Es hat einen Augenblick gedauert, bis ich kapiert habe, dass der Ausruf nichts mit seiner Oma zu tun hatte. Oder mit der Freude darüber, dass wir jetzt wussten, wie wir den Büromann austricksen konnten. Über eine niedrige Hecke hat Mesut auf den Schrebergarten der Schilinskys einen Weg weiter gezeigt.

»Ist das krass?«, habe ich begeistert gesagt. »Hallo, Frau Schilinsky! Hallo, Herr Schilinsky!« Bronislaw konnte ich nicht entdecken und auch nicht Herrn Schmidt. »Ich komm nachher mal vorbei!«

Ich weiß nicht, warum ich mich irgendwie stolz gefühlt habe. Vielleicht ist man einfach immer stolz, wenn man einem Freund etwas zeigen kann, was er nicht kennt, aber man selbst kennt es gut.

»Heute hab ich Bratwurst!«, hat Frau Schilinsky gerufen. »Bring deinen Freund gerne mit! Es reicht für alle!«

Ich habe ihr zugewinkt, dann sind wir in den Weg zum Verwaltungsgebäude abgebogen.

»Kein Schweinefleisch!«, hat Mesut gesagt.

Dazu habe ich nichts gesagt. Immerhin verdankten wir ja der Tatsache, dass im Islam andere Dinge erlaubt und verboten sind, die Möglichkeit, den Büromann in ein hoffentlich längeres Beratungsgespräch zu verwickeln. Für die Ärmel musste uns dann noch etwas einfallen.

Außerdem hatte Frau Schilinsky für jemanden, der kein Schweinefleisch isst, bestimmt wenigstens noch ihren guten Kartoffel- oder Nudelsalat.

29.

Natürlich hatte ich nicht erwartet, dass der Büromann uns einen roten Teppich ausrollen würde; aber dass er gleich so heftig reagierte, als ich mit Mesut durch die Tür gekommen bin, hat mich doch verblüfft.

»Mein Gott, du schon wieder!«, hat er gerufen und sich weit über seinen Schreibtisch nach vorne gebeugt. »Soll ich hier im Büro ein Bett für dich aufstellen? Dann musst du dir gar nicht mehr die Mühe machen, zwischendurch erst noch nach Hause zu gehen!«

Die Bürofrau war wieder nicht da.

»Nee, es ist …«, habe ich gesagt und Mesut Hilfe suchend angeguckt. »Mein Freund möchte …«

Mesut ist vorgetreten. Ich fand, er hat nicht das kleinste bisschen ängstlich ausgesehen. »Guten Morgen!«, hat er freundlich gesagt. »Es ist, weil ich Türke bin.«

»Schön für dich!«, hat der Büromann gesagt. Er hatte offenbar nicht vor, zu Mesut freundlicher zu sein als zu mir. »Und was jetzt? Soll ich mir einen Turban aufsetzen?«

»Turban?«, hat Mesut verwirrt gefragt. »Es ist wegen dem islamischen Ritus.«

Ich konnte sehen, dass der Büromann immer nur genervter wurde. Er hat mit der Rückseite seines Kugelschreibers auf die Schreibtischplatte getippt, dass der hüpfte. »Und was heißt das jetzt, bitte sehr?«, hat er gefragt. »Geht es um Terrorismus?« Das fand ich nun ziemlich dreist.

»Ich wollte fragen, ob hier auch Muslime beerdigt werden können«, hat Mesut gesagt, als hätte der Büromann ihn nicht gerade eben ziemlich beleidigt.

»Hier kann jeder beerdigt werden!«, hat der Büromann gesagt. »Hunde, Katzen und Meerschweinchen nicht, aber Menschen aller Art jederzeit. Solange sie zahlen können.«

Mesut hat gelächelt. »Das ist toll«, hat er gesagt. »Meerschweinchen hab ich sowieso keins. Aber geht es auch nach islamischem Ritus? Ohne Sarg? In Tüchern?«

Der Büromann hat ihn angestarrt. Der Kugelschreiber hat aufgehört zu hüpfen, und mir ist endlich wieder eingefallen, warum wir überhaupt hier waren. Ich musste seinen Arm sehen. Die erste Minute hatte ich schon vergeudet.

»Wovon redest du?«, hat der Büromann gefragt. Die Hand, die den Kugelschreiber hatte hüpfen lassen, war die rechte gewesen.

»Sie wissen ja bestimmt«, hat Mesut gesagt, und dann hat er sich auch noch den einzigen Besucherstuhl herangezogen und sich seelenruhig gesetzt, »dass wir im Islam andere Bestattungsvorschriften haben. Jede Religion hat ja ihre eigenen. Die Christen zum Beispiel …«

»Erzähl mir nichts über die Christen, Muselmann!«, hat der Büromann geschnaubt. »Wer hat dir überhaupt erlaubt, dich hier hinzusetzen? Das Betreten des Friedhofs ist für Kinder unter zwölf …« Dann hat er sich abrupt selbst unterbrochen. Es ist ein Glück, dass Mesut aussieht, als wäre er ungefähr drei Jahre älter als ich.

»Also im Islam«, hat Mesut freundlich gesagt, »da halten wir uns an die Vorschriften, die der Prophet Mohammed …«

Ich konnte sehen, dass der Büromann das hier nicht mehr lange mitmachen würde. Dass er kein Linkshänder war, hatte ich immerhin schon rausgekriegt, aber was bewies das? Es gibt auch etwas, das *ambidexter* heißt. Dann sind die Leute gleichzeitig Links- und Rechtshänder. Also zum Beispiel schreiben sie ihre Briefe mit rechts, aber beim Kugelstoßen benutzen sie den linken Arm. Falls sie Kugeln stoßen. Und es konnte doch sein, dass der Büromann so ein Ambidexter war, der zwar mit rechts Kugelschreiber hüpfen ließ, aber seine Pistolen regelmäßig mit der Linken abfeuerte. Was ich herausfinden musste, war, ob er links eine Tätowierung hatte. *Die* Tätowierung.

Ich habe tief eingeatmet, um Mut zu schöpfen. »Entschuldigung?«, habe ich gesagt, und nun habe ich mich einfach ganz dicht neben Mesut an den Schreibtisch gedrängt. Eigentlich hatte ich es direkt neben der Tür sicherer gefunden. »Können Sie mir vielleicht mal sagen, wie spät es ist?«

Aber jetzt hatte der Mann hinter dem Schreibtisch offenbar endgültig genug. »Was soll denn das?«, hat er gebrüllt. Wieso die Frage nach der Uhrzeit ihn noch wütender machte als die nach dem islamischen Ritus, habe ich überhaupt nicht begriffen. Vielleicht war es die Kombination. Vielleicht war es, weil nun *zwei* Kinder auf ihn eingeredet haben. Es gibt Menschen, die sind gegen Kinder allergisch. »Guck doch auf deine eigene Uhr! Oder geht bei euch in der Türkei die Uhr anders?«

»Ich bin ja kein Türke!«, habe ich gesagt. »Er ist das nur!«

Wie hatte ich wieder so blöd sein können? Ich hätte wirklich daran denken können, meine Armbanduhr vor der Tür des Verwaltungsgebäudes in die Hosentasche zu stecken. Schließlich hatte ich es bei Bronislaw schon genauso versucht. Und außerdem habe ich langsam geglaubt, dass der Büromann etwas gegen Türken hatte und vielleicht überhaupt gegen alle Ausländer, deutscher Pass hin oder her; und das hieß ja, vielleicht auch gegen Jungs, die aus Kasachstan kamen.

»Kuchenbrodt!«, hat in diesem Augenblick eine Stimme hinter mir gesagt, die ich sofort erkannt habe. Seine Kollegin hat sich auf ihren Drehstuhl gesetzt. Die Hydraulik hat ein kleines »Pfffft!« von sich gegeben. »Nun schnauz die Kinder doch mal nicht so an! Die glauben ja nachher, wir hätten was gegen Migrationshintergrund!«

Mesut hat sie angelächelt. Dass die Bürofrau nun auch noch gekommen war, machte die Sache nicht einfacher. »Es geht um Begräbnisse nach islamischem Ritus!«, hat er gesagt.

Ich hab weiter den Büromann angestarrt. Sein freundlicher Name passte kein bisschen zu ihm, und ihm war anzusehen, dass er gerne bereit war, diese Angelegenheit an seine Kollegin abzutreten. Jedenfalls hat er sich jetzt (natürlich mit rechts!) einen Aktenordner gegriffen, der vor ihm auf dem Schreibtisch lag. Neben mir habe ich Mesut immer noch reden hören. Er hatte sich inzwischen zu der Frau umgedreht. Mir war klar, dass er versucht hat, mir auf diese Weise noch mehr Zeit für meine Aufgabe zu verschaffen, aber was glaubte er denn, wie ich einen Blick auf das Handgelenk des Mannes werfen konnte, wenn er ihn nicht mal mehr abgelenkt hat?

»… Zentralfriedhof!«, hat die Frau gesagt. »Da gibt es ein eigenes Gräberfeld für Muslime. Um wen geht es denn? Eigentlich sollte euer Bestattungsunternehmen ja diese Fragen für euch klären!«

»Sie ist noch nicht tot!«, hat Mesut gesagt. »Das ist nur sozusagen vorbeugend, wissen Sie? Meine Oma ist schon über sechzig!«

Die Frau hat ihm geantwortet, aber ich habe nicht mehr zugehört. Wir konnten dieses Büro auf keinen Fall verlassen, ohne zu wissen, ob der Büromann tätowiert war oder nicht! Ich habe also einen vorbeugenden Blick über meine Schulter geworfen, um zu sehen, ob der Weg zur Tür im Notfall frei war. Ganz frei war er natürlich nicht. Aber ich hab gesehen, dass ich es locker nach draußen schaffen konnte, bevor der Büromann aufgesprungen, um den Schreibtisch herumgerannt und hinter mir hergehechtet war.

Ich weiß, dem Superhirn wäre an dieser Stelle wahrscheinlich etwas viel Schlaueres eingefallen. Etwas Unauffälligeres. Aber mir eben nicht. Ich war in unserem Detektivbüro wahrscheinlich doch eher der Ökoriegel-Dicke. »Was für ein elegantes Hemd!«, habe ich also mitten in die Ausführungen der Frau hinein zum Büromann gesagt. Meine Stimme klang quietschig. »Was ist das für eine Marke?«

Dabei habe ich mich geradezu über den Schreibtisch geschmissen und seine linke Manschette in Richtung Ellenbogen hochgeschoben, als ob ich hoffte, genau da ein Etikett zu entdecken.

Ich gebe zu, man muss nicht gegen Kinder allergisch sein, um bei so etwas auszurasten. »Bist du wahnsinnig?«, hat der

Büromann gebrüllt und ist aufgesprungen. »Lass mein Hemd in Ruhe! Was tust du denn da!«

Aber ich war schneller. Bevor er um seinen Schreibtisch herum war, war ich schon aus dem Raum. Hinter mir konnte ich Mesut schnaufen hören.

Wir waren schon mindestens hundert Schritte vom Verwaltungsgebäude entfernt, als Mesut sich noch einmal umgedreht hat.

»Meine Oma will sowieso lieber in der Türkei!«, hat er zurückgebrüllt. »Aber vielen Dank für die freundliche Auskunft!«

In den zwei Sekunden, die die Manschette des Büromanns hochgeschoben gewesen war, hatte ich deutlich gesehen, dass er am linken Arm auch nicht die kleinste Tätowierung hatte.

30.

»Mann, Alter!«, hat Mesut gesagt. »Was für ein Stinkarsch!«

Ich habe genickt. »Aber keine Tätowierung!«, habe ich gesagt. »Und Linkshänder ist er auch nicht.«

Man konnte richtig sehen, wie in Mesuts Kopf das Detektivprogramm ansprang. »Und was bedeutet das?«, hat er gefragt. »Er ist nicht der Gentleman-Räuber, der die Überfälle gemacht hat, okay. Aber in die Sache verwickelt sein kann er trotzdem noch.«

Wir sind an dem Baum mit der Bank vorbeigekommen. Herr Schmidt hat nicht darauf gesessen und Jiffel war auch nicht da.

»Und außerdem«, hat Mesut gesagt, »kann das Tattoo ja auch nur ein ganz cleverer Trick sein. Dass der Täter nämlich gar nicht echt tätowiert *ist.* Das ist nur ein *Temp*too, das er sich immer draufmacht, wenn er die Läden überfällt. Um eine falsche Spur zu legen. Und zu Hause schrubbt er es sich dann gleich ab.«

Das war wirklich eine geniale Idee. Leider konnte sie uns nicht helfen.

»Aber Bronislaw *hat* natürlich ein Tattoo«, habe ich darum gesagt. »Ein echtes. Und wir wissen immer noch nicht, wie das aussieht.«

Hinter der Hecke konnten wir jemanden lachen hören.

»Die Schilinskys!«, habe ich gesagt. »Wenn du keine Wurst willst, nimmst du dann vielleicht Kartoffelsalat?«

Aber heute hatte Frau Schilinsky Nudelsalat mitgebracht, mit Mayonnaise, saurer Gurke und Erbsen. Damit war Mesut auch einverstanden.

»Und wo ist Herr Schmidt?«, habe ich gefragt. Die Bratwurst hat perfekt geschmeckt. Der Salat auch.

»Ja, da fragst du was!«, hat Herr Schilinsky gesagt. »Den hab ich noch gar nicht gesehen!«

»Aber wir kümmern uns ja gerne so lange um das Grab von Frau Else für ihn!«, hat Frau Schilinsky gesagt. »Einer für alle, alle für einen! Was so eine echte Gemeinschaft ist, was?« Sie hat Mesut die Nudelsalatschüssel hingehalten. »Noch eine Portion?«

Mesut hat genickt.

»Dann mach ich uns morgen mal Hähnchenkeulen!«, hat Frau Schilinsky gesagt. »Die isst du doch, oder? Und Steak? Obwohl das natürlich auf die Dauer teuer wird.«

»Morgen nicht, Evi, hast du ganz vergessen?«, hat Herr Schilinsky gesagt. »Morgen können wir nicht! Morgen ist Schützenfest in Bommelsdorf!« Er hat mir zugenickt. »Da fahren wir mit dem Fahrrad hin, jedes Jahr. Das ist immer ein netter Ausflug.«

Frau Schilinsky hat sich gegen die Stirn geschlagen und ich habe mich gefreut. Man konnte doch merken, dass die Schilinskys Mesut jetzt auch schon in unseren Schrebergarten-Essensklub aufgenommen hatten.

»Aber Hähnchen ist gut!«, hat Mesut gerade gesagt, als ich hinter mir unregelmäßige Schritte gehört habe.

»Bronislaw, alter Schwede!«, hat Herr Schilinsky gerufen. »Was macht das Bein?«

Bronislaw hat sich mit einem Nicken auf den Stuhl sinken lassen, den ich für ihn geräumt hatte, und sein Bein weit von sich gestreckt. »War ich grade bei Doktor!«, hat er gesagt. »Ist sich alles gut. Wird sich alles wieder zusammenwachsen. Kann ich bald wieder arbeiten.«

Aber ich konnte überhaupt nicht richtig zuhören, so schön die Nachricht auch war. Zur Feier seines Arztbesuchs hatte Bronislaw ein kariertes Hemd angezogen. Es war nagelneu, und man sah nicht nur die Knicke an den Stellen, an denen es im Geschäft zusammengelegt gewesen war, sondern sogar noch die Einstichlöcher der Verpackungs-Stecknadeln. Und es war kurzärmelig.

Über Bronislaws linkem Handgelenk breitete ein grüner Adler weit seine eindrucksvollen Schwingen aus. »Marta« stand in einem leuchtend roten Herzen darüber. Ich habe überlegt, ob das vielleicht die polnische Marta aus Mamas letztem Topp-Preis-Dromarkt war oder ob einfach viele Polinnen Marta heißen, und eine große Erleichterung hat sich in meinem Kopf ausgebreitet.

»Mesut!«, habe ich gezischt.

Mesut hatte es auch schon gesehen. Er hat den Daumen der rechten Hand zum Siegeszeichen in die Luft gereckt.

Obwohl ich mir nicht sicher war, wie sehr wir uns tatsächlich freuen konnten. Natürlich war es eine große Erleichterung, dass wir Bronislaw aus unserer Liste der Verdächtigen streichen konnten. Aber gleichzeitig hat es doch auch bedeutet, dass wir nun wieder ohne eine einzige Spur waren.

Wir standen sozusagen wieder ganz am Anfang unserer Ermittlungsarbeit. Der Büromann schied ja, wenn wir ehrlich waren, auch aus. Er war schließlich Rechtshänder und nicht tätowiert.

Und dann ist es wie im Sprichwort gewesen: Wenn man vom Teufel spricht – oder an ihn denkt, das reicht auch schon. Gerade jetzt ist genau der nämlich mit wütenden Schritten auf uns zugekommen. In der rechten Hand hielt er ein Blatt Papier, mit dem er wild durch die Luft gewedelt hat.

»Das war es dann wohl, meine Damen und Herren!«, hat er gerufen und ist in einen leichten Trott verfallen, so eilig hatte er es, zu uns zu kommen. »Ende, Schluss, Finish! Packen Sie sofort zusammen! Das Picknicken auf dem Friedhof ist verboten!«

31.

Herr Schilinsky ist aufgestanden. Einen Augenblick lang hat der Stapelstuhl wieder an seinen Oberschenkeln geklebt, bevor er auf den Boden zurückgefallen ist.

»Wer sagt das?«, hat er kämpferisch gefragt.

»Ich habe mich an die Behörde gewandt!«, hat der Büromann gerufen und triumphierend das Blatt in die Luft gestreckt. »Heute ist die Antwort gekommen! Schriftlich! Damit gibt es gar nichts mehr zu deuteln!«

Ich fand, dass er ziemlich rot im Gesicht war.

»Aber wen stören wir denn hier, ich bitte Sie?«, hat Frau Schilinsky gefragt. Sie hat versucht, versöhnlich zu klingen, aber ich konnte die Angst in ihrer Stimme hören. »Vielleicht möchten Sie auch eine Wurst? Bisher hat sich noch niemand bei uns beschwert, ganz im Gegenteil! Wir sind doch immer eine nette Runde hier!«

»Eben!«, hat der Büromann gerufen. Vielleicht war er nicht nur allergisch gegen Kinder mit Migrationshintergrund, vielleicht war er allergisch gegen alle Arten von Menschen. »Ebendarum! Die Würde des Ortes …«

»Nun setzen Sie sich doch erst mal!«, hat Herr Schilinsky gesagt und auf seinen frei gewordenen Stuhl gezeigt. »Was, Kollege? Immer nur arbeiten ist nicht gut für den Blutdruck! Evi, gib dem Herrn mal …«

»Haben Sie Kartoffeln auf den Ohren?«, hat der Büromann gebrüllt. Für einen Erwachsenen fand ich das sehr unhöflich. »Ich habe hier ein offizielles Behördenschreiben! Die Würde des Ortes gebietet, dass Sie Ihre Saufgelage einstellen!«

»Das Wort verbitte ich mir!«, hat Herr Schilinsky hoheitsvoll gesagt. »Wer säuft hier? Ein, zwei gepflegte Bierchen …«

»… und immer mit einer soliden Grundlage!«, hat Frau Schilinsky gerufen. Ich fand, Bronislaw hätte sich auch mal einmischen können. Das mit der Friedhofsruhe fand ich albern. Artjom zum Beispiel hätte bestimmt nichts gegen die Schilinskys und ihre Freunde gehabt und die Else von Herrn Schmidt auch nicht, Herr Schmidt hat schließlich immer mitgegessen. Und er musste ja wissen, was seine Else störte und was sie gut fand. Sie waren immerhin seit siebenundsechzig Jahren verheiratet.

»Das ist doch krank!«, hat der Büromann gerufen. »Und dem fetten Weib können Sie auch gleich Bescheid sagen, dass sie hier mit ihrem Einkaufswagen nichts mehr zu suchen hat! Wenn Sie sich jetzt nicht schleunigst vom Acker machen, sehe ich mich genötigt, die Polizei zu rufen! Wegen Hausfriedensbruchs! Ich will Sie hier nie mehr wieder sehen!«

In dem Augenblick ist es passiert. Ich hatte mir in den letzten Tagen große Mühe gegeben, niemanden so lange anzustarren, dass ich aus Versehen in seine Gedanken geriet; aber der Büromann hatte zu wild gewütet. Ich musste ihn einfach anstarren. Wir alle haben ihn angestarrt.

Nur dass es bei den anderen nicht bedeutet hat, dass sie in seine Gedanken rutschten.

Natürlich hätte ich auch ganz schnell Schluss machen

EAT

können, ich brauchte ja nur wegzusehen. Aber es war die Stimmung über seinen Gedanken, die mich darin festgehalten hat. Es war nicht diese große Traurigkeit wie bei Dicke Frau oder bei Mama und auch nicht Glück und Fröhlichkeit wie bei Herrn Schmidt. Zuerst hat mir das passende Wort gefehlt, aber dann wusste ich es plötzlich. *Schadenfreude.* Es war Schadenfreude, was der widerwärtige Büromann gerade empfand.

Und während er sich umgedreht hat, um zu gehen, habe ich ihm nachgestarrt. Zuerst hatte ich geglaubt, die Schadenfreude galt vielleicht den Schilinskys, weil er sie jetzt endlich rausschmeißen konnte, da hat er sich natürlich ins Fäustchen gelacht. Aber dann habe ich begriffen, dass es für so einen widerlichen Kerl nie genug Dinge geben kann, über die er sich schadenfreut. Die Stimmung in seinem Kopf hatte nichts mit uns zu tun, sondern wie bei allen, deren Gedanken ich bisher gelesen hatte, mit dem, was er gerade gedacht hat.

Im Kopf des Büromannes sind jetzt nämlich Männer in dunkelgrünen Uniformen aufmarschiert, junge und alte, und viele hatten einen ziemlichen Bierbauch. Vorneweg ging ein Mann mit einem Schellenbaum, den er rhythmisch auf und ab bewegt hat. In Zweierreihen sind sie eine Straße entlanggezogen, mit blühenden Sommerblumen in den Vorgärten der kleinen Häuschen, aber gerade in diesem Augenblick tauchten im Hintergrund auch höhere Häuser auf.

»Was glotzt du so?«, hat der Büromann gefragt. Erst jetzt habe ich gemerkt, dass er stehen geblieben war und nun mich angestarrt hat. »Bist du bekloppt? Erst reißt du mir fast das Hemd vom Leib, und nun …«

Aber ich musste leider genauso dreist weiterstarren. Weil es in seinem Kopf jetzt spannend wurde. *Jetzt kam der Leichenwagen.*

Ich konnte ihn aber nur kurz sehen, weil er hinter dem Umzug der Uniformierten verschwand. Mein Herz hat angefangen, schneller zu klopfen.

»Was ist?«, hat der Büromann geschnauzt. »Hat dir niemand beigebracht, dass man Erwachsene nicht anstarren soll?«

Frau Schilinsky hatte in der Zwischenzeit ihre Kühltasche gepackt. »Igitt, was haben Sie für eine Laune!«, hat sie gesagt. »Ich vermute, es gibt da irgendwas in Ihrem Leben, das Sie belastet, mein Herr. Sonst wäre ja diese gebündelte Aggression gegen die ganze Menschheit gar nicht zu erklären!« Und sie hat ihren Stuhl auf den ihres Mannes gestapelt.

Herr Schilinsky hat sehr verloren ausgesehen. »Glauben Sie nicht, dass wir das auf sich beruhen lassen!«, hat er dem Büromann hinterhergerufen, der inzwischen den Rückzug angetreten hatte. »Schließlich gehört die Grabstelle für zwanzig Jahre uns! Da können wir damit machen, was wir wollen! Wir werden uns über Sie beschweren!«

Aber es klang lahm. Eher traurig, wenn ich ehrlich sein soll. Ganz ohne Hoffnung.

Seine Frau hat ihn am Arm berührt. »Nun lass gut sein, Klaus-Peter«, hat sie gesagt. »Morgen wollten wir ja sowieso erst mal zum Schützenfest.«

Bronislaw hatte sich inzwischen aus seinem Stuhl geschält und nach den Gehhilfen gegriffen. Er hat dem Büromann nachgesehen und traurig den Kopf geschüttelt.

»Dieser Mensch ist Arsch«, hat er gesagt. »Aber gibt es, gibt es überall. Gibt es auch in Polen.«

»Klar, Bronislaw«, hat Herr Schilinsky gesagt. »Wir kommen wieder, glaub mir! Soll er doch die Polizei holen!«

Dann sind alle drei Richtung Haupteingang gegangen. Mesut und mir haben sie zum Abschied noch kurz zugewinkt. Wir haben uns auf den Weg zu unserem Hintereingang gemacht, an der Bank vorbei, die immer noch leer war.

»Mann, Mesut!«, habe ich geflüstert.

»Aber wirklich, Alter!«, hat Mesut zurückgeflüstert.

Er wusste ja nicht, warum ich so durcheinander war. Zum ersten Mal habe ich überlegt, ob ich jemandem außer Herrn Schmidt von meiner besonderen Gabe erzählen sollte.

32.

Es war der Leichenwagen.

Natürlich ist es eigentlich nicht das kleinste bisschen merkwürdig, wenn ein Mann, der im Friedhofsbüro arbeitet, in seinen Gedanken einen Leichenwagen sieht. Aber warum war Kuchenbrodt dabei so schadenfroh?

Der Leichenwagen im Garagenhof war der Grund dafür gewesen, dass Mesut und ich glaubten, der Gentleman-Räuber könnte etwas mit dem Friedhof zu tun haben. Dass wir sogar Bronislaw verdächtigt hatten. Und nun hatte ich einen Leichenwagen in den Gedanken dieses widerwärtigen Büromannes entdeckt, der dabei außerdem noch innerlich schadenfroh gegrinst hatte. Das musste etwas bedeuten.

Oder auch nicht.

Man weiß ja nie, wann man sich etwas nur einbildet. Vielleicht sah ich auch schon Gespenster. Ich musste mit Mesut darüber reden.

»Kommst du noch mit einkaufen, Mesut?«, habe ich gefragt und in der Hosentasche nach dem Einkaufszettel gesucht. »In den Supermarkt?«

Mesut hat einen Stein vor sich her gekickt. »So ein beknackter Typ!«, hat er gesagt.

Ich hab das als Zustimmung verstanden. Als ich in Richtung Einkaufszentrum abgebogen bin, ist Mesut neben mir geblieben.

»Mesut«, habe ich gesagt. Dann war ich wieder still. Wie erklärt man jemandem, dass man Gedanken lesen kann? Da hält einen doch jeder für übergeschnappt.

Herr Schmidt hatte das nicht getan, aber der war auch alt und hatte selbst gesagt, dass er in seinem langen Leben schon die merkwürdigsten Dinge erlebt hatte. Aber so ein langes Leben hatte Mesut ja noch nicht.

»Was würdest du sagen, wenn du wüsstest, dass der Büromann an einen Leichenwagen denkt?«

»Hä?«, hat Mesut gesagt. »Dass er arbeitet. Beerdigungen sind sein Job, oder? Wenn er nicht gerade Leute verscheucht.«

»Ja, logisch«, habe ich gesagt. So einfach würde es nicht werden, das merkte ich schon. »Und wenn er dabei schadenfroh ist?«

Mesut ist stehen geblieben. »Wenn er an einen Leichenwagen denkt?«, hat er gefragt. »Dann freut er sich vielleicht, dass er da nicht drinliegt. Dass da einer drinliegt, den er nicht ausstehen konnte. Der kann ja keinen ausstehen, das Warzenschwein.«

Auf die Idee war ich noch gar nicht gekommen. Natürlich konnte es gerade bei einem so widerwärtigen Kerl für die Schadenfreude auch eine ganz natürliche Erklärung geben. Umso dringender war es, dass ich mich mit Mesut besprach. Aber leider nicht so einfach.

»Also, Mesut«, hab ich wieder gesagt. Vor uns konnte man jetzt das Einkaufszentrum sehen. »Wenn ich dir jetzt was Komisches erzähle, glaubst du mir dann?«

Mesut hat sich mit einem Ruck zu mir hingedreht. »Alter!«, hat er gesagt. »Was kommt jetzt?«

»Ich kann«, habe ich gesagt. »Manchmal passiert es mir …«

»Spuck's aus!«, hat Mesut gesagt. »Wenn du mir jetzt erzählst, dass du selbst der Gentleman-Räuber bist, glaub ich dir nicht! Das hab ich auch schon überlegt, aber das kommt nicht hin!«

Ein bisschen dreist habe ich es ja gefunden, dass Mesut sogar mich verdächtigt hatte; aber dann habe ich gedacht, dass ein guter Detektiv eben genau das tun muss. Für einen guten Detektiv ist auch ein Freund unter Umständen nur ein ganz normaler Verdächtiger.

Im Einkaufszentrum war es angenehm kühl. Wir sind an den leer stehenden Läden vorbeigegangen, und ich habe überlegt, wie ich es Mesut am besten erklären konnte, ohne dass er mich gleich für verrückt hielt.

Ich hab an Artjoms Kappe gefasst. Es ist gut, wenn man einen Glücksbringer hat. »Ich kann«, habe ich gesagt. »Mesut, ich kann …«

»Mann, Zähne!«, hat Mesut gerufen. Er war wie angewurzelt vor dem zugeklebten Altgoldladen stehen geblieben. »Hast du das gelesen? Gruselig! Seit wann ist das da?«

Ich habe die Achseln gezuckt. *Er* wohnte doch schon seit tausend Jahren in unserem Hochhaus hier gleich um die Ecke.

Mesut hat mich am Ärmel gezupft. »Findest du das nicht verdächtig?«, hat er geflüstert. »Dass sie Gold mit Zähnen dran kaufen? Und dass sie die Scheiben zugeklebt haben? Mann, Alter! Das ist doch nicht normal!«

Ich habe gewartet, was noch kommen würde.

»Wir gehen rein!«, hat Mesut gesagt. »Wer weiß, ob die nicht mit dem Gentleman-Räuber zu tun haben! Hehlerei! Ich erkenn den geklauten Schmuck locker! Vom Frühstücksfernsehen!«

Ich hab den Kopf geschüttelt. »Quatsch!«, habe ich gesagt. »Der Laden ist doch mitten im Einkaufszentrum hier! Da hätte doch die Polizei längst … Mesut!«

Aber Mesut hatte schon die Klinke nach unten gedrückt. Und wie begriffsstutzig die Polizei war, wusste ich ja von der Kinderbande zur Genüge, da brauchten die Verbrecher eigentlich wirklich keine Angst zu haben.

Eine altmodische Ladenglocke hat geläutet und ein Mann im grauen Kittel ist aus der Dämmerung des hinteren Ladenraums zu uns nach vorne geschlurft.

Und wie dämmerig der Raum war! So dämmerig, dass man kaum etwas erkennen konnte. Es hat sich sehr unheimlich angefühlt. Durch die Fenster konnte natürlich kein Licht fallen, weil sie abgeklebt waren; aber elektrisches Licht hätte man ja anschalten können. Vielleicht wollte der Mann Stromkosten sparen. Trotzdem. Merkwürdig war es schon.

»Was bringt ihr?«, hat der Mann gefragt. Dabei hat er so heftig mit den Augen geplinkert, als ob sie ihm wehtäten. Ich habe gesehen, dass er in seiner rechten Hand eine Uhrmacherlupe hielt.

»Bringen?«, habe ich gefragt, aber Mesut war schon an den Tresen getreten.

»Guten Tag!«, hat er freundlich gesagt. »Meine Oma schickt mich. Die möchte wissen …«

»Du kommst aus der Türkei, oder?«, hat der Mann gefragt.

»Armbänder, Ohrringe, Ketten, du kannst ihr sagen, wir kaufen alles! Zu einem guten Preis, sag ihr das!«

Mesut war wirklich unser Superhirn.

»Nee, verkaufen will sie nicht!«, hat er gesagt. »Sie will was *kaufen*! Meine Cousine heiratet, und da hat sie gedacht ...«

Der kleine graue Mann hat sich die Hände gerieben. »Gold für die Braut?«, hat er gefragt und immer noch geplinkert. »Eine gute Wahl! Ein Goldgeschenk ist immer eine gute Wahl!«

»Und auch was für den Bräutigam«, hat Mesut gesagt. »Sie dachte«, er hat sich geräuspert, »dass es bei Ihnen vielleicht ein kleines bisschen billiger ist als beim Juwelier. Entschuldigen Sie bitte.«

»Nichts zu entschuldigen, nichts zu entschuldigen!«, hat der Mann gesagt und sich immer noch die Hände gerieben. »An- und Verkauf, so steht es an meinem Fenster!«

Irgendwo unter dem Tresen hat er einen Lichtschalter umgelegt. In dem hellen Neonlicht fand ich den Raum fast noch unheimlicher.

Der Mann hat eine Schublade herausgezogen, die mit einem Tuch abgedeckt war. »Sag deiner Oma, hier findet sie ganz bestimmt, was sie sucht!«, hat er gesagt. »Schmuck aller Art, antike Stücke, moderne Stücke – ganz, was sie will! Und für jeden Geldbeutel etwas!« Er hat das Tuch zurückgeschlagen.

Ketten, Ringe, Armbänder und Ohrringe lagen ein kleines bisschen unordentlich auf dunkelrotem Samt. Mesut hat sich darübergebeugt. Klunker groß wie Kohlköpfe habe ich nicht entdeckt.

»Und für den Bräutigam«, hat der Mann gesagt und eine zweite Schublade herausgezogen. »Vielleicht eine Uhr? Sammelt er Münzen? Ein Siegelring?«

Mesut hat immer noch das Angebot studiert. Aber ich nicht. Ich nicht mehr.

Wie durch Wasser habe ich gehört, dass Mesut nach dem Preis für eine Kette fragte.

Auch in der zweiten Schublade lagen keine gigantischen Schmuckstücke, wie Mesut sie beschrieben hatte. Aber ich hatte etwas entdeckt.

In der zweiten Schublade lag, zwischen Ringen, Münzen aller Art und Schnupftabakdosen, die silberne Taschenuhr, die ich auf dem Friedhof bei Herrn Schmidt gesehen hatte.

33.

Mir wurde ein kleines bisschen schwummerig. Vielleicht war die Uhr ein ganz häufiges Modell. Vielleicht gab es sie ungefähr eine Million Mal, und die hier in der Vitrine hatte niemals Herrn Schmidt gehört, sondern stammte einfach nur aus derselben Serie. Aber irgendwie konnte ich das nicht glauben.

Warum hatte Herr Schmidt seine Uhr verkauft? Brauchte er so dringend Geld? Einen anderen Grund konnte man sich ja kaum vorstellen. Vielleicht war seine Rente einfach schrecklich niedrig. Vielleicht musste er die Uhr verkaufen, um seine Miete bezahlen zu können und Essen zu kaufen. Und Futter für Jiffel.

Mir hat sich vor Mitleid das Herz zusammengezogen. Ich musste unbedingt mit Herrn Schmidt sprechen.

»Vielen Dank!«, hat Mesut gerade zu dem Mann im grauen Kittel gesagt. »Ich gebe meiner Oma Bescheid! Dann kommt sie mal vorbei. Sie ist nicht mehr so gut zu Fuß, wissen Sie. Und bei der Hitze!«

Der Mann hat das Licht ausgeschaltet. »Natürlich, natürlich!«, hat er gesagt. Der Raum lag wieder in einem matten Dämmerlicht. »Gern geschehen!«

Ich war froh, dass wir nach draußen kamen.

Mesut hat geschnaubt. »Puuuh!«, hat er gesagt. »Nichts.«

Er hat mich in die Seite geboxt. »Was ist denn? Warum sagst du nichts?«

Ich habe tief Luft geholt.

»War das nicht genial? Bin ich nicht James Bond? Der hat doch hundertpro keinen Verdacht geschöpft.« Mesut hat sich am Hals gekratzt, und ich habe gesehen, dass er einen Mückenstich hatte. »Aber der hatte sowieso nichts von den Sachen aus dem Fernsehen in seinem Horrorkabinett da. Pech. Falsche Fährte.«

»Außer, dass die Uhr von Herrn Schmidt in seiner Kiste liegt«, habe ich gesagt. »Ziemlich sicher.«

Mesut hat mich verwirrt angeguckt. »Von dem Alten vom Friedhof?«, hat er gefragt. »Dem mit dem Hund?«

Ich habe genickt.

»Ist der denn überfallen worden?«, hat Mesut gefragt. »Oder wieso ist die Uhr da? Hat der erzählt, dass er überfallen worden ist?«

»Er war doch heute nicht auf dem Friedhof, wie sollte er da was erzählen!«, habe ich ärgerlich gesagt. »Hast du doch selber gesehen!«

Jetzt hat *Mesut* genickt. »Vielleicht hat der die einfach verkauft«, hat er gesagt. »Vielleicht brauchte der Geld.«

Das hatte ich ja selbst auch schon gedacht.

Aber vor allem habe ich gedacht, dass alles immer komplizierter wurde. Und dass ich Mesut endlich in mein Geheimnis einweihen musste. Der Altgoldladen hatte uns nur abgelenkt.

»Mesut, ich wollte dir doch was erzählen«, habe ich gesagt. Auf meinem Einkaufszettel standen Zwiebeln und Mischhack. Die Tür zum Supermarkt war offen.

»Leg los«, hat Mesut gesagt.

Und das habe ich getan. »Ich kann Gedanken lesen.«

Mesut hat freundlich gegrinst und ist auf das Gemüse zugesteuert. »Und ich bin der Weihnachtsmann«, hat er gesagt.

»Nee, Mesut, hör doch mal!«, habe ich gerufen. Mitten im Laden, das war ja peinlich. »Das ist echt wahr! Wenn ich einen lange genug ansehe …«

»Alter, komm runter!«, hat Mesut gesagt. »Das ist nur die Hitze!«

»Ach, ja?«, habe ich gesagt. »Und woher wusste ich dann, dass deine Uroma tot ist? Soll ich dir erzählen, was sie anhatte? Oder wie das Dorf da aussah?«

Mesuts Gesichtsausdruck hat sich blitzschnell verändert. »Willst du sagen, du hast mir in meinen Kopf geguckt?«, hat er gerufen. »Ohne mich zu fragen?«

»Dann glaubst du mir?«, habe ich gefragt. Sozusagen bittend.

»Du hast ja alle Räder ab, wenn du jemals welche drangehabt haben solltest!«, hat Mesut gerufen. »Du hast ja alle Schrauben locker! Und mit so einem Typen hänge ich seit Tagen ab! Mann!« Und er hat sich umgedreht und ist aus dem Laden gelaufen.

Er hatte mir kein Wort geglaubt.

Und haargenau so würde es mir natürlich auch bei jedem anderen einigermaßen vernünftigen Menschen gehen. Ich war wieder ein Ein-Mann-Detektivbüro.

Ich habe tief Luft geholt und die Zwiebeln in meinen Einkaufswagen gelegt. Dann musste ich eben allein sehen, wie ich dem Rätsel auf die Spur kommen konnte.

34.

Ich habe mit meinen Einkäufen auf dem Weg nach Hause getrödelt. Mit der rechten Hand habe ich mir ab und zu an die Kappe gefasst. Artjom hatte doch immer alles gewusst und alles gekonnt. Wieso half er mir denn jetzt nicht? Wieso schickte er mir nicht wenigstens irgendeine Idee?

Als unser Hochhaus aufgetaucht ist, bin ich stehen geblieben. Neben der Haustür lehnte Mesut und wartete.

Ich hab das Kinn angehoben und so getan, als ob ich ihn nicht sehe. Das war albern. Man hätte mindestens blind sein müssen, um Mesut nicht zu bemerken.

»Alter!«, hat Mesut gesagt und in der geöffneten Haustür die Arme ausgebreitet. Ich hätte höchstens zwischen seinen Beinen hindurch ins Treppenhaus schlüpfen können. »Nun sei doch nicht gleich eingeschnappt! Du erzählst jetzt ganz in Ruhe, und dann überleg ich noch mal, ob ich dir glauben soll oder nicht.«

»Echt jetzt?«, habe ich vorsichtig gefragt. Vielleicht hatte Artjom meine Bitte ja doch erhört.

»Das Kleid?«, hat Mesut gefragt. »Von meiner Uroma?«

Ich habe die Augen geschlossen. Zuerst konnte ich mich nicht erinnern, aber dann war der Film aus seinem Kopf wieder da, Häuser und Straße und Kinder und alles. Ich habe nichts ausgelassen.

Mesut hat mich angestarrt. »Wenn das jetzt nicht ein ganz fieser Trick ist …«, hat er geflüstert.

»Ist es nicht, echt nicht!«, habe ich gerufen.

Mesut hat die Arme sinken lassen. »Okay«, hat er gesagt. »Jeder weiß, dass man keine Gedanken lesen kann. Ich weiß das. Du weißt das. Aber wir können ja einfach mal so tun, als ob du es könntest.«

Ich habe die Brauen hochgezogen.

»Zur Probe«, hat Mesut gesagt und sich geräuspert. »Als Experiment. Wenn es mir zu blöde wird, hör ich wieder auf.«

Mehr war vermutlich von ihm nicht zu erwarten. »In Ordnung«, habe ich gemurmelt.

»Ja, gut, du kannst also Gedanken lesen«, hat Mesut gesagt und sich auf den Fahrradständer gesetzt. »Vielleicht. Und was hast du da also gesehen? Wenn du nicht gerade das Muster auf dem Kleid von meiner Uroma ausspioniert hast?« Er hat eine einladende Handbewegung neben sich gemacht.

Da musste ich mich also zu ihm setzen. »Ich war in den Gedanken vom Büromann«, habe ich gesagt. Versuchshalber. Vielleicht würde er mir glauben und vielleicht auch nicht.

»Und da hast du den Leichenwagen gesehen«, hat Mesut gesagt. »Na toll. Das wolltest du mir doch vorhin erzählen? Ich hab dir ja schon gesagt, was ich davon halte.«

»Ja, aber da war doch noch mehr!«, habe ich gerufen. Dann habe ich ihm den ganzen Gedankenfilm erzählt. »Und findest du das nicht komisch?«

Je länger ich geredet habe, desto nachdenklicher ist Mesut geworden. »Na ja, die Schadenfreude!«, hat er gesagt. »Die könnte einen natürlich schon stutzig machen.«

Ich habe gewartet.

»Und du hast keine Ahnung, was das für Uniformen waren? Feuerwehr? Polizei? Bundeswehr?«

»Nee«, hab ich gesagt.

Wir waren still.

»Förster?«, hat Mesut dann gefragt. »Busfahrer? Hotelportiers?« Das konnte er ja wohl selbst nicht glauben.

»Eher nicht«, habe ich unruhig gesagt. Ich habe gehofft, dass das Mischhack es aushielt, bei dieser Hitze so lange in meiner Tasche draußen in der Sonne zu sein. Eigentlich hätte ich es längst in den Kühlschrank legen sollen. Hackfleisch wird ja so schnell schlecht, und dann muss man sich die ganze Nacht übergeben.

Ich bin vom Fahrradständer gesprungen. »Mesut, ich muss bloß eben das Hack hochbringen!«

Ich habe gehofft, dass er weiß, wie empfindlich Mischhack ist, wenn sie doch zu Hause kein Schwein essen. Es gibt aber schließlich auch Rinder- und Lammhack, Muslime essen ja nicht immerzu nur Hähnchenkeulen.

Und in diesem Augenblick habe ich es plötzlich gewusst.

»Mesut!«, habe ich gerufen. »Das Schützenfest!«

Als Frau Schilinsky Mesut gefragt hatte, ob er Hähnchenkeulen aß, hatte ihr Mann gesagt, aber nicht morgen. Morgen wollten sie zum Schützenfest fahren. Nach Bommelsdorf.

»Du meinst die Uniformen?«, hat Mesut gefragt. Jetzt sah er vielleicht, dass er hier nicht das einzige Superhirn war, zum Glück. »Das war ein Schützenumzug?«

Ich war mir auf einmal ganz sicher. Der Schellenbaum! Natürlich war es ein Schützenumzug.

»Und wenn es der in Bommelsdorf ist«, habe ich gesagt. »Morgen! Woher will der Büromann dann heute schon wissen, dass da der Leichenwagen kommt? Wenn er nicht hellsehen kann?«

»Weil er denkt, ein Schütze schießt daneben und erlegt einen Kollegen?«, hat Mesut gefragt. Aber als er meinen Blick gesehen hat, hat er entschuldigend sein Gesicht verzogen. »Scherz! Oder vielleicht stirbt da ungefähr jedes Jahr einer? Zu viel Aufregung? Zu viel Schnaps? Kann doch sein.«

Ich habe immer noch nicht geantwortet.

»Okay«, hat Mesut gesagt. »Okay, okay. Das würde die Schadenfreude nicht richtig erklären, oder?«

»Finde ich jedenfalls«, habe ich gesagt.

Mesut ist auf und ab gewandert. »Hör zu, Valentin«, hat er gesagt, und daran, dass er mich sogar mit meinem Namen ansprach und nicht mit *Alter*, habe ich gemerkt, wie ernst es ihm war. »Du bringst jetzt dein Hackfleisch in den Kühlschrank. Und ich geh hoch und google mir *Bommelsdorf, Schützenfest*. Dann sehen wir weiter.«

»Und rufst du mich dann an?«, habe ich gefragt.

Mesut war schon am Fahrstuhl. »Wenn du brav bist«, hat er gesagt.

35.

Es ist peinlich, wenn man in meinem Alter noch auf dem Festnetz angerufen werden muss. Aber Mama findet, ich brauche kein Handy. Außerdem ist es natürlich teuer.

»Alter!«, hat Mesut in den Hörer gebrüllt. Ich musste ihn ein Stück vom Ohr weghalten. »Ich hab es geahnt! In Bommelsdorf gibt es einen Juwelier!«

»Was?«, habe ich gesagt.

»Ich hab *Bommelsdorf Schützenfest* gegoogelt, und logisch, das ist morgen. Da war eine ganze Liste mit Sachen, die da stattfinden, und ein Foto vom Umzug im letzten Jahr. Mit Schellenbaum. Und Uniformen.«

»Dann ist es das«, habe ich gesagt.

»Und dann«, hat Mesut gerufen, und ich glaube, das Superhirn hätte sich vor ihm vor Bewunderung in den Staub geworfen, »hab ich nach *Bommelsdorf Juwelier* gesucht. Und es gibt einen! Rosendörfer. Und jetzt kommt's!«

Ich habe nicht gewagt, ihn zu unterbrechen.

»Natürlich haben sie die Schützenumzugsroute ins Netz gestellt«, hat Mesut gerufen. »Damit die Leute sich zum Zugucken an die Straße stellen können. Und wo liegt der Juwelier?«

Es war unwahrscheinlich, dass der Gentleman-Räuber mit Pistole in einen Laden spazierte, während draußen die Massen den Schützen zujubelten. »Jedenfalls an keiner der Umzugsstraßen«, habe ich gesagt. Das war ja klar.

»Besser!«, hat Mesut gerufen. Ich habe überlegt, wie man ihn dazu kriegen konnte, auch am Telefon mit normaler Lautstärke zu sprechen. »Ich hab mir den Ortsplan angesehen, und wenn die mit ihrem Leichenwagen vom Juwelier auf die Ausfallstraße wollen, um aus dem Ort rauszukommen mit ihrer Beute, wo müssen sie dann vorbei?«

»Am Schützenumzug?«, habe ich gefragt.

»Bingo!«, hat Mesut gebrüllt. »Genau, wo du ihn gesehen hast. Hör zu, Valentin, sie machen es, während der ganze Ort dem Umzug zuguckt, da ist beim Juwelier alles wie ausgestorben. Und hinterher transportieren sie die Beute mit dem Leichenwagen ab. Das ist doch logisch! In einem Leichenwagen sucht die Polizei jedenfalls nicht, wenn der Juwelier sie nach dem Überfall anruft!«

Ich wollte ihn nicht darauf hinweisen, dass das Ganze nur dann logisch war, wenn ich tatsächlich Gedanken lesen konnte.

»Und das heißt!«, hat Mesut gesagt – vielleicht hatte sich seine Begeisterung jetzt so erschöpft, dass er wieder normal sprechen konnte –, »wenn meine Schlussfolgerungen stimmen, dann wissen wir, dass morgen in Bommelsdorf der Juwelier überfallen wird. Wir wissen sogar, wann das passieren wird, irgendwann zwischen drei und vier, da ist nämlich der Schützenumzug. Ist das krass?«

»Dann müssen wir den Juwelier warnen!«, habe ich gesagt. »Dass der keinen reinlässt in der Zeit!«

Ich konnte hören, wie Mesut am anderen Ende stöhnte.

»Alter!«, hat er geschnaubt. »Und wie willst du dem erklären, woher du das weißt? *Hallo, ich bin Valentin und zehn Jahre alt und ich kann Gedanken lesen?* Was glaubst du, wer da als Nächstes mit Blaulicht abtransportiert wird, aber blitzschnell?«

»Ich könnte meine Stimme verstellen«, habe ich gesagt. »Tiefer machen.«

Darauf hat Mesut nicht mal geantwortet. Es war eine idiotische Idee. Auch Erwachsene können ja nur selten Gedanken lesen.

»Okay, du hast gesiegt!«, habe ich gesagt. »Aber wenn wir jetzt Bescheid wissen, können wir es doch nicht so einfach passieren lassen! Wir müssen doch was unternehmen!«

»Das werden wir auch, Alter, das werden wir!«, hat Mesut gerufen. »Brate du mal ganz in Ruhe dein Mischhack. Und ich denke nach.«

Dann hat er aufgelegt. Gleichzeitig drehte sich im Flur der Schlüssel im Schloss.

»Mama?«, habe ich gefragt. Es war viel zu früh.

Mama hat nicht geantwortet. Sie hat sich im Wohnzimmer zwischen den Umzugskisten durchgeschlängelt und sich aufs Sofa fallen lassen.

»Bringst du mir ein Glas Wasser, Valentin?«, hat sie gefragt. Sie sah blass aus.

Ich glaube, man bekommt vielleicht immer Angst, wenn die Mutter krank ist. Es kann so schnell etwas passieren, das habe ich doch erlebt. Ich habe mich jedenfalls beeilt, so doll ich konnte.

»Geht es dir schlecht?«, habe ich gefragt. Mama hat den

Kopf geschüttelt. Vom Wasser hat sie nur einen kleinen Schluck genommen, dann hat sie die Augen geschlossen. Ich wollte schon aus dem Zimmer schleichen, um sie schlafen zu lassen, als ich die Träne gesehen hab. Sie lief unter den Wimpern heraus ganz langsam an der Nase vorbei über Mamas Wange, links.

Da bin ich nicht gegangen. Man bekommt Angst, wenn die Mutter krank ist, aber wenn sie weint, ist es eine andere Angst, und die ist auch schlimm. Jedenfalls bei mir. Mama hatte nicht mal geweint, als die Nachricht von Artjom gekommen war. Ich habe mich vorsichtig auf die Kiste gesetzt, die dem Sofa am nächsten stand, und habe ganz leicht Mamas Schulter gestreichelt.

»Es ist nichts, Valentin!«, hat Mama geflüstert und die Nase hochgezogen. Aber ich habe schon die nächste Träne gesehen. Diesmal rechts. »Ich bin im Laden ohnmächtig geworden, das passiert schon mal. Die Hitze, weißt du.«

Aber zu Hause in Kasachstan war es tausendmal heißer gewesen und sie war nie in Ohnmacht gefallen.

Plötzlich hat es mich durchzuckt. »Ihr seid doch nicht überfallen worden?«, habe ich gefragt. Natürlich gab es im Topp-Preis-Dromarkt nicht viel zu holen, wegen der Waren hätte sich ein Überfall wohl kaum gelohnt. Aber es gab ja auch noch die Kasse. Um diese Tageszeit musste da eine ganze Menge drin sein.

Jetzt hat Mama gelächelt, aber sie ließ die Augen geschlossen und die Tränen hörten trotzdem nicht auf. »Nein, alles gut, alles gut, Valentin!«, hat sie geflüstert. »Da ist nur immer …«, und dann musste sie aufhören zu reden.

Aber ich konnte warten. Ich habe ihre Schulter einfach immer weiter gestreichelt.

»Jeden Tag kommt da so ein fettes Weib und vergrault mir die Kunden«, hat Mama geflüstert. »Du kannst dir nicht vorstellen, wie die stinkt. Und heute hat mir Jakob erzählt ...« Sie hat aufgeschluchzt.

Ich hatte keine Ahnung, wer Jakob war, vielleicht der Auszubildende, der Name klang so. Aber ich habe gleich gewusst, was er ihr erzählt hatte. Dazu musste man keine Gedanken lesen können.

»Es ist nur, weil sie jetzt ganz allein ist, Mama!«, habe ich geflüstert. »Sie hat sonst niemanden mehr! Aber du hast doch mich. Und Papa und Babuschka ...«

Mama hat nicht reagiert. Die Tränen sind einfach weitergelaufen.

Ich bin in mein Zimmer gegangen und habe eine Seite aus dem Matheheft gerissen. In irgendeiner Kiste würden bestimmt auch Umschläge sein. Und die Adresse würde ich niemals vergessen bis an mein Lebensende.

36.

So ungefähr um acht hat Mama dann die Frikadellen für uns gemacht. Ich konnte an ihrem Gesicht sehen, dass sie nicht mehr weiter mit mir reden wollte. Die Tränen, die ihr jetzt über das Gesicht gelaufen sind, waren Zwiebeltränen.

»Alles wieder in Ordnung, Valentin!«, hat sie gesagt und mich nicht angesehen dabei. »Nur die Hitze. Du solltest bald schlafen gehen.«

Ich habe genickt. Einerseits war ich natürlich erleichtert. Aber andererseits auch nicht. Mama hatte nicht mal geweint, als die Nachricht von Artjom gekommen war. Wenn sie jetzt weinte, musste etwas passiert sein. In ihr drin. Und meine Angst davor, was das sein konnte, war noch größer als die vor ihren Tränen. Vielleicht war es noch nicht zu Ende. Sondern erst der Anfang.

Aber natürlich habe ich ihr gehorcht. Ich bin gleich nach dem Abendessen ins Bett gegangen, und am nächsten Morgen bin ich früh mit ihr aufgestanden.

»Schlaf doch weiter, Valentin!«, hat Mama gesagt. »Du hast doch Ferien!«

In ihrem Gesicht hatte sich etwas verändert, ich konnte nicht richtig erklären, was. Es war grauer geworden. Ich wollte, dass es wieder so war wie immer.

»Ich muss jemanden besuchen!«, habe ich gesagt.

Auf dem Weg zum Friedhof habe ich einen Umweg über das Einkaufszentrum gemacht. Der Kiosk war tatsächlich schon geöffnet und Briefmarken hatte er auch.

Das Friedhofstor war natürlich auch schon offen. Wenn es im Sommer so heiß ist, gehen viele Leute morgens vor der Arbeit hin und gießen die Blumen auf den Gräbern. Es war ziemlich viel Betrieb für einen Friedhof. Nur die Schilinskys fehlten. Aber das hatte ich ja gewusst.

Schon jetzt war es so warm, dass ich ins Schwitzen gekommen bin. Ich habe mich auf die Bank unter der Kastanie gesetzt und gewartet. Herr Schmidt war gestern nicht dabei gewesen, als der Büromann die Schilinskys rausgeschmissen hatte, darum konnte er noch gar nichts davon wissen. Eigentlich musste er kommen wie immer. Ich wollte ihn nach der Taschenuhr fragen.

Und vielleicht würde ich ihm auch von Mama erzählen. Herr Schmidt hatte doch schon so viel erlebt in seinem langen Leben, vielleicht wusste er, was mit ihr los war und wie ich ihr helfen konnte.

Aber Herr Schmidt ist nicht gekommen. Ich habe so lange auf der Bank gewartet, dass ich einmal fast eingeschlafen wäre, so ruhig war es inzwischen wieder auf dem Friedhof. Es war ein Glück, dass ein Eichhörnchen dicht vor mir über den Weg geflitzt ist, sonst hätte ich vielleicht meine Verabredung mit Mesut verschlafen.

»Bin schon weg!«, habe ich gesagt. Langsam habe ich mir wirklich Sorgen gemacht. Gestern war Herr Schmidt nicht hier gewesen, und heute stand die Sonne auch schon so hoch, dass er bei der Backofenhitze bestimmt nicht mehr kommen würde. Und an mir vorbeigegangen, ohne mich zu sehen, war er hundertprozentig auch nicht. Das hätte Jiffel nicht mitgemacht. Und seine Uhr lag im Altgoldladen. Wenn ich seine Adresse gekannt hätte, hätte ich ihn besucht. Aber ich hatte ja nicht mal eine Telefonnummer. Da bin ich wieder nach Hause gegangen.

Vor dem Hochhaus hat Mesut auf mich gewartet. »Mann, Alter!«, hat er gesagt. »Ich hab tausendmal bei dir angerufen, aber keiner geht ran! Du brauchst ein Handy!«

»Erklär das meiner Mutter!«, habe ich gesagt. Mir ist wieder eingefallen, wie Mama heute Morgen ausgesehen hatte, und das Herz hat sich mir zusammengezogen. »Was hast du denn vor? Ich dachte, wir wollten nach Bommelsdorf?«

»Wache 21«, hat Mesut gesagt. Er klang stolz. »Da arbeitet mein Bruder. Wenn ich dem das von dem Raub erzähle, fährt er da mit seinem Streifenwagen hin. Dann beobachten die das und nehmen die Gangster auf frischer Tat fest. Und mein Bruder kriegt eine Belobigung und wir beide kommen in die Zeitung.«

»Und was erzählst du ihm, woher du von dem Überfall weißt?«, habe ich gefragt. »Oder glaubt dein Bruder an Gedankenlesen? Schicken die immer gleich einen Streifenwagen los, wenn einer sagt, er hat so was im Kopf von jemandem gesehen? Holen die da nicht eher einen Krankenwagen für den?«

Mesut hat einen Sprint zur Bushaltestelle hingelegt. »Drei Stationen!«, hat er gesagt. »Ich zahl für dich mit.«

Um diese Tageszeit gab es viele freie Plätze.

»Der Täter muss doch logisch auch nach Bommelsdorf

fahren, oder?«, hat Mesut gesagt. »Und wir wollten da ja auch hin wegen dem Schützenfest, und dabei haben wir das im Bus belauscht.«

»Und wieso sollte der mit dem Bus fahren?«, habe ich skeptisch gefragt. Eigentlich machen Räuber es meistens anders.

»Frag nicht so viel!«, hat Mesut gesagt und mich zur Tür geschoben. Der Bus hat direkt vor der Wache gehalten.

In Deutschland war ich noch nie auf einer Polizeiwache gewesen und an Kasachstan konnte ich mich nicht mehr so gut erinnern. Irgendwie war es also schon aufregend.

Es gab einen Vorraum mit ungefähr hundert Plakaten, auf denen nach Verbrechern gesucht wurde, die auf den Fotos auch alle wie Verbrecher aussahen. Ich fand den Gedanken gruselig, dass ich beim Einkaufen vielleicht schon mal hinter so einem an der Kasse gestanden hatte, ohne es zu wissen. Manchmal war eine Belohnung ausgesetzt.

An eine Belohnung hatte ich noch gar nicht gedacht. Vielleicht gab es für den Gentleman-Räuber auch eine und Mesut und ich würden reich werden. Dann konnte es mir gleichgültig sein, dass Mama mir mein Balkon-Aussichtsgeschäft verdorben hatte.

Hinter einem Tresen stand ein Mann im kurzärmeligen, blauen Uniformhemd, der aussah, wie Mesut in zehn Jahren aussehen würde, und hat Papiere sortiert.

»Hallo, Ahmed!«, hat Mesut gesagt. Er hat es sehr cool gesagt.

Der Mann hat hochgesehen. »Ey, Kleiner!«, hat er gerufen. »Irgendwas los?«

Ich konnte sehen, wie stolz Mesut war. Das wäre ich auch

gewesen, wenn das da hinter dem Tresen Artjom gewesen wäre. Ich habe an meinen Kopf gefasst. Die Kappe war noch da. Die Kappe würde immer da sein.

»Wir müssen ein Verbrechen anzeigen!«, hat Mesut immer noch in diesem coolen Ton gesagt. Es klang wichtig.

Im Tresen war eine Tür, die hat Ahmed jetzt geöffnet. »Da seid ihr hier richtig!«, hat er gesagt. »Hereinspaziert. Ist das der Valentin, von dem du erzählt hast?«

Ich konnte sehen, dass es Mesut nicht recht war, dass Ahmed das fragte. So was ist ja peinlich.

Ich habe genickt, als ob ich es nicht bemerkt hätte. »Hallo«, habe ich gesagt.

In dem kleinen Raum, in den Ahmed uns geführt hat, standen zwei Schreibtische. An einem der beiden hat eine junge Frau mit einem langen blonden Zopf an einem Computer gesessen. Wenn Ahmed noch in der Ausbildung war, musste sie also die Chefin sein. Sie hat überhaupt nicht ausgesehen, wie man sich eine Chefin bei der Polizei vorstellt. Kein Wunder, dass bei denen immer so viel schiefgeht.

»Amelie, mein Bruder will nur kurz ein Verbrechen anzeigen!«, hat Ahmed gesagt. Ich war mir nicht sicher, aber vielleicht hat er ihr zugezwinkert. »Lass dich nicht stören.«

Na, die würden gleich gucken. Hier ging es schließlich nicht um eine Kleinigkeit.

»Oh, hallo, Mesut!«, hat Amelie gesagt, ohne von ihrem Bildschirm aufzusehen. »Ahmed erledigt das schon.«

Mesut hat sich auf den Stuhl vor Ahmeds Schreibtisch gesetzt und ich habe mich dahintergestellt.

»Schießt los!«, hat Ahmed gesagt.

Und Mesut hat erzählt. Er konnte wirklich lügen wie gedruckt. Aber zuerst war alles noch haargenau die Wahrheit, wie wir zum Bus gerannt sind und ihn gerade noch gekriegt haben, wie er für uns beide bezahlt hat und wie in der Mitte noch so viel Platz war. »Und darum haben die sich auch unbeobachtet gefühlt, verstehst du!«, hat Mesut gesagt. »Die haben logisch gedacht, der Bus ist leer, nur zwei Kinder, da hört uns keiner zu. Da waren die nicht vorsichtig.« Ich habe gefunden, dass das total glaubhaft klang.

»Aha«, hat Ahmed gesagt. Er hat keinerlei Anstrengungen gemacht mitzuschreiben.

»Ja, und dann kam das mit dem Überfall«, hat Mesut gesagt. »In Bommelsdorf. Wenn grade der Schützenumzug stattfindet, bei diesem Juwelier da. Der heißt ...«

»... Rosendörfer«, habe ich eingeworfen. Es sollte schließlich irgendeinen Sinn haben, dass ich dabei war.

Mesut hat sich ärgerlich zu mir umgedreht. »Genau!«, hat er gesagt. »Und sie haben geflüstert, wenn gerade der Umzug stattfindet, beobachtet sie keiner, und hinterher schaffen sie die Beute mit einem Leichenwagen weg. Stell dir mal vor, wie dreist, oder? Ihr müsst die schnappen!«

»Und das haben sie mitten am Tag im Bus geredet? Heute Morgen?«, hat Ahmed freundlich gefragt. Man musste nicht besonders schlau sein, um zu sehen, dass er uns kein Wort glaubte.

»Ich schwöre!«, hat Mesut gerufen, aber dann ist ihm wohl eingefallen, dass er das keineswegs beschwören konnte, und seine Hand ist unter dem Tisch verschwunden.

»Und sie haben nicht vielleicht gesagt, dass das doch eine

klasse Idee wäre, wenn jemand das so machen *würde*?«, hat Ahmed gefragt. »Weil doch jetzt überall immer von diesem Gentleman-Räuber die Rede ist, dass die sich da ausgemalt haben, was der auch noch machen könnte?«

»Nein, Mensch!«, hat Mesut böse gesagt. »Die wollen das *machen*! Die reden nicht nur! Die *machen* das nachher! Und wenn ihr da nicht hinfahrt und sie schnappt, seid ihr mit schuld!«

»Ja, klar, vielen Dank, Mesut, es ist nur Pech, dass wir heute gerade auch noch ein paar andere Sachen zu erledigen haben!«, hat Amelie vom anderen Schreibtisch her gesagt. Ich hatte gar nicht gemerkt, dass sie zugehört hatte. »Heute schaffen wir es grade mal nicht, Jungs. Aber ihr könnt gerne wiederkommen, wenn ihr das nächste Mal belauscht, dass jemand ein Verbrechen begehen will. Vielleicht passt es uns dann besser.«

Ahmed hat bedauernd die Schultern gezuckt. »Wollt ihr einen Butterkeks?«, hat er gefragt, während er aufgestanden ist.

Ich habe meinen nur aus Höflichkeit genommen. Wir hätten genauso gut die Wahrheit erzählen können. Jetzt war mir endgültig klar, warum die Kinderbande ständig nur Probleme mit der Polizei hatte. Denen kann man einen Verbrecher auf dem Silbertablett servieren und sie greifen nicht zu.

»Ciao, Valentin!«, hat Ahmed gesagt und uns die Tür aufgehalten. »War nett, dich kennenzulernen.«

Ich habe nicht geantwortet. Dich nicht, du Vakuumgehirn, habe ich gedacht. Wenn man einen großen Bruder hat, der so blöde ist, nützt das auch nichts.

37.

Nach Bommelsdorf mussten wir schwarzfahren, für zwei Tickets reichte Mesuts Geld nicht mehr. Wir sind durch die Mitteltür in den Bus gestiegen und hatten Glück, dass kein Kontrolleur gekommen ist.

Mesut war total schweigsam. Nur als wir uns hingesetzt haben, hat er mich kurz angesehen. »Das ist nur wegen dieser Doofkuh Amelie!«, hat er gesagt. »Ahmed hätte das gemacht.«

»Weiß ich doch!«, habe ich gesagt. Obwohl das nicht gestimmt hat. Auch Ahmed hatte uns kein Wort geglaubt. Genau wie Amelie hatte er gedacht, dass wir zwei kleine Kinder sind, die Verbrecherjagd spielen. Er war nur zu freundlich gewesen, das auch zu sagen.

Als wir in Bommelsdorf am Marktplatz ausgestiegen sind, hing der Himmel voller schwarzer Wolken. Vielleicht würde es heute zum ersten Mal seit Wochen wieder Regen geben.

»Marktplatz Nummer elf«, hat Mesut von seinem zerknitterten Zettel abgelesen. »Da ist das. Juwelier Rosendörfer.«

Wir haben uns umgesehen. Der Marktplatz lag hinter der Hauptstraße, an der schon jetzt die Menschen warteten, um dem Schützenumzug zuzusehen. Und natürlich war das Juweliergeschäft in einem der Gebäude, die mit der Rückseite zur Hauptstraße standen.

»Beides können wir nicht angucken, Mesut!«, habe ich gesagt. »Schützenumzug und Juwelier!«

»Wen interessiert der Schützenumzug?«, hat Mesut unfreundlich gefragt. Er war bestimmt noch immer wütend, dass sein Bruder uns nicht helfen wollte.

Ich habe nicht so viel Erfahrung mit Juwelieren, darum weiß ich nicht, wie vorsichtig sie normalerweise sind. Dieser hier war jedenfalls kein bisschen vorsichtig. Die Ladentür stand offen, und Herr Rosendörfer (vielleicht war es auch sein Angestellter) hat ungefähr dreißig Meter weiter vor dem Zugang zur Hauptstraße gestanden und abwechselnd dorthin und misstrauisch zum Himmel geguckt, an dem sich inzwischen dicke, schwarze Wolken vor einem lila Hintergrund ballten. Ich fand, sein Misstrauen hätte weniger dem Wetter gelten sollen. Aber das konnte er natürlich nicht wissen.

»Sollen wir reingehen?«, habe ich geflüstert. »Mesut? Wenn wir auch im Laden sind, traut sich der Räuber vielleicht nicht, weil es Zeugen gibt!«

Mesut hat genickt und das Kinn vorgeschoben. Ich habe uns sehr mutig gefunden. Wir wussten, dass hier gleich ein Gangster mit Pistole auftauchen würde, und haben uns trotzdem in die Höhle des Löwen getraut.

Aber Herr Rosendörfer wusste unseren Einsatz nicht zu schätzen. »Halt, halt, halt!«, hat er von seinem weit entfernten Standort gebrüllt, als Mesut und ich schon fast durch die Ladentür waren. »Was macht ihr denn da? Lasst den Laden mal ganz schön in Ruhe, aber hopp, hopp!« Er wollte nicht gerettet werden.

Wir haben uns umgedreht und Mesut ist ein paar Schritte

auf ihn zugegangen. »Guten Tag!«, hat er höflich gesagt. »Meine Oma hat mich geschickt. Es ist, weil meine Cousine heiratet, und meine Oma wollte ihr gerne zur Hochzeit …«

Anders als der kleine, graue Mann im Altgoldladen hatte Herr Rosendörfer offensichtlich kein so großes Interesse an der Kundschaft türkischer Omas.

»Nichts da!«, hat er gesagt und wild mit den Armen gewedelt zum Zeichen, dass wir verschwinden sollten. Beim Gentleman-Räuber würde das nicht so leicht klappen, das war mir klar.

Aber Herrn Rosendörfer eben nicht. Er wusste nicht, dass wir seine Retter in letzter Minute sein wollten. Wie auch. Bei zwei zehnjährigen Jungs vermutet das ja keiner.

Und wenn wir ihm jetzt gesagt hätten, dass er lieber ganz schnell in sein Geschäft gehen und die Tür hinter sich abschließen sollte, hätte er uns wahrscheinlich nur einen Vogel gezeigt und wäre noch wütender geworden. Es ist wirklich ein Elend, wenn man für etwas, das erst noch passieren wird, keinen anderen Beweis hat, als dass man Gedanken lesen kann.

»Hatte ich nicht gesagt, ihr sollt verschwinden?« Höflich war er wirklich nicht.

Aus der Ferne haben wir jetzt Marschmusik gehört.

»Sie kommen!«, hat Mesut gesagt und mich hilflos angesehen. »Die Schützen!«

Die Zeit drängte. Der Marktplatz hat gewirkt wie leer gefegt. Keine Menschen vor dem Supermarkt, der Reinigung, der Änderungsschneiderei oder der Bankfiliale. Auch die Tische auf der Terrasse vor dem Bommelsdorfer Dorfkrug waren unbesetzt. Es war klar, dass es jetzt gleich passieren würde.

Mesut hat es noch mal versucht. Seine Stimme hatte einen beschwörenden Ton bekommen. »Die kann glatt hundert Euro zahlen, meine Oma!«, hat er gesagt und einen Schritt auf den Juwelier zu gemacht. Er hat wirklich alles getan, um Herrn Rosendörfer unsere Kundschaft schmackhaft zu machen. »Wenn meine Mutter was dazulegt, sogar zweihundert!«

Jetzt hat der Juwelier so wütend geguckt, dass ich mir nicht sicher war, ob ich vor ihm nicht mehr Angst haben sollte als vor dem Gentleman-Räuber. »Hatte ich nicht gesagt, dass ihr verschwinden sollt?«, hat er gebrüllt und eine Bewegung gemacht, als ob er Fliegen wegwedeln wollte. »Aber dalli! Weg von meinem Geschäft!«

Manchen Menschen kann man vielleicht nicht helfen. Ich habe Mesut angesehen und Mesut hat mich angesehen. Ich glaube, wir konnten beide nicht verstehen, warum einer keine zweihundert Euro verdienen will, wenn er die kriegen kann. Aber wir sind gehorsam ein paar Schritte zurückgegangen und haben dann eben von da aus auf das Geschäft gestarrt.

»Und was soll das jetzt sein?«, hat der Juwelier gerufen. »Verschwinden, hatte ich gesagt! Belauert ihr mich hier jetzt, oder was? Soll ich die Polizei alarmieren?«

Eine Sekunde lang habe ich *Ja bitte!* gedacht, aber natürlich würde er das nicht tun. Genauso wenig, wie die Polizei kommen würde, nur weil zwei zehnjährige Jungs auf ein Juweliergeschäft starrten. Und Ahmed hatte uns im Stich gelassen.

Mesut hat mir ein hilfloses Zeichen gegeben. Wahrscheinlich sollte es »Und jetzt?« bedeuten. Ich habe die Achseln gezuckt.

Und genau in diesem Moment habe ich hinter mir wildes Fahrradgeklingel gehört. »Hallo, hallo, ihr beiden!«, hat eine fröhliche Stimme gerufen. Ich musste aus dem Weg springen, um nicht umgefahren zu werden.

Herr Schilinsky ist vom Rad gestiegen und hat sich mit dem Unterarm den Schweiß von der Stirn gewischt. »Das ist ja nett, dass man sich hier wiedertrifft! Evi hat Picknick dabei, was, Evi? Ihr wollt also auch zum Schützenumzug!«

Inzwischen war die Musik lauter geworden. Jetzt hat man nicht mehr nur die Trommeln gehört, sondern auch Trompeten und irgend so ein Geklingel. Wahrscheinlich den Schellenbaum.

Frau Schilinsky hat ein bisschen geschnauft. »Dann aber mal fix!«, hat sie gerufen. »Fast wären wir zu spät gekommen! An die Straße, Klaus-Peter! Hier sehen wir ja nichts!«

38.

Bei manchen Dingen fragt man sich nachträglich, warum man sich so oder so verhalten hat, weil es anders tausendmal richtiger gewesen wäre. Aber das weiß man erst später, und dann hilft es auch nichts mehr. Passiert ist passiert.

Und ich weiß auch gar nicht, ob es wirklich besser gewesen wäre, wenn Mesut und ich *nicht* mit den Schilinskys zur Hauptstraße gegangen, sondern gegen dessen Willen bei dem wütenden Juwelier geblieben wären. Vielleicht haben die Schilinskys mit ihren Fahrrädern und dem Picknickkorb uns ja sogar das Leben gerettet. Es kann doch sein, dass Mesut und ich jetzt tot und erschossen wären, wenn wir trotz seiner Unfreundlichkeit weiter für Herrn Rosendörfer sein Geschäft bewacht hätten.

Dafür, warum wir das nicht getan haben, gibt es, glaube ich, verschiedene Erklärungen.

1. Das Ganze war eine so vollkommen unwirkliche Situation, dass wir gar nicht lange nachgedacht haben. Wir haben einfach nur irgendwie funktioniert. Ganz ernsthaft glaubt ja kein Mensch, dass er gleich mitten in einem Juwelenraub stecken wird, selbst wenn er das in den Gedanken von einem Widerling gelesen hat.
2. Es war uns peinlich, weiter neben dem Laden stehen zu

bleiben, wo doch Herr Rosendörfer die ganze Zeit so gebrüllt hat. Man kann sich ja nie vorstellen, dass Peinlichkeit sogar in einer so wichtigen Situation eine Rolle spielt, aber ich glaube inzwischen, dass das ganz oft passieren kann. Peinlichkeit und Schüchternheit, und da bin ich ja für beides der Experte. Auch wenn ich das nicht gern zugebe.

3. Auch wenn wir das noch weniger gerne zugeben würden: Wir hatten einfach Angst, Mesut und ich. Darum waren wir ganz erleichtert, dass wir uns jetzt aus der Schusslinie begeben konnten. So mussten wir wenigstens keine Helden sein und uns dem Räuber mit seiner Pistole in der tätowierten Hand in den Weg schmeißen.

Aber egal, was nun wirklich der Grund war (vielleicht war es ja auch von allen ein bisschen): Wir sind mit den Schilinskys gegangen und haben den Juwelier allein gelassen. Ich weiß, das Superhirn aus der Kinderbande hätte das nicht getan. Nicht mal der Ökoriegel-Dicke. Ich habe noch mal kurz über meine Schulter geguckt, und da stand der Juwelier immer noch mit bösem Gesicht und hat uns einen giftigen Blick hinterhergeworfen, und eine Sekunde lang habe ich sogar gedacht, dass ihm das, was jetzt gleich passieren würde, ganz recht geschah.

Und natürlich ist es tatsächlich passiert. Nur dass Mesut und ich da längst neben Herrn und Frau Schilinsky im Gedränge an der Hauptstraße standen und nichts davon mitbekommen haben. Der Schützenumzug war nämlich ziemlich lang, weil nicht nur die Bommelsdorfer Schützen mitliefen, sondern auch die Schützen aus Riebensdorf und Walterstadt und Fringsheim und ich weiß nicht, woher noch. Alle trugen sie ihre Uniformen, und allen voran marschierte die Kapelle mit Trompeten und Flöten und einer Trommel und einem Becken, und ganz vorne lief natürlich der Schellenbaum, den ich im Kopf des Büromanns gesehen hatte. Der Büromann hatte sich den Festumzug aus einem anderen Blickwinkel vorgestellt, darum sah jetzt nicht alles haargenau so aus wie in seinen Gedanken, aber es war dieser Umzug, an den er gedacht hatte. Daran hatte ich immer weniger Zweifel.

Herr Schilinsky hat mich zufrieden in die Seite geknufft. »Und hinterher gehen wir alle vier auf den Festplatz, was?«, hat er gesagt. »Kommt ihr mit, Jungs? Ich spendier eine Runde Autoskooter!«

»Klar!«, habe ich gesagt. Aber jetzt, wo ich heil und sicher an der Hauptstraße stand und zusah, wie die Schützen in ihren frisch gebügelten Uniformen an uns vorbeiparadierten, habe ich mich auf einmal gar nicht mehr gut gefühlt. Jetzt, wo ich keine Angst mehr haben musste, habe ich mich im Gegenteil wie ein Verräter gefühlt. Wir hätten *doch* bei Herrn Rosendörfer bleiben sollen, Mesut und ich. Egal, wie gemein er sich benahm. Wenn man weiß, dass ein Verbrechen geplant ist, muss man es verhindern. Vielleicht war sogar jetzt noch etwas zu retten.

»Mesut!«, habe ich gezischt. »Mesut, lass uns *doch* noch …«

An Mesuts Gesicht konnte ich sehen, dass er haargenau denselben Gedanken hatte.

Aber es war zu spät. Auf der Straße vor uns sind gerade die Jungschützen marschiert mit hoch erhobenen Köpfen und einem Gesichtsausdruck, als wären sie dabei, die Welt zu retten oder wenigstens Bommelsdorf, als ich plötzlich aus dem Augenwinkel den Leichenwagen gesehen habe. Genau wie im Kopf vom Büromann! Langsam, wie Leichenwagen fahren sollen, ist er aus einer kleinen Seitenstraße, die von der anderen Seite des Marktplatzes kam und hier die Hauptstraße kreuzte, herangerollt und zwischen Wohnhäusern verschwunden. Er war offenbar auf dem Weg aus dem Ort.

Daran, wie Mesut zusammengezuckt ist, habe ich gemerkt, dass er ihn auch gesehen hatte.

»Los!«, hat Mesut gebrüllt.

Eine Sekunde lang habe ich tatsächlich überlegt, was er damit meinte. Vielleicht hätten wir ja eigentlich erst mal zum Marktplatz sprinten müssen, um nach Herrn Rosendörfer zu sehen. Es konnte doch sein, dass der jetzt hilflos und gefesselt auf dem Boden seines Ladens lag. Oder sogar angeschossen war. Bei dem Krach des Schützenumzugs hätte man die Schüsse vorne an der Straße jedenfalls nicht gehört.

Aber Mesut hat nicht lange nachgedacht. »Darf ich mal?«, hat er gerufen und sich, ohne die Antwort abzuwarten, Herrn Schilinskys Fahrrad geschnappt. Herr Schilinsky war so überrascht, dass er es nicht festgehalten hat.

»Ja, was soll denn …!«, hat er Mesut nachgerufen. Aber so genau habe ich nicht zugehört. Ich musste mir schnell *Frau* Schilinskys Rad greifen, sonst hätte sie es vielleicht nicht mehr losgelassen.

»Kriegen Sie wieder!«, habe ich über meine Schulter gebrüllt. »Ist nicht geklaut! Echt nicht!« Dann musste ich in die Pedale treten, um Mesut einzuholen.

Es war natürlich nicht besonders nett von uns, den Schilinskys ihre Räder wegzunehmen. Andererseits: Welche Möglichkeit hätten wir denn sonst gehabt, den Leichenwagen zu verfolgen? Auch wenn er ernst und feierlich und langsam fuhr, hätten wir ihn zu Fuß bestimmt niemals einholen können.

Und übrigens ist er jetzt auch keineswegs mehr ernst und feierlich gerollt. Das war alles nur Verstellung gewesen, um bei den Festgästen keinen Verdacht zu wecken. Wenn die Polizei später eine Zeugenbefragung starten würde, was es denn Auffälliges gegeben hatte in der Zeit des Überfalls, hätten die Leute sich bestimmt an einen Leichenwagen erinnert, der mit 140 km/h durch die Wohnstraßen gebrettert war. Aber ein Leichenwagen, der langsam fährt, wie es sich gehört, ist ja nicht auffälliger als ein roter Kleinwagen oder schwarze Mittelklasse oder ein silbernes Cabrio. Den sieht man und vergisst ihn gleich wieder. Sogar schneller als das Cabrio, würde ich wetten.

Die Nebenstraßen lagen wie ausgestorben. Inzwischen ist der Leichenwagen so schnell gefahren, als ob sein Fahrer für die Formel 1 trainieren wollte.

»Beeil dich mal!«, hat Mesut gebrüllt. Aber wir wussten beide, dass wir keine Chance hatten, und daran waren nicht die eher klapperigen Räder der Schilinskys schuld. Sobald der Wagen die Umgehungsstraße erreicht hatte, würden wir ihm nicht mehr folgen können. Trotzdem haben wir noch nicht aufgegeben. Es war das schlechte Gewissen, das uns in die Pedale treten ließ wie für die Tour de France. Wir hatten von dem Überfall auf den Juwelier Rosendörfer gewusst; und wir hatten ihn nicht verhindert.

»Alter!«, hat Mesut gesagt und ist vom Rad gesprungen, als wir die Kreuzung erreicht haben, an der es auf die Umgehungsstraße ging und ein Schild das Radfahren verbot. »Das haben wir gründlich versemmelt.«

Ich bin auch vom Rad gesprungen. »Und jetzt?«, habe ich gefragt.

In diesem Augenblick hat Mesuts Handy geklingelt.

39.

In den Ort zurück haben wir die Räder geschoben. Es war einfach zu heiß. Kurz vor dem Ortsschild haben wir dann die Polizeisirenen gehört.

»Ahmed will mit uns reden!«, hat Mesut gesagt und sich suchend umgeguckt. Die Schilinskys waren nirgendwo mehr zu sehen. »Er hat gesagt, Amelie läuft Amok. Wir sollen jetzt ganz ehrlich sagen, woher wir das schon vorhin wussten von dem Überfall. Sachdienliche Hinweise! Er hat aus dem Auto angerufen. Sie haben das über Funk gehört.«

»Nee, aber jetzt gehen wir da nicht gleich hin!«, habe ich gesagt und bin langsamer geworden. »Lass uns mal erst die Räder zurückgeben! Die Schilinskys kommen sonst nicht nach Hause!«

Mesut hat den Kopf geschüttelt. »Wenn wir jetzt statt zum Marktplatz zum Festplatz gehen, entziehen wir uns einer polizeilichen Ermittlung, das ist strafbar!«, hat er gesagt. »Nee, da müssen wir jetzt durch, Valentin.«

Aber er hatte gut reden. Ich bin mir sicher, dass man nur deshalb so wenig von Leuten hört, die Gedanken lesen können, weil die sich alle hüten, darüber zu reden. Und sie wissen natürlich auch, warum. Wenn man so was erzählt, wird man doch nur für verrückt gehalten! Da nimmt einen doch keiner mehr ernst. Ich hatte bisher einfach Glück gehabt.

Egal, wie sehr die Polizei uns gleich in die Mangel nehmen würde, ich würde ihnen nicht die Wahrheit erzählen. Und ich konnte nur hoffen, dass Mesut mich nicht verpetzte. Vor allem Mama durfte nie etwas davon erfahren, schon gar nicht, wo sie jetzt so grau aussah. Jetzt hatte sie schon nur noch ihr weniger gutes Kind, da sollte sie nicht auch noch Angst haben müssen, dass mit dem richtig schlimm etwas im Kopf nicht stimmte.

Mitten auf dem Marktplatz, der doch eigentlich eine Fußgängerzone war, haben die drei Polizeiautos gestanden mit Blaulicht auf dem Dach und abgeschalteter Sirene. In einem von ihnen hat Herr Rosendörfer bleich auf dem Beifahrersitz gesessen. Er hat nicht sehr angeschossen ausgesehen.

»*Darum* machen die das, Mesut!«, habe ich geflüstert. »Mit dem Leichenwagen!«

»Was?«, hat Mesut gefragt. Er war auch stehen geblieben. Vielleicht hatte er genauso wenig Lust wie ich, jetzt etwas zu erklären. Er wusste ja auch, dass wir schlechte Karten hatten. Unsere Geschichte vom Gedankenlesen war auch nicht glaubwürdiger als die mit dem Bus, das war uns beiden klar.

»Wegen der Fußgängerzone!«, habe ich gesagt. »Verstehst du? Der erste Juwelier lag auch in einer! Und was für Wagen kommen da rein, ohne dass die Leute sich gleich beschweren oder die Polizei rufen? Polizei, Feuerwehr, Rettungswagen …«

»… und Leichenwagen!«, hat Mesut gemurmelt. »Logisch. Und was sagen wir jetzt zu Ahmed?«

Aber es war Amelie, die uns zuerst entdeckt hat. Sie ist über das rot-weiße Absperrband geklettert, das vor dem Tatort gespannt war.

»Ihr wartet hier auf Ahmed und mich!«, hat sie gesagt, und gegen ihre Unfreundlichkeit war Herr Rosendörfer die Güte in Person gewesen. »Wir haben zu reden!«

Wir haben genickt. »Das wird nicht einfach, Alter!«, hat Mesut geflüstert. »Die glauben uns nie, dass du Gedanken lesen kannst, und dann werden sie nur wütend, weil sie denken, wir lügen! Und dann müssen wir uns sowieso eine gelogene Erklärung einfallen lassen. Am besten, wir fangen gleich mit der gelogenen Erklärung an.«

Das hat mir ja gut gepasst.

Erst nachdem die beiden anderen Polizeiwagen den Marktplatz verlassen hatten, sind Amelie und Ahmed zu uns gekommen.

»Einsteigen!«, hat Amelie gesagt und eine Hintertür aufgerissen. Mesut und ich mussten uns auf die Rückbank setzen. »So, und jetzt wird hier mal die Wahrheit erzählt! Woher wusstet ihr von dem Überfall? Sogar, dass der genau hier und genau jetzt passieren sollte?«

Ich wollte gerade sagen, dass wir das auf der Wache schließlich alles erklärt hatten, da hat sie schon weitergeredet. »Und bitte nicht wieder die Geschichte von den beiden Männern im Bus! So leichtsinnig ist niemand!«

Auf einmal habe ich begriffen, dass Amelie und Ahmed bisher niemandem erzählt hatten, dass wir vorhin bei ihnen gewesen waren. Sonst hätte uns jetzt bestimmt ein Kriminalkommissar befragt. Sie hatten Angst, dass sie Ärger kriegen würden. Weil sie einen wichtigen Warnhinweis nicht ernst genommen hatten.

Ich konnte ihre Wut sogar ein bisschen verstehen. Unsere

Geschichte war wirklich nicht so *sehr* viel glaubhafter gewesen, als wenn wir die Wahrheit erzählt hätten. Und darum hatten Ahmed und sie den Juwelier eben nicht bewacht, und nun war er tatsächlich überfallen worden. Und wenn sie ihrem Kommissar oder wer da bei der Polizei zuständig war, von unserer Warnung erzählen würden, würden sie ziemlich sicher ordentlich Ärger kriegen. Schließlich konnte jetzt, wo das Verbrechen tatsächlich passiert war, jeder sagen, dass sie ja wenigstens mal hätten gucken können, egal, wie albern unser Hinweis geklungen hatte. Schließlich hatte sich ja jetzt rausgestellt, dass er trotzdem gestimmt hatte.

»Also!«, hat Amelie gesagt. »Raus mit der Sprache! Woher wusstet ihr *wirklich* Bescheid?«

Mesut und ich haben uns angesehen. *Nicht, Mesut!*, habe ich gedacht. *Sag's nicht!*

»Also, wir haben da heute Morgen im Bus ...«, hat Mesut gesagt. Ich habe wild genickt.

»Unsinn!«, hat Amelie gerufen. »Wir wollen die Wahrheit wissen! Und zwar jetzt!«

Ahmed hat Mesut kummervoll angesehen. »Habt ihr vielleicht irgendwen heimlich belauscht, Mesut?«, hat er in so einem bittenden Ton gefragt. »Wo ihr nicht sein durftet? Seid ihr vielleicht irgendwo durchs Fenster eingestiegen, wo ihr das Gespräch belauscht habt? Wir versprechen euch auch, dass ihr deswegen keinen Ärger kriegt. Aber wir brauchen jetzt die ganze Wahrheit! Vor allem brauchen wir eine Beschreibung der beiden Männer, die ihr belauscht habt!«

»Beschreibung ...«, hat Mesut gemurmelt. Er hat wirklich nachgedacht, und ich wusste auch, worüber. »Doch, beschreiben können wir den, oder, Valentin? Den einen? Also, da wissen wir vielleicht sogar, wie der heißt.«

Auf einen Schlag habe ich begriffen, was er tun wollte. Und wenn ich darüber nachdachte, fand ich es auch ganz in Ordnung. Ob wir den Büromann nun im Bus belauscht oder auf dem Friedhof seine Gedanken gelesen hatten, kam schließlich auf dasselbe heraus. Wir würden keinen Unschuldigen verpetzen, da war ich mir sicher.

»Also, der eine, das war so ein grässlicher Typ mit langärmeligem Hemd«, hat Mesut gesagt. »Und sein Kumpel hat immer *Kuchenbrodt* zu ihm gesagt, oder, Valentin? So ein …«

»Ja, Kuchenbrodt, so hat der ihn genannt!«, habe ich gesagt. »Ich hab mir das gemerkt, weil der Name so komisch klingt.«

Amelie hat mitgeschrieben. Offenbar war unsere Busgeschichte dadurch, dass wir sogar einen Namen nennen konnten, plötzlich glaubwürdiger geworden. Vielleicht hatte sie die Hoffnung, dass sie nun sogar eine Belobigung kriegen würde, weil sie so früh schon den Täter nennen konnte.

»Okay, Jungs. Und zum offiziellen Protokoll kommt ihr morgen früh noch mal auf die Wache. Aber dass das mal klar ist: Von eurem letzten Besuch bei uns kein Wort! Zu niemandem! Ihr seid *nach* der Tat zu uns gekommen, weil euch da erst klar geworden ist, dass das, was ihr im Bus gehört habt, wichtig sein könnte. Und weil ihr bei der Auffindung des Täters behilflich sein wollt.«

»Klar«, hat Mesut gesagt. »So war das.«

Ich hätte niemals geglaubt, dass sie bei der Polizei so lügen. Man lernt immer was dazu. Und natürlich mussten sie keine Angst haben, dass wir sie verpetzen würden. Ahmed war schließlich Mesuts Bruder, da würde der ihn ja ganz bestimmt nicht reinreißen wollen.

»Du auch?«, hat Amelie gefragt und mich drohend angesehen. »Alles klar?«

»Dann fahrt jetzt mal schön nach Hause«, hat Ahmed gesagt. »Wir sehen uns morgen.«

»Morgen, klar«, habe ich gesagt.

Wir sind auf unsere Räder gestiegen. Die Räder der Schilinskys. Wir haben sogar vergessen, zum Festplatz zu fahren, um sie zurückzugeben; ich glaube, wir wollten beide nur noch schnell nach Hause.

40.

Bevor ich in den Fahrstuhl gestiegen bin, habe ich im Briefkasten nachgesehen. Aber das war natürlich albern, es war viel zu früh für eine Antwort. Bestimmt war noch nicht mal mein Brief angekommen.

Mama hat so grau ausgesehen wie am Abend vorher. Ich war froh, dass ich niemandem von meiner besonderen Fähigkeit erzählt hatte, auch wenn Herr Schmidt ja behauptete, dass es eine wunderbare Gabe war. Das hätte sie jetzt wirklich nicht auch noch gebrauchen können.

In der Nacht habe ich von Artjom geträumt. Er hat neben Amelie im Streifenwagen gesessen und hat mir zugewinkt, und an den Streifen auf seiner Jacke konnte ich sehen, dass *er* der Boss war und nicht sie. Im Traum war ich erleichtert, weil ich wusste, dass jetzt alles gut werden würde. Amelie hat dem Büromann gerade Handschellen angelegt und ängstlich zu Artjom geguckt, ob sie es auch richtig machte. Leider bin ich aufgewacht, bevor ich mit Artjom reden konnte. Aber es war schön gewesen, ihn wiederzusehen.

Ich habe aufs Duschen verzichtet und meine Kappe gesucht. Wenn Artjom es geschafft hatte, den Büromann zu schnappen, würden Mesut und ich es vielleicht auch schaffen. Ich war schließlich Artjoms Bruder.

Die Fahrräder der Schilinskys hatten Mesut und ich am

Abend in unser kleines Keller-Kabäuschen gestellt. Wir hatten ja keine Schlösser, um sie abzuschließen. Es war klar, dass wir an diesem Morgen als Erstes sehen mussten, wie wir sie zurückgeben konnten.

»Im Telefonbuch stehen die Schilinskys nicht, ich hab nachgeguckt!«, hab ich gesagt. »Wegen der Adresse, Mesut. Wo bringen wir die Räder denn jetzt hin?«

»Wir könnten sie als Fundsache im Fundbüro abgeben!«, hat Mesut vorgeschlagen und geschnauft. Bis in den Keller fuhr der Fahrstuhl nicht und wir mussten die Räder die Treppe hochtragen. »Vielleicht fragen die Schilinskys da mal nach!«

»Fundsachen! Fahrräder!«, habe ich gesagt und mir an die Stirn getippt. »Wie das denn, Mensch? Fahrräder findet man doch nicht! Wie sollte das denn gehen?«

Mesut hat die Achseln gezuckt. »Was Besseres weißt du ja auch nicht!«, hat er gesagt.

Das war die heilige Wahrheit. Ich habe den Büromann immer mehr gehasst. Schließlich hatte er die Schilinskys vom Friedhof vertrieben, sonst wäre es ja kein Problem gewesen, ihnen die Räder in ihrem Schrebergarten zurückzugeben.

Aber beim Gedanken an den Friedhof ist mir trotzdem die Lösung eingefallen.

»Herr Schmidt!«, habe ich gerufen. »Der hat doch nichts mitgekriegt von dem Picknickverbot! Und der ist jeden Tag da, wegen seiner Else! Vielleicht weiß der ja, wo die Schilinskys wohnen! Sie haben doch erzählt, dass sie immer zusammen Doppelkopf spielen!«

»Dann los!«, hat Mesut gesagt.

Und beeilen mussten wir uns auf jeden Fall. Der Himmel war merkwürdig violett, und es hat ausgesehen, als ob es heute wirklich irgendwann Regen geben würde. Und vielleicht ein Gewitter.

Fahrräder waren auf dem Friedhof verboten, deshalb hätten wir durch den Haupteingang gehen sollen, wo es Fahrradständer gab; aber weil wir keine Schlösser hatten, um sie anzuschließen, konnten wir sie sowieso nicht stehen lassen, da konnten wir auch den kleinen Hintereingang nehmen. Außerdem hatte ich die Hoffnung, dass der Büromann längst im Gefängnis saß. Er würde uns also nicht mehr dabei erwischen, wie wir schon wieder eine Vorschrift missachtet haben.

Wir waren gerade bei der Kastanie angekommen (auf der Bank kein Herr Schmidt), als ich etwas gehört habe. Bis eben war das bröselige Geräusch der zu früh gefallenen trockenen Blätter, die unter den Fahrradreifen zermahlen wurden, das Einzige gewesen; aber jetzt gab es noch etwas, das ich zuerst nicht erkannt habe. Und je weiter wir schoben, desto deutlicher wurde es. Gesang. In der Kapelle wurde gesungen.

»Trauergottesdienst, Mesut!«, habe ich geflüstert.

Es waren nur wenige Stimmen, und sie klangen dünn und vielleicht nicht immer ganz richtig, aber die Orgel war kräftig und hat die Melodie am Leben gehalten.

»So nimm denn meine Hände!«, hat eine zitterige Frauenstimme gesungen, so laut, dass man sogar die Worte verstehen konnte. Die wenigen anderen Stimmen haben mitgemurmelt. »Und führe mich! Bis an mein selig Ende und ewiglich!«

»Da wird gleich einer begraben!«, habe ich geflüstert.

Mesut hat genickt.

»Die Räder müssen weg!«, habe ich wieder geflüstert. Flüstern musste ich, damit wir mit unserem Gerede durch die Fenster, die bei der Hitze weit geöffnet waren, nicht die Trauergemeinde störten. Ich habe auf die Tür auf der Rückseite des Gebäudes gezeigt. Mesut kannte sich natürlich noch nicht so gut aus. »Da rein! Ins Klo!«

Wir haben die Räder in den Vorraum geschoben. Auf dem Schild mit den Friedhofsregeln am Haupteingang stand ja, dass man sich der Würde des Ortes entsprechend verhalten sollte, und da wäre es doch nicht sehr passend gewesen, wenn Mesut und ich ausgerechnet bei einer Beerdigung mit den Rädern der Schilinskys rumgeschoben wären.

Ich habe mein Rad an die Wand zwischen Frauen- und Männerklo gelehnt und geprüft, ob es so auch nicht umkippen konnte, als ich den Schreck des Jahrhunderts bekam.

Die Tür zum Frauenklo wurde aufgerissen; und der Büromann stand vor uns.

Er war mindestens ebenso erschrocken wie ich. Aber der Blick, den er uns zuwarf, bevor er ohne ein Wort zum Verwaltungsgebäude lief, war so voller Wut, dass mir trotz der Hitze ganz kalt wurde.

»Was macht der denn auf diesem Klo?«, habe ich gefragt. Vor Schreck vielleicht ein bisschen zu laut.

»Nicht einen Schritt!«, hat die zittrige Frauenstimme gesungen und die Orgel hat ordentlich Gas gegeben.

»Die haben doch ein eigenes neben dem Büro!«

Mesut hat genickt. »Und wieso auf dem *Frauen*klo?«, hat er geflüstert.

»Und wieso hat er nichts zu uns wegen der Fahrräder gesagt, wo er sonst immer so ein Vorschriftenhuber ist?«, habe ich gefragt. Aber jetzt wieder leise.

Der murmelige Gesang ist auf einer tiefen Note erstorben, und die Orgel hat noch ein paar Töne gespielt, dann war es still.

»Und wieso ist er überhaupt noch frei?«, hat Mesut geflüstert. »Ich dachte, Amelie und Ahmed haben ihn längst hopsgenommen!«

In diesem Augenblick hat sich sein Handy gemeldet. Hätte er es nicht auf lautlos stellen können? Er hat es aus der Tasche gerissen und ist aus der Kapelle geflitzt. Der Klingelton hat irgendwie orientalisch geklungen.

»Mann, Mesut!«, habe ich gezischt. Das war ja nun wirklich unpassend.

Aus der Kapelle konnte ich jetzt das Vaterunser hören. Vielleicht hatte beim Beten niemand den türkischen Pop gehört, das konnte ich nur hoffen.

Draußen hat Mesut ein paar Schritte vom Haupteingang der Kapelle entfernt an der Mauer gelehnt und sein Handy ans Ohr gepresst. »Nee, aber das war …!«, hat er bittend gesagt. »Nee, glaub mir doch, das war wirklich …!«

Ich habe etwas geahnt.

Mesut hat genickt. Das sollte natürlich dem unsichtbaren Gesprächspartner gelten. »Ja, machen wir. Machen wir, Ahmed, geht klar!« Und er hat das Handy zurückgesteckt. »Das war Ahmed!«, hat er gesagt, als ob ich das nicht gehört hätte, und hat mich böse angesehen. »Sie haben diesen Kuchenbrodt verhört, und der war gestern Mittag, als der Überfall passiert ist, und gestern Morgen, als wir ihn angeblich im Bus belauscht haben, auf einem Fortbildungsseminar in Göggingen! Es gibt dreißig Zeugen, die das bestätigen können. Ahmed hat rumgebrüllt.«

»Dann kann er es ja auch wirklich gar nicht gewesen sein!«, habe ich verblüfft gesagt.

Aus der Kapelle kam wieder Orgelmusik.

»Wir sollen sofort auf die Wache kommen und noch mal alles zu Protokoll geben, was wir ihnen gestern erzählt haben«, hat Mesut gesagt. »Amelie und Ahmed stehen jetzt doch da wie die letzten Blödidioten! Da brauchen sie wenigstens unsere Aussage zur Begründung dafür, warum sie einen vollkommen Unschuldigen verhört haben!«

Die zweiflügelige Tür wurde von innen geöffnet. Die Orgel hat weitergespielt.

»Deine Gedankenleserei!«, hat Mesut böse gesagt. »Mann! Ist eben doch alles Blödsinn! Ein Glück, dass wir wenigstens die Geschichte von dem Bus erfunden haben, das klingt nicht ganz so krank!«

Dann war er still. Und ich habe nicht gesagt, dass der Überfall doch aber schließlich stattgefunden hatte, genau so, wie ich ihn im Kopf des Büromannes gesehen hatte. Und dass meine Gedankenleserei deshalb logisch keineswegs nur Blödsinn war.

Der Grund, warum wir uns nicht weitergestritten haben, war, dass jetzt in der Kapelle der Trauergottesdienst zu Ende ging. Nun begann das eigentliche Begräbnis und wir haben auf die Tür gestarrt. Zumindest ich hatte noch nie eine Beerdigung erlebt.

Sechs Männer in schwarzen Anzügen haben den Sarg aus der Kirche getragen, und ich sage mal so: Eigentlich muss einem keiner erklären, dass man sich in so einem Augenblick würdig benehmen muss. Das kommt ganz automatisch.

41.

Eigentlich haben die Männer den Sarg übrigens nicht wirklich getragen, auch wenn es so aussehen sollte. Er lag, von einem schönen Tuch aus schwarzem Samt und mit Bommeln am Rand bedeckt, auf einem Wagen mit Gummirädern, den man durch das Tuch nicht sehen konnte, und in Wirklichkeit haben die Männer den Wagen geschoben. Das hat aber auch sehr würdig ausgesehen.

Ich habe meine Kappe vom Kopf genommen. Ich weiß nicht, warum Männer ihren Hut abnehmen müssen bei einer Beerdigung oder ihre Mütze, es ist aber so. Und es stand übrigens auch so auf dem Schild mit den Regeln.

Hinter dem Sarg ist sehr langsam die Pastorin in ihrem langen, schwarzen Talar geschritten. Mesut hat sie angestarrt. Oder jedenfalls habe ich das gedacht.

Aber dann habe ich plötzlich gesehen, wohin er wirklich geguckt hat. Die Trauergemeinde war klein und direkt hinter dem Sarg sind die Schilinskys gegangen. Zuerst hätte ich sie fast nicht erkannt. Sonst hatte ich die beiden ja immer nur in Shorts gesehen. Herr Schilinsky hat einen schwarzen Anzug getragen, in dem er bei dieser Hitze bestimmt ziemlich schwitzen musste, und Frau Schilinsky hatte ein schwarzes Kleid an, dessen Naht in der Taille ein bisschen eingerissen war, so eng saß es. Vielleicht war sie rausgewachsen.

Ich habe einen Schritt auf den Trauerzug zu gemacht, dann bin ich stehen geblieben. Jetzt war wahrscheinlich nicht der richtige Moment, um ihnen zu erzählen, wo wir ihre Räder geparkt hatten.

Aber Frau Schilinsky hatte mich schon entdeckt. Sie hat mir mit der Hand ein kleines Zeichen gegeben, dass ich mich anschließen sollte. »Du hast ihn doch auch gekannt!«, hat sie geflüstert.

Herr Schilinsky hat mich böse angesehen. Wahrscheinlich war er sich nicht sicher, ob er einen Fahrraddieb im Trauerzug haben wollte.

Hinter den Schilinskys sind zwei alte Frauen gegangen, jede mit einer weißen Rose in der Hand. Als Letzte hat Dicke Frau ihren Einkaufswagen vor sich hergeschoben und die Tränen sind über ihr Gesicht gelaufen. Ich konnte nicht verstehen, was sie gemurmelt hat.

Erst da hat mich eine Ahnung beschlichen. »Herr Schmidt?«, habe ich geflüstert.

Die Schilinskys waren schon an mir vorbei, aber Frau Schilinsky hat sich noch einmal umgedreht und heftig genickt.

Und das war ein schrecklicher Moment. Ich weiß, ich habe Herrn Schmidt gar nicht lange gekannt, und es wäre auch komisch, wenn ich sagen würde, er war mein Freund. Ich bin zehn und er war ungefähr hundert. Aber es gab eben Sachen, die hat er besser verstanden als alle anderen Menschen, und es gab noch so vieles, worüber ich mit ihm reden wollte. Und jetzt gab es ihn nicht mehr.

»Komm mit!«, hab ich geflüstert, als auch Dicke Frau an uns vorbei war. »Komm schon, Mesut!«

Mesut hat unsicher ausgesehen.

»Alle durcheinander?«, hat er geflüstert. Ich hab nicht begriffen. »Männer und Frauen? Alle durcheinander?«

»Siehst du doch!«, habe ich gezischt. Vielleicht war er sich nicht sicher, ob er einfach so mitgehen konnte, wo das hier doch ein christliches Begräbnis war und er war Moslem. Aber einem, der gestorben ist, die letzte Ehre erweisen kann man ja wohl in jedem Fall.

Ich kannte ja das Grab gleich neben dem Schrebergarten der Schilinskys. Herr Schmidt wollte bei seiner Else liegen, das hatte er gesagt. Vielleicht konnte *ich* von jetzt an die Blumen auf dem Grab gießen, wenigstens ab und zu. Die Schilinskys hätten es natürlich auch getan. Aber die durften ja nicht mehr kommen. Dabei hatte Herr Schmidt bestimmt gehofft, dass die Schilinskys jeden Tag neben seinem Grab ihr Picknick machen würden. Er war ja im Leben auch oft dabei gewesen, und im Tod würde er eben immer dabei sein. Den Gedanken hatte er sicher gut gefunden. Aber nun war alles anders gekommen, weil der Büromann den Schilinskys ihren Schrebergarten verboten hatte. Das hatte Herr Schmidt ja nicht mehr erlebt.

Mesut ist neben mir gegangen. »Und die mit dem Einkaufswagen?«, hat er geflüstert.

Ich habe den Kopf geschüttelt. Von Dicke Frau konnte ich ihm später erzählen. Ich habe nicht verstanden, warum ich so traurig war. Herr Schmidt hatte ja gar nichts dagegen gehabt, endlich zu seiner Else zu kommen, da gab es für mich doch keinen Grund, traurig zu sein. Vielleicht guckten die beiden jetzt von irgendwo zu uns hin und freuten sich, dass alle Freunde zum Abschied gekommen waren, zuletzt sogar noch ich.

Die Pastorin ist stehen geblieben und die Sargträger haben das Tuch vom Sarg genommen. Wo vorher Elses Grabstein gewesen war und das schöne Grab mit den Begonien, war jetzt eine tiefe Grube. Innen war die Erde schwarz.

Ich habe gespürt, dass eine Träne kommen wollte, und habe sie weggewischt. Ich wollte nicht sehen, wie sie Herrn Schmidt da gleich nach unten ließen. Man kann einen Menschen doch nicht einfach so in die Erde legen!

»Es ist für uns eben zu unvorstellbar, mein Jung«, hatte Herr Schmidt bei unserem letzten Gespräch gesagt. »Dass es einfach zu Ende sein soll. Punkt, Schluss, aus. Wie sollen wir glauben können, dass es nun das ganz Andere ist? Nur so ein winziger Unterschied, atmet nicht mehr. Aber es genügt. Es ist derselbe Mensch, aber es gibt ihn nicht mehr.«

Nun gab es Herrn Schmidt nicht mehr. Nicht mehr so wie vorher, jedenfalls.

Die Sargträger haben den Sarg langsam in die Grube gelassen. Eigentlich gab es keinen Grund, warum ich nicht weinen sollte. Frau Schilinsky hat auch geweint. Und Dicke Frau sowieso.

Die Pastorin hat etwas gesagt, aber ich habe nicht zugehört. Herr Schmidt hatte gesagt, vielleicht ist es da, wo man hinterher ist, sogar schöner als hier. Jetzt wusste er es.

Die Pastorin hat sich nach dem kleinen Eimer mit Erde gebückt, der neben der Grube stand, in der jetzt der Sarg mit Herrn Schmidt darin darauf wartete, dass er zugedeckt wurde. Aber nicht mit dem richtigen Herrn Schmidt.

ZEIN
1926

»Asche zu Asche!«, hat die Pastorin gesagt. So war also eine Beerdigung. Bei Artjom hatte ich nicht mitgedurft, weil ich zu klein war. Ich weiß nicht, ob man zu klein dafür sein kann. Die Erwachsenen verstehen es doch auch nicht. »Staub zu Staub!«

Die Pastorin hat ein Schäufelchen Erde in die Grube fallen lassen. Man konnte hören, wie sie unten auf dem Sarg auftraf. Es hat hohl geklungen.

Die Pastorin hat Herrn Schilinsky zugelächelt und ihm das Schäufelchen gegeben. Herr Schilinsky hat sich gebückt und ein bisschen Erde aus dem Eimer genommen. Als er es auf den Sarg geworfen hat, hat er sich geräuspert. »Tschüs, alter Kumpel!«, hat er geflüstert. »Du wirst uns fehlen!«

Frau Schilinsky hat nichts gesagt. Aber sie hat einen kleinen Strauß hinterhergeworfen. Es waren ganz und gar bunte Sommerblumen. Ich glaube, das hätte Herrn Schmidt gefreut.

Die beiden alten Frauen haben ihre weißen Rosen geworfen. Nur Dicke Frau hatte nichts.

»Komm, Dicke!«, hat Herr Schilinsky freundlich gesagt und ihren Arm genommen. »Du bist dran!«

Die Pastorin hat ruhig gewartet, als Dicke Frau ans Grab getreten ist. Ihren Wagen hat sie tatsächlich stehen lassen. Aber sie hat nicht nach der Schaufel gegriffen. Dafür hat sie lange, lange auf den Sarg gesehen.

»Einer nach dem anderen, Jungfrau!«, hat sie geschimpft und sich mit dem Handrücken über das Gesicht gewischt. »Warum machst du das, Mutter, Mensch, du blöde Kuh? Einer nach dem anderen!«

»Ja, so ist das wohl, Dicke, so ist das wohl!«, hat Herr Schilinsky gesagt und sie behutsam zu ihrem Wagen zurückgeführt. »Hinterher gibt's Kaffee und Kuchen.«

Ich war ein bisschen unsicher, was ich tun sollte, aber dann habe ich gesehen, dass alle auf mich gewartet haben. Da hab ich das Schäufelchen genommen.

»Tschüs, Herr Schmidt!«, habe ich geflüstert, und jetzt habe ich einfach gar nichts mehr dagegen getan, dass die Tränen flossen. »Tschüs, Herr Schmidt, wie schade!« Die Erde ist unten trocken auf den Sarg geschlagen.

Ich habe gespürt, wie gut es war, dass ich ihm wenigstens Tschüs gesagt hatte. Es ist ganz falsch, wenn man nicht mal Tschüs sagen kann. Es fehlt und fehlt. Es hört nicht auf zu fehlen.

»Komm, Alter!«, hat Mesut geflüstert. Vielleicht hatte er sich auch mit dem Schäufelchen von Herrn Schmidt verabschiedet, ich hatte nicht aufgepasst. Aber er hat verlegen ausgesehen. Natürlich konnte er nicht verstehen, warum ich so doll weinen musste. »Ahmed wartet!«

Ich habe die Nase hochgezogen und genickt.

»Kommt ihr denn nicht noch mit zum Beerdigungskaffee?«, hat Frau Schilinsky gefragt. »Das hätte er bestimmt gewollt!«

Ich habe es nett gefunden, dass sie nicht von den Rädern anfing.

Jetzt hat sich auch noch eine der beiden alten Frauen zu uns gestellt. »Bist du der Junge vom Friedhof?«, hat sie gefragt. Sie hatte ein strenges Gesicht. »Jelkovic. Ich hab zu Hause noch was für dich! Das war ihm ganz wichtig!«

»Nun komm, Alter!«, hat Mesut gezischt. »Sonst kriegen wir Ärger!« Er hat an meinem Arm gezogen.

»Später mal!«, habe ich gerufen. Vielleicht hätte ich mich beim Kaffeetrinken sowieso nicht wohlgefühlt.

Dann ist es mir eingefallen. »Die Räder sind auf dem Klo!«, habe ich über meine Schulter zurückgebrüllt.

Vielleicht hat das nicht zur Würde des Ortes gepasst und zur Ehrerbietung für den Verstorbenen. Aber Herr Schmidt hatte bestimmt nichts dagegen.

42.

»Mann, Alter, so in der Kiste!«, hat Mesut gesagt, sobald uns die anderen nicht mehr hören konnten. »Hab ich noch nie gesehen so! Ich will mich ja nicht einmischen, aber die Vorschriften sind anders.«

»Bei euch!«, habe ich gesagt.

»Aber die kommen direkt vom Propheten!«, hat Mesut gesagt. »Auch wenn der natürlich nicht dein Prophet ist.«

»Nee, ist er nicht«, habe ich gesagt. »Ihr könnt das ja machen, wie ihr das wollt, und wir machen das anders.«

Mesut hat skeptisch den Kopf geschüttelt. »Ins Paradies kommt er so nicht!«, hat er gesagt.

Und ich wollte ihm gerade erklären, dass ich das albern fand, weil Herr Schmidt erstens kein Moslem gewesen war und ihm darum niemand übel nehmen konnte, wenn er sich nicht muslimisch beerdigen ließ; und dass ich mir zweitens nicht vorstellen konnte, dass so eine wichtige Sache wie das Paradies davon abhing, ob man in einem Sarg oder in Tüchern beerdigt wurde, vor allem, weil man dann ja schon tot war und überhaupt nicht mitbestimmen konnte, als es in meinem Kopf plötzlich *pling!* gemacht hat.

Das Paradies! Herr Schmidt hatte gar nicht an einen Urlaub gedacht, als in seinem Kopf der schöne Landschaftsfilm gelaufen war. Er hatte gewusst, dass er bald sterben würde, und er hatte keine Angst gehabt. Die schöne Landschaft in seinem Kopf war das Paradies. Der Himmel.

Ich habe geseufzt. Wenn es da wirklich so aussah, konnte man nicht meckern. Obwohl es vielleicht ein bisschen langweilig war mit all den Kolibris und Schmetterlingen und nichts Interessantes da für Kinder. Aber vielleicht gab es ja noch andere Ecken.

»Und die junge Frau war natürlich seine Else!«, habe ich gesagt. Das war eine spannende Frage: ob man im Himmel wieder jung und fit war, wenn man da hinkam. Der alte Körper lag ja sowieso im Grab, mit dem hatte man im Paradies nichts zu tun. Und wenn man ein Kind war, ob man da dann älter wurde oder in alle Ewigkeit ein Kind blieb. Der Sohn von Dicke Frau, zum Beispiel.

Und Artjom.

»Was redest du da?«, hat Mesut gefragt. »Mann, Ahmed hat gesagt, wir sollen sofort auf die Wache kommen! Und jetzt haben wir schon ewig getrödelt!«

Ich habe gedacht, dass ich es nicht trödeln nennen würde, wenn man sich für immer von einem Freund verabschiedet. Die Traurigkeit hat sich jetzt, wo ich *Tschüs!* gesagt hatte, warm und richtig angefühlt.

»Ich komm ja!«, habe ich gesagt.

Und ich wäre auch wirklich gekommen und wir wären auch wirklich auf die Wache gegangen, vielleicht wären wir sogar gerannt, wenn ich nicht in dieser Sekunde blitzartig etwas begriffen hätte. Wer weiß, vielleicht hatte Herr Schmidt mir den Gedanken ja geschickt. Das musste ihm doch wichtig sein.

»Mann, Mesut!«, habe ich gerufen. »Die silberne Taschenuhr!«

»Wovon redest du, Alter?«, hat Mesut gefragt.

Ich habe mich neben dem Tor auf den großen Findling sinken lassen, den sie da hingelegt hatten, damit keine Autos parken konnten. Bestimmt pinkelten ihn oft Hunde an, aber das war mir im Augenblick egal.

»Die Taschenuhr!«, habe ich gerufen. »Und er ist tot!«

An Mesuts Gesicht konnte ich sehen, dass er nicht verstand.

»Ich hab doch gedacht, Herr Schmidt hat sie verkauft, weil er Geld braucht!« Wie konnte denn einer, der sonst ein Superhirn war, so begriffsstutzig sein? »Aber es ist genau wie beim Dokter! Wahrscheinlich ist eine von den Münzen auch sein Golddollar!«

»Sprich deutsch!«, hat Mesut gesagt. »Dass ich dich verstehen kann!«

Ich habe geseufzt. Es war vollkommen klar. Dicke Frau hatte nicht gesponnen. Irgendwer hatte dem Dokter nach seinem Tod den Golddollar abgenommen, den er ihr auf den Kassenzetteln vom Topp-Preis-Dromarkt vererbt hatte; und das Gleiche war jetzt auch mit Herrn Schmidt und seiner Taschenuhr passiert. Irgendwer klaute den Toten Schmuck und Uhren und ich weiß nicht, was noch, und im Altgoldladen wurde das dann hinterher verkauft.

»Mann, Alter!«, hat Mesut gemurmelt. Ich sah, wie sein Superhirn endlich ansprang. »Wie unglaublich gemein!«

Das fand ich auch.

»Was glaubst du, wer?«, habe ich gefragt.

Mesut hat die Achseln gezuckt.

»Die allerbesten Möglichkeiten hätte natürlich so ein Bestatter!«, habe ich vorgeschlagen. »Wenn die die Toten abholen, haben die ja manchmal noch ihren ganz normalen Kram bei sich, der Dokter zum Beispiel.«

»Bingo!«, hat Mesut gesagt. Jetzt war ich mal das Superhirn gewesen.

Von der Bushaltestelle her ist ein Mann mit Krücken in einem ziemlich wilden Tempo auf uns zugekommen.

»Und Bronislaw!«, habe ich gesagt. »Mesut, die Überfälle auf Bronislaw!«

Mesut hat mich angestarrt. Bronislaw hat von Weitem eine Krücke zum Gruß durch die Luft geschwenkt und sich beeilt, zu uns zu kommen.

»Der war einfach immer zufällig am falschen Ort, wenn diese Schweineverbrecher den Schmuck aus der Kapelle schmuggeln wollten!«, habe ich gesagt. »Darum haben sie ihn zusammengeschlagen! Damit er nichts mitkriegt!«

Mesut hat genickt. »Vollkommen logisch!«, hat er gesagt. »Und der Typ, der den Kram rausschmuggelt, muss einer sein, den Bronislaw kennt, überleg doch mal!«

Jetzt musste Bronislaw nur noch an der Ampel über die Straße.

»Sonst wäre er doch keine Gefahr für die gewesen!«, hat Mesut gesagt. »Wenn ein völlig Fremder den Verbrecher-Typen da aus dem Kapellenhintereingang kommen sieht, wo das Klo ist, dann denkt der sich doch nichts dabei! Höchstens, dass der pieseln musste. Aber wenn das kein Fremder ist, sondern einer, der ihn erkennt ...«

»Bronislaw!«, habe ich geflüstert.

»… und sich fragt, was der Typ denn da beim Hintereingang will …«

»Der Büromann!«, habe ich gesagt. Alles war klar. »Da hätte Bronislaw sich das doch gefragt! Weil die ihre eigenen Klos haben im Verwaltungsgebäude!«

Die Ampel ist auf Grün umgesprungen.

»Dann wäre er misstrauisch geworden!«, hat Mesut gesagt. »Und darum haben sie ihn ausgeschaltet.«

»Schweinepriester!«, habe ich gesagt. »Und ich hab doch erzählt, dass der Büromann behauptet hat, das war gar kein Überfall, Bronislaw ist nur blöde gestolpert! Ja klar, der wollte bloß den Verdacht von sich weglenken!«

In diesem Augenblick hatte Bronislaw es geschafft. Er hat von der Anstrengung geschnauft.

»Ist sich schon vorbei?«, hat er gerufen. »Hatte ich Termin bei Doktor, konnte ich nicht früher! Ist sich schon in Grab, Herr Schmidt?«

Mesut und ich haben genickt. Bronislaw hat irgendeinen Fluch ausgestoßen, auf Polnisch. Dann hat er sich bekreuzigt.

»Aber jetzt trinken sie alle noch Kaffee!«, habe ich gesagt. »Im Friedhofscafé. Du kannst ja wenigstens da noch …«

Bronislaws Miene hat sich aufgehellt. »Ihr nicht?«, hat er gefragt. »Wollt ihr nicht auch …?«

»Wir haben leider keine Zeit!«, hat Mesut gesagt. Obwohl es nach dringenden Terminen natürlich im Augenblick nicht aussah. Schließlich hockten wir nur gemütlich auf dem Findling vor dem Friedhofstor.

Aber Bronislaw hat keine Fragen gestellt. »Mach ich mich

auf den Weg!«, hat er gesagt. »Bis bald mal, ihr Jungs! Man sieht sich!«

Ich habe mich gefragt, wie er sich das vorgestellt hat, jetzt, wo wir uns nicht mehr bei den Schilinskys treffen durften. Aber dann ist mir das Grab von Herrn Schmidt eingefallen. Da würde ich ja bestimmt ab und zu mal Unkraut zupfen.

»Also, weiter!«, hat Mesut gesagt. Auf einmal war er richtig drängelig. »Überleg doch mal! Bisher haben wir den Kuchenbrodt ja gar nicht *deswegen* verdächtigt, right? Um deinen Fall ***Dicke Frau/Golddollar*** haben wir uns doch überhaupt nicht gekümmert. Und auch nicht um ***Bronislaw/Beule***. Aber jetzt haben wir für beide Fälle die Lösung, und die Lösung heißt komischerweise Kuchenbrodt.«

Ich habe Bronislaw nachgesehen. »Den wir aber sowieso schon verdächtigen, nämlich wegen ***Juwelenraub/Gentleman-Räuber***!«, habe ich gesagt. »Weil ich wahrscheinlich den schwarzen Samtbeutel bei ihm im Büro gesehen habe! Und weil er schon einen Tag vor dem letzten Juwelenraub davon wusste!«

»Eben!«, hat Mesut gemurmelt. »Eben. Bei dem laufen die Fäden zusammen.« Er ist langsam aufgestanden. Wie in Zeitlupe. »Wir müssen ja sowieso zur Wache!«, hat er gemurmelt. Ich schien für ihn gerade gar nicht zu existieren.

Darum war mir klar, dass sein Superhirn auf Hochtouren arbeitete. Wir mussten zur Wache, um unsere Aussage von gestern zu wiederholen, aber natürlich wäre es toll gewesen, wenn wir bei der Gelegenheit auch gleich die Aufklärung des Verbrechens hätten mitliefern können. Ich habe Mesut lieber nicht beim Grübeln gestört.

Weil wir kein Geld für die Fahrkarte hatten, sind wir zu Fuß gegangen. Der Weg war weiter, als er mir im Bus vorgekommen war.

Aber als wir endlich fast angekommen waren, ist Mesut ruckartig stehen geblieben.

»Mann, Valentin!«, hat er gerufen. »Wir sind aber vielleicht auch bescheuert!«

Und bevor ich ihn fragen konnte, wie er das meinte, hatte er sich schon umgedreht und war in einen leichten Trott gefallen.

Er hatte es so eilig gehabt, zu Ahmed zu kommen. Jetzt wollte er offenbar den ganzen Weg wieder zurücklaufen.

43.

»Ey, Mesut, was ist denn?«, habe ich gefragt, sobald ich aufgeholt hatte. »Ey, halt doch mal an! Wieso willst du jetzt plötzlich nicht mehr zu deinem Bruder?«

Mesut ist langsamer geworden. »Weil!«, hat er bedeutungsschwer gesagt. »Jetzt weiß ich, was wir machen!«

Ich habe ihn fragend angesehen.

»Wie ist das? Der Gentleman-Räuber ist Kuchenbrodt natürlich nicht. Grund A: Er hat keine Tätowierung. Grund B: Am Tag des letzten Überfalls war er auf einem Seminar. Aber wir wissen, er hängt mit drin!«

Ich habe genickt.

»Was ist seine Rolle also dann?«, hat Mesut gefragt. Ich habe mich ein bisschen ehrfürchtig gefühlt. Besser hätte es das Superhirn aus der Kinderbande auch nicht aufdröseln können. So logisch, Schritt für Schritt. »Er ist der Zwischenträger, pass auf. Nach den Überfällen wird der Schmuck immer mit dem Leichenwagen abtransportiert. Wer sucht schon in einem Sarg danach? Ein besseres Versteck gibt es ja gar nicht.«

»Mit oder ohne Leiche?«, habe ich gefragt.

Mesut hat die Achseln gezuckt. »Jedenfalls holt Kuchenbrodt den Kram dann in der Kapelle raus!«, hat er gesagt. »Wie findest du das?«

»Aus dem Spülkasten!«, habe ich gerufen. »Auf dem Frauenklo! Wo der Bestatter ihn reingelegt hat, bevor der Sarg endgültig verschlossen wird.« Logisch denken konnte ich schließlich auch.

»Zum Beispiel!«, hat Mesut gesagt. »Frauenklo oder Männerklo, um die Feinheiten müssen wir uns nicht kümmern. Das soll die Polizei aufklären.«

»Und warum erzählen wir das dann jetzt nicht Ahmed und Amelie?«, habe ich gefragt. »Die warten doch sowieso auf uns!«

Mesut hat sich an die Stirn getippt.

»Denk doch ein einziges Mal logisch, Kleiner!«, hat er gesagt, und ich habe mich mindestens ebenso sehr darüber geärgert, dass er mich Kleiner nannte, wie darüber, dass ich genau das doch eben getan hatte, und nun sollte es wieder nichts gewesen sein. »Was willst du denen erzählen? Haben wir auch nur den kleinsten Beweis?«

Ich habe den Kopf geschüttelt. »Sie könnten das Büro durchsuchen!«, habe ich versuchsweise gesagt. »Wenn der Büromann den Schmuck vom Überfall vorhin erst aus dem Frauenklo abgeholt hat, dann ist der doch jetzt bestimmt noch in seinem Spind versteckt!«

Aber Mesut hatte weitergedacht. »Du glaubst doch nicht im Ernst, dass sie sich noch mal ohne Beweise an den Kuchenbrodt trauen, nur weil wir ihnen erzählen, der war auf dem falschen Klo!«, hat er gesagt. »Damit sind sie schließlich schon mal auf die Nase gefallen! Und um sein Büro zu durchsuchen, brauchen sie außerdem einen Durchsuchungsbeschluss. Und der kommt vom Staatsanwalt. Und der Staatsanwalt müsste ja wahnsinnig sein …«

»Ja, alles gut, alles gut!«, habe ich gerufen. Es war nicht so toll, dass er immer recht hatte. »Aber was willst du denn dann machen?«

Mesut hat mich gegen den Arm geboxt. »Wir brauchen Beweise!«, hat er gesagt. »Wir gehen noch mal zum Gruselladen!« Natürlich hat er den Altgoldladen in der Einkaufspassage gemeint. Der Gedanke war mir nicht sympathisch. »Ich erzähl dem noch mal was von meiner Oma. Wenn wir Glück haben, liegt die Uhr von Herrn Schmidt noch da, und dann gibt es bestimmt noch andere außer dir, die die wiedererkennen würden. Das wäre dann vielleicht schon ein Hinweis, der dem Staatsanwalt für die Durchsuchung genügen würde.«

Das klang tatsächlich gut. »Und wenn wir noch größeres Glück haben«, hat Mesut gesagt, »liegt da sogar was von dem Schmuck aus dem Raub gestern, das haben sie eben auch im Frühstücksfernsehen gezeigt. Und wenn sie das da nicht *offen* rumliegen haben, zeigt der kleine Typ es mir vielleicht wenigstens, wenn ich noch mal nach dem passenden Goldschmuck für die Hochzeit meiner Cousine frage. Nee, wir *müssen* zum Gruselladen.«

Ich habe genickt. Mesut hatte recht. Klar war ich wieder nur der Ökoriegel-Dicke.

»Und übrigens«, hat er gesagt, und dabei hat er mich geradezu triumphierend angesehen, »begreifst du jetzt wohl, warum es total bescheuert ist, Leute in Särgen zu beerdigen. Das ist ja regelrecht eine Aufforderung für Verbrecher, da ihren Kram reinzuschaufeln und zu verstecken. Särge verleiten zur Kriminalität!«

Dazu habe ich nichts gesagt. Es ging jetzt schließlich darum, dass wir die Verbrecher schnappten. Vor allem den finsteren Herrn Kuchenbrodt.

44.

Inzwischen war der Himmel noch dunkler geworden, dunkelviolett, und darüber sind wie wild schwarze Wolken gejagt. Gerade jetzt, wo wir dabei waren, einen gemeinen Verbrecher zu schnappen, hätte ich es vielleicht schöner gefunden, wenn die Sonne geschienen hätte.

An der vierspurigen Straße hat die Fußgängerampel Rot gezeigt.

»Bevor ich das vergesse!«, hat Mesut gesagt und sein Handy aus der Tasche gezogen. Dann hat er sein linkes Hosenbein hochgeschoben und das Handy an der Innenseite in die Socke gesteckt. Das Hosenbein hat er zurückgekrempelt. Die Ampel war längst umgesprungen.

»Los, worauf wartest du?«, hat er gebrüllt und ist losgerannt. Es war klar, dass der kleine grüne Mann gleich schon wieder dem kleinen roten Platz machen würde. Mesut ist gesprintet und ich bin ihm hinterher.

Erst als ich auf der anderen Straßenseite angekommen war, habe ich den Luftzug gespürt, wo ich eigentlich keinen spüren sollte. »Mesut!«, habe ich geschrien. »Warte! Meine Kappe ist weggeweht!«

Mesut hat kurz gestoppt. »Mann, Alter!«, hat er gerufen. »Nun komm endlich! Die war doch sowieso schon voll der Schrott!« Er ist einfach weitergelaufen.

Ich habe einen ängstlichen Blick zurück über die Straße geworfen. Autos sind in beiden Richtungen gefahren, vierspurig. Die Kappe war nirgends zu sehen. Wie wohl auch.

Artjom, Artjom!, habe ich gedacht. Es war wie ein Stich ins Herz. *Artjom, verzeih mir! Ich habe nicht darauf aufgepasst!*

Mein Kopf hat sich fremd und nackt angefühlt. Ich hatte die Kappe getragen, seit sie uns zusammen mit Artjoms anderen Kleidern gebracht worden war.

»Nimm die Kappe ab!«, hatte Babuschka geschrien. »Nimm Artjoms Kappe ab!«

Aber ich hatte sie nicht abgenommen. Ich hatte sie festgehalten mit beiden Händen, fast konnte ich sie damals noch über die Ohren ziehen.

Papa hatte Babuschka angebrüllt, dass es jetzt wirklich andere Dinge gäbe als ausgerechnet Artjoms Kappe. Da war sie still gewesen.

Und ich hatte die Kappe getragen und getragen. Nur zum Schlafen hatte ich sie abgesetzt. Ob sie mich wirklich beschützt hat, weiß ich nicht. Der Schirm war immer schmutziger geworden, und der Schriftzug, der für ein amerikanisches Bier werben sollte, war allmählich abgebröselt. So hatte ich Artjom immer bei mir gehabt.

»Was machst du denn, Alter!«, hat Mesut gebrüllt. »Willst du eine schriftliche Einladung?«

»Entschuldige bitte, Artjom!«, habe ich geflüstert. »Aber du brauchst sie doch nicht mehr!«

Artjom ist still geblieben, aber mir ist eingefallen, wie er im Traum so erwachsen gewesen war und sogar Amelies Boss und wie er den Büromann geschnappt hatte. Dieser erwachsene Artjom hätte doch über die verlorene Kappe einfach nur gelacht. Wenn sie im Himmel wirklich älter wurden.

»Vergiss doch die Kappe, Kleiner!«, hätte er gesagt und mir zugezwinkert. »Die brauche ich sowieso nicht mehr!« Es war schon alles in Ordnung. Ich hatte jetzt anderes zu tun.

Vor dem Einkaufszentrum hat Mesut auf mich gewartet.

»Da braucht man ja gar nicht zu rennen!«, hat er gesagt. »Wenn du sowieso schlurfst wie ein Opa!«

»Wieso hast du das Handy in die Socke gesteckt?«, habe ich gefragt.

Mesut hat zufrieden ausgesehen. »Noch nie James Bond gesehen?«, hat er gefragt. »Wenn uns einer schnappt, was nimmt er uns als Erstes weg? Das Handy!« Er hat wissend genickt. »Aber da in der Socke finden sie es nicht! Nicht mal beim Abklopfen! Nicht an der Innenseite!«

Einmal mehr habe ich ihn genial gefunden. Trotzdem hat mich seine Äußerung unruhig gemacht.

»Aber warum sollten sie uns schnappen, Mesut?«, habe ich gefragt. »Wenn wir doch nur in den Laden gehen?«

Mesut hat die Achseln gezuckt. »Der echte Detektiv ist immer auf alles vorbereitet!«, hat er gesagt. Und das hat natürlich gestimmt.

Wir sind an den leer stehenden Läden mit den »Zu vermieten«-Schildern vorbeigegangen und am 1-Euro-Laden und an der Bücherei und am Supermarkt. Direkt davor hat Dicke Frau wieder auf dem Boden neben ihrem Einkaufswagen gesessen und vor sich hin gemurmelt.

»Sind Sie gar nicht mit Kaffee trinken gewesen, Frau Dicke Frau?«, habe ich gefragt. Dann ist mir eingefallen, dass man in der Zwischenzeit wahrscheinlich sogar zwei Stücke Torte hätte schaffen können.

Dicke Frau hat zu mir hochgesehen. »Du warst auch dabei!«, hat sie gesagt und mit dem Finger auf mich gezeigt. »Dich kenn ich.« Es hat verwundert geklungen und als ob sie mich heute bei der Beerdigung zum ersten Mal wahrgenommen hatte.

Ich habe genickt. »Wir kennen uns doch schon lange, Frau Dicke Frau!«, habe ich gesagt. »Von den Schilinskys, wissen Sie nicht mehr?«

Dicke Frau hat mir einen verwirrten Blick zugeworfen, dann waren ihre Gedanken schon wieder ganz woanders. Jedenfalls hat sie wieder angefangen zu murmeln. Ich hab das als Zeichen dafür genommen, dass ich verabschiedet war, und bin hinter Mesut hergelaufen. Ganz hinten, bevor als letzter Laden Mamas Topp-Preis-Dromarkt kam und davor noch einmal »Zu vermieten«, lag der Altgoldladen im Dämmerlicht.

»Mann, Alter, was sollte das denn eben!«, hat Mesut gesagt. »Bisschen Beeilung mal bitte!«

Ich habe mich noch einmal umgedreht. »Ich konnte doch nicht einfach so tun, als ob ich sie nicht kenne!«, habe ich gesagt. »Dicke Frau! Das ist doch unhöflich!«

Dicke Frau hat mir tatsächlich nachgesehen. »Sodom und Gomorrha!«, hat sie gerufen und ihre Faust geschwenkt. Sie klang regelrecht aufgeregt. »Sodom und Gomorrha!«

Mesut hat wieder einen Finger an die Stirn gelegt. »Mann, Mann, Mann!«, hat er gesagt. »Die hat sie wirklich nicht mehr alle!« Was man ja schwer bestreiten konnte.

Er hat auf den Laden gezeigt. »Also, Alter!«, hat Mesut geflüstert. »Du weißt, was du zu tun hast!«

Ich habe ihn fragend angesehen.

»Ich laber wieder rum mit dieser Oma-Geschichte und lenke ihn ab, und du siehst dir in der Zeit ganz genau den Schmuck an!«, hat Mesut gezischt. »Sobald du entdeckt hast, dass die Taschenuhr noch da ist, gibst du mir ein Zeichen.«

»Was für ein Zeichen?«, habe ich gefragt.

Mesut hat genervt ausgesehen. »Ein Zeichen, Mann!«, hat er gesagt. »Was weiß ich!« Aber dann hat er wohl selbst begriffen, dass die geheimen Zeichen, die die Leute sich sonst immer geben, wenn sie sich warnen wollen, hier eher nicht gepasst hätten. Eulenrufe und Käuzchenschreie, zum Beispiel. Die wären im Altgoldladen doch ziemlich auffällig gewesen.

»Ich kann dich kneifen«, habe ich vorgeschlagen.

Mesut hat mir einen Blick zugeworfen. »Aber nicht zu fest, Alter, wehe!«, hat er gesagt.

Die Ladentür hat gebimmelt, als sie hinter uns ins Schloss fiel.

Im Ladenraum war es genauso dämmerig wie bei unserem ersten Besuch. Und außerdem ist der kleine graue Mann dieses Mal auch nicht sofort zu uns nach vorne gekommen. Dafür habe ich seine Stimme im Lager gehört, schnell und aufgeregt. Und während ich mich noch gefragt habe, ob er vielleicht telefonierte, wurde er auch schon unterbrochen.

»Ja, ja, Feigling, das wissen wir doch!«, hat eine Stimme gerufen, die mir einen Schauder über den Rücken jagte. »Im Augenblick ist es viel zu unsicher geworden mit diesen Blagen im Nacken. Ewig lässt sich nicht mal die Polizei für dumm verkaufen! Aber dieses eine Mal musst du ihn noch verticken. Der Schmuck kann nicht bei mir im Büro liegen bleiben, das ist viel zu gefährlich! Vor allem jetzt, wo die Kinder die Polizei auf mich angesetzt haben!«

Ich habe Mesut angestarrt und gesehen: Er hatte genau wie ich begriffen, wer da hinten im Lager mit dem grauen Mann sprach. Mit dem Kopf hat er mir ein Zeichen gegeben, und auf Zehenspitzen haben wir versucht, wieder zur Tür zu kommen. Dies war nicht der richtige Augenblick, um nach silbernen Taschenuhren zu suchen.

Und wir hätten es auch geschafft, wenn nicht der kleine Mann offenbar sofort beschlossen hätte, auf das Klingeln der Türglocke zu reagieren; oder vielleicht hatten wir auch im Laden ein Geräusch gemacht, das weiß ich nicht. Jedenfalls hat er plötzlich im Ladenraum gestanden.

Und der Büromann mit ihm.

Mesut hat noch einen wahnsinnigen Versuch gemacht, die Tür zu erreichen, aber der Büromann war schneller. Ich hätte niemals geglaubt, dass so ein Schreibtischhocker so einen Wahnsinnssatz machen kann

»Halt, halt, halt, nicht so eilig!«, hat der Büromann gerufen. Er war nicht nur schnell, er war auch stark. Mesut hatte er mit der einen Hand gepackt und mich mit der anderen, und es hat sich nicht so angefühlt, als ob ich mich einfach losreißen konnte. »Wen haben wir denn hier? Wenn man vom Teufel spricht!«

Der kleine Graue hat uns giftig angestarrt. Besonders Mesut. »Die beiden sind das?«, hat er gefragt, und ich konnte die Angst in seinen Augen aufflackern sehen. »Habt ihr gedacht, ihr könnt einen alten Mann reinlegen, was! Oma! Hochzeit!«, er hat geschnaubt. »Es ist übler, als wir bisher gedacht haben, Kuchenbrodt! Bei mir waren sie auch schon!«

Er hatte recht. Es war wirklich um einiges übler. Der Büromann hat uns vor sich her in den Lagerraum getrieben, und dazu hat er uns abwechselnd mit seinen Knien in den Rücken geboxt, während er uns immer noch jeden im einarmigen Polizeigriff gepackt hielt.

»Ja dann!«, hat er gesagt, als er uns endlich hatte, wo er wollte. Er hat uns nachdenklich angestarrt. »Vielleicht seid ihr diesmal doch zu neugierig gewesen, ihr beiden kleinen Ratten!«

Er hatte dem grauen Mann nicht mal ein Zeichen geben müssen; der war ganz von alleine mit dem Paket-Klebeband gekommen, mit dem Kuchenbrodt uns nun die Hände hinter dem Rücken zusammengeschnürt hat. Dann hat er erst Mesut abgeklopft und danach mich. Genau, wie Mesut es vorhergesagt hatte. Und gefunden hat er nichts. Die Socke war ein geniales Versteck.

Ich habe versucht, tief und ruhig zu atmen. Das war jetzt wirklich keine schöne Situation. Aber noch waren wir nicht verloren.

Wenn die beiden uns auch nur einen Augenblick allein ließen, konnten wir versuchen, Ahmed anzurufen. Natürlich würde es mit auf dem Rücken gefesselten Händen schwierig werden, das Handy herauszuziehen und zu bedienen; aber wenn Mesut sich auf dem Boden richtig hinlegte, musste ich mit meinen Händen eigentlich rückwärts an seine Socke kommen. Die beiden mussten nur verschwinden.

Kuchenbrodt hat jetzt wie wild auf sein eigenes Handy eingetippt.

»Hallo! Bist du das? Wir haben ein Problem!«, hat er gerufen. Und egal, wie groß meine Angst auch war: Das hat mich wirklich gefreut.

»Natürlich nicht! Die wissen längst viel zu viel!«

Es ist mir eiskalt den Rücken hinuntergelaufen. Wenn jemand viel zu viel weiß, kann das in Büchern immer nur eins bedeuten. In Filmen wahrscheinlich auch.

Auf der anderen Seite wurde gesprochen. Kuchenbrodt hat genickt.

»Noch zwei Bestattungen?«, hat er gefragt. »Wie lange? Ja, gut, ich hol ihn ab!« Er hat das Handy zugeklappt. »So, Jungs! Mein Kumpel ist gerade noch auf dem Weg zu zwei Beerdigungen. Danach ist der Wagen frei für euch. Ihr wolltet doch sicher immer schon mal in so einer schnieken, schwarzen Kutsche fahren, was?«

Wollten wir gar nicht, wollten wir gar nicht!, hätte ich gerne geschrien. Aber wir wussten *natürlich* zu viel. Da hätte auch Schreien nicht mehr geholfen.

»Wie, schwarze Kutsche?«, hat Mesut gefragt. Seine Stimme klang nicht gut.

Weil auch ihm natürlich klar war, was der Büromann gemeint hatte, uns beiden. Der Leichenwagen würde kommen und uns abtransportieren. Die Frage war nur, wohin; und was hinterher mit uns passieren würde.

Mir wurde übel. Sie konnten uns unmöglich wieder freilassen, nie mehr. Wir waren eine viel zu große Gefahr.

Kuchenbrodt hat dem grauen Mann ein Zeichen gegeben.

»Dann lass uns jetzt gehen!«, hat er gesagt. Er hat uns zugezwinkert. »Und ihr könnt euch schon freuen! Sobald der Wagen frei ist, sind wir wieder da!«

Ich habe versucht, Mesuts Blick einzufangen. Konnte es sein, dass wir so viel Glück hatten? Konnte es sein, dass die beiden jetzt tatsächlich verschwanden und uns allein ließen? Sodass wir das Handy aus der Socke friemeln und telefonieren konnten? Konnte das tatsächlich sein?

Mein aufgeregtes Atmen war bestimmt durch den ganzen Laden zu hören. Gleich würden wir Ahmed anrufen oder 110. So viel Glück konnte es doch gar nicht geben.

Ich konnte hören, wie Kuchenbrodt im Ladenraum die Tür öffnete, und habe angefangen zu zittern. Wir hatten sie ausgetrickst. Gleich würden wir frei sein.

Gerade wollte ich über den Boden auf Mesut zurobben, um ihm mit meinen auf dem Rücken gefesselten Händen das Handy aus der Socke zu ziehen, als die Musik zu dröhnen begann.

Ich habe nichts gegen türkischen Pop. Aber in diesem Augenblick hätte ich es vorgezogen, wenn Mesut sein Handy auf lautlos gestellt hätte.

45.

Man denkt tagelang, dass einer ein Superhirn ist, und man hat eigentlich auch genug Beweise dafür, aber man kann sich täuschen.

Vielleicht gibt es überhaupt nur ziemlich wenige echte Superhirne. Fehler macht fast jeder mal.

Wieso hatte Mesut nicht daran gedacht, den Handyton auszustellen, wenn er sogar daran gedacht hatte, das Handy abklopfsicher in seiner Socke zu verstecken? Manchmal ist es schwer, die Menschen zu verstehen, das hat Babuschka auch immer gesagt.

Hätte Mesut sein Handy auf *lautlos* gestellt, wären wir in, sagen wir mal, drei Sekunden gerettet gewesen, schließlich war Kuchenbrodt schon fast aus der Tür gewesen. Oder hätte das Handy sich erst vier Sekunden später gemeldet, dann auch.

So nicht. In den orientalischen Klängen des Popsongs ist auf einen Schlag alle Hoffnung versunken.

Man konnte gar nicht so schnell denken, wie Kuchenbrodt wieder bei uns war.

»Ja, was haben wir denn da?«, hat er gerufen. Die Melodie wiederholte sich. Am anderen Ende war jemand geduldig. »Habt ihr tatsächlich geglaubt, ihr könntet uns reinlegen?«

Er hat sich blitzschnell über Mesut gebeugt und ihm das

Hosenbein hochgestreift. Dann hat er das Handy aus der Socke gezogen. Vielleicht hatte er dieselben Filme gesehen wie Mesut, ich wäre jedenfalls nicht so schnell darauf gekommen, woher die Melodie kam.

Triumphierend hat er das Handy in die Luft gehalten. »*Ahmed!*«, hat er nach einem Blick auf das Display gesagt. »Sieh an, ruft dich ein anderer Muselmann an, du kleiner Schlauberger! Musst du so eine Scheißmusik einstellen? Geht nicht auch was Anständiges, he? Ist dir unsere Musik nicht gut genug?«

Ich habe gesehen, wie das Display dunkel wurde. Kuchenbrodt hatte den Anruf weggedrückt. Und danach auch gleich noch das Handy ausgeschaltet, natürlich.

Es gab keine Hoffnung mehr.

»Na, das war ja grade noch mal Glück!«, hat der kleine, graue Mann vorwurfsvoll gesagt. »Ich dachte, du hast sie durchsucht!«

»Fresse!«, hat Kuchenbrodt geschnauzt. »Der ist mit allen Wassern gewaschen, der kleine Türke da! Umso wichtiger, dass wir ihn loswerden. Ihn und seinen braven, kleinen Kumpel!«

Er hat mir einen Blick voller Verachtung zugeworfen. Die von der Kinderbande hätten jetzt wahrscheinlich vor ihm ausgespuckt, um ihm zu zeigen, was sie von ihm hielten und dass sie keine Angst hatten. Aber ich *hatte* Angst. Das Zittern wollte überhaupt nicht mehr aufhören.

Als sich die Ladentür hinter den beiden geschlossen hatte, hat Mesut einen Laut ausgestoßen, der irgendwo in der Mitte zwischen Stöhnen und Schluchzen lag. »Entschuldige, Alter!«, hat er geflüstert. »So ein Mist, aber echt! Ich hab so einen Mist gebaut!«

Was sollte ich sagen? Er hatte recht.

»Was glaubst du, was sie mit uns machen?«, habe ich gefragt. Die Vorstellung, in einem Leichenwagen abtransportiert zu werden, war schon schrecklich genug; aber der Gedanke daran, was *hinterher* wahrscheinlich passieren würde, ließ meine Zähne aufeinanderschlagen. Zum Sprechen war das unpraktisch.

»Weißt du doch selber!«, hat Mesut gemurmelt. »Warum fragst du!«

»Warum muss dein Scheißbruder auch die ganze Zeit hinter uns herdrängeln!«, habe ich wütend gesagt. »Der hat doch nur angerufen, weil wir ihm nicht schnell genug auf die Wache gekommen sind! Und weil er und Amelie Schiss haben, dass sie wegen uns Ärger kriegen! Und jetzt haben *wir* den!«

Mesut hat mir nicht widersprochen. Aber während ich von seinem Bruder gesprochen habe, ist mir auch meiner wieder eingefallen. Und seine Mütze.

Wir waren nur geschnappt worden, weil ich Artjoms Kappe verloren hatte, das war mir ganz klar. All die Jahre hatte sie mich beschützt. Und kaum hatte ich nicht mehr auf sie aufgepasst, wurden wir von den gemeinsten Verbrechern geschnappt, die man sich überhaupt nur vorstellen konnte. Und dabei hatte ich mich doch bei Artjom entschuldigt.

»Es ist nur wegen der Kappe!«, habe ich böse gesagt. »Weil du es so eilig hattest! Wenn ich noch mal zurückgelaufen wäre und sie geholt hätte …«

Drei Schritte von mir entfernt konnte ich Mesut schluchzen hören. »Alles meine Schuld, Valentin!«, hat er geschluchzt. »Alles meine Schuld!«

Und das wollte ich nun auch wieder nicht. Mesut war immer so cool gewesen. Da durfte er doch jetzt nicht einfach zusammenklappen.

»Vielleicht setzen die uns einfach nur irgendwo aus!«, habe ich geflüstert. »Mesut! Kann doch sein!« Dass das Schluchzen nicht aufgehört hat, zeigte deutlich, was Mesut davon hielt. »Wir haben doch keine Beweise gegen sie!«

Aber das war natürlich Blödsinn. Wenn die Spurensicherung zum Beispiel diesen Raum durchsuchte, würde sie bestimmt irgendwas von uns finden, da war ich sicher. Die Technik ist doch inzwischen so clever. Fasern von unseren T-Shirts, zum Beispiel, oder solche komische DNA von unserer Spucke oder unseren Tränen. Und DNA ist noch besser als ein Fingerabdruck. Damit war dann bewiesen, dass die Gangster uns hier eingesperrt hatten, egal, wie sehr sie leugneten. Ich hatte keine Ahnung, welche Strafe auf Kidnapping stand, aber lustig würde es dann für Kuchenbrodt und den Grauen nicht werden. Darauf durften sie es nicht ankommen lassen.

Und außerdem gab es ja auch noch den Juwelenraub.

Ich musste an Mama denken. Was würde sie tun, wenn jetzt schon wieder die Polizei an ihrer Tür klingelte? Mesuts Eltern hatten wenigstens noch Ahmed.

»Fällt dir denn gar nichts ein, Mesut?«, habe ich gefragt. Langsam hatte ich mich daran gewöhnt, mit klappernden Zähnen zu sprechen. Und ich habe überlegt, was das Superhirn von der Bande in dieser Situation getan hätte. Wahrscheinlich das Gleiche wie wir. Gar nichts.

Wenn ich still genug war, konnte ich mir einbilden, dass ich draußen vor dem Laden die Menschen in der Passage reden und lachen hörte oder das Weinen kleiner Kinder. Aber in Wirklichkeit habe ich höchstens die Einkaufsmusik aus den Lautsprechern an der Decke der Passage gehört, mit der das Center-Management versuchte, die Leute in Einkaufslaune zu bringen; und auch die ganz entfernt. Zwei Läden weiter, von uns nur durch einen von diesen blöden »Zu vermieten«-Läden getrennt, hat Mama jetzt in ihrem Topp-Preis-Dromarkt gearbeitet. Und all das half uns kein bisschen.

»Lass uns brüllen, Mesut!«, habe ich gesagt. »Sie haben einen Fehler gemacht! Sie haben uns nicht geknebelt! Wenn wir ganz laut schreien, hört uns einer, und dann kommen sie und retten uns!«

Mesut hat aufgeschluchzt. »Die machen keine Fehler, Valentin!«, hat er gesagt.

Was er damit gemeint hat, habe ich begriffen, nachdem wir ungefähr eine halbe Stunde lang aus voller Kehle gebrüllt hatten. Es hatte für Kuchenbrodt gar keinen Grund gegeben, uns zu knebeln. Draußen dudelte die ganze Zeit die Einkaufsmusik aus den Lautsprechern und wir lagen im Lagerraum hinter zwei Türen. Selbst wenn irgendwer ganz gedämpft unsere Hilfeschreie bemerkt hätte, hätte er sich in diesem Wirrwarr aus Lärm nichts dabei gedacht.

Nach einer Weile waren wir so heiser, dass jetzt bestimmt niemand mehr unsere Schreie hören konnte.

»Lass uns aufhören«, hat Mesut geflüstert.

»Wenn der Laden nebenan wenigstens nicht leer stünde!«, habe ich zurückgeflüstert.

Dann waren wir beide still. Manche werden in so einer Situation ohnmächtig. Alte Leute kriegen einen Herzschlag. Aber ich kann nur sagen, dass ich auf einmal viel ruhiger war.

Am schlimmsten war es am Anfang gewesen, als ich noch Hoffnung gehabt hatte. Oder nach einer Lösung gegrübelt. Jetzt wusste ich wenigstens, dass wir nichts mehr tun konnten. Und da hat das Zittern aufgehört.

Es ging mir nicht gut und auch die Angst war nicht verschwunden: Es war eher so, als ob ich innen drin überall betäubt war. Also all meine Gefühle. Ich hatte keine mehr.

Als ich die Stimmen vor der Tür gehört habe, habe ich Mesut einen Blick zugeworfen. Mesuts Augen waren geschlossen.

Jetzt kamen sie, um uns abzuholen. Durch die Hintertür würden sie uns gleich im Sarg aus dem Lagerraum auf die kleine Straße an der Rückseite der Einkaufspassage schaffen, wo der Leichenwagen schon auf uns wartete. Ich konnte nur nicht verstehen, warum sie dann überhaupt erst durch die Vordertür kamen.

Und noch weniger konnte ich verstehen, warum sie keinen Schlüssel benutzt haben. Es gab ein lautes Krachen, wie wenn Holz splittert, dann habe ich eine Männerstimme aufgeregt rufen hören.

»Mesut!«, hat Ahmed gebrüllt. »Mesut, du Idiot, bist du hier?«

Wir waren gerettet.

46.

Zuerst konnte ich es nicht glauben. So schnell kann man nicht umschalten von zähneklappernder Angst auf Freude. Das Zittern hat wieder angefangen und Mesut hat noch schlimmer geheult als vorher.

»Wie habt ihr uns gefunden?«, hat er geschluchzt, nachdem Amelie uns das Paketband von den Händen geschnitten hatte. »Woher wusstet ihr …?«

»Das war verboten!«, habe ich gesagt. »Auch die Polizei darf nicht einfach Türen eintreten.«

Das war wirklich eine blöde Bemerkung, wo sie uns doch gerade gerettet hatten. Aber daran sieht man, wie wirr ich noch im Kopf war.

»Bei Gefahr im Verzug darf sie!«, hat Amelie erklärt und schon ihr Handy ans Ohr gehalten. »Das war Gefahr im Verzug.« Offenbar hat sie Verstärkung angefordert.

»Diese dicke Frau mit dem Einkaufswagen hat uns gesagt, wo ihr seid!«, hat Ahmed gesagt. Er hatte Mesut in den Arm genommen, damit der da weiterschluchzen konnte. »Die war total aufgeregt! *Sodom und Gomorrha!*, hat sie gesagt. *Sodom und Gomorrha!*«

»Dicke Frau?«, habe ich verblüfft gefragt. Natürlich hatte sie gesehen, dass wir in den Laden verschwunden waren, und vielleicht hatte sie hinterher auch mitgekriegt, dass der Büromann und sein kleiner, grauer Kumpel die Tür abgeschlossen hatten, ohne dass wir wieder herausgekommen waren. Aber ich hätte niemals geglaubt, dass sie darüber nachdachte. Oder sogar der Polizei Bescheid sagen würde. Da sieht man mal, wie man sich täuschen kann.

»Und dann waren wir natürlich wütend auf euch, weil ihr nicht bei uns auf der Wache aufgetaucht seid!«, hat Amelie gesagt, und ich habe gedacht, dass das jetzt wieder zu ihr passte. »Darum hat Ahmed dich ja angerufen, Mesut. Und als du zuerst den Anruf weggeklickt hast und danach ausgeschaltet …«

»Sie hat gesagt, das ist typisch!«, hat Ahmed gerufen und gelacht. Inzwischen hatte er Mesut losgelassen. Der hatte längst aufgehört zu schluchzen. »Euch ist peinlich, dass ihr uns angelogen habt, wegen diesem Küchenbord …«

»Kuchenbrodt!«, habe ich gesagt.

»… und darum seid ihr abgetaucht!«, hat Ahmed gerufen. »Aber ich kenn doch meinen Bruder! Ich wusste, dass Mesut das nicht tun würde! Mir war klar, dass ihm was passiert sein musste. Darum hab ich das Handy orten lassen.«

»Aber das war doch ausgeschaltet!«, hat Mesut gesagt. Ich war froh, dass er seine Denkmaschine wieder angeworfen hatte. Jetzt war er wieder der Mesut, den ich kannte. »Da geht das doch gar nicht!«

»Wieso nicht?«, hat Amelie gefragt. »Dann sagen sie dir, wo es ausgeschaltet wurde. Und so sind wir hergekommen. Und die Frau da draußen hat uns dann erklärt, wo ihr seid. Jedenfalls hatten wir den Eindruck, dass sie uns das erklären wollte.«

Jetzt ist mir doch noch schwindlig geworden. Mesut und ich waren gerettet, und die Polizisten, die gerade in den Laden gestürmt kamen, würden bestimmt auch den Beweis dafür finden, dass der Büromann und der Graue in die Juwelendiebstähle verwickelt waren. Es war *doch* gleichgültig, dass ich Artjoms Kappe verloren hatte. Alles war in Ordnung. Er war mir nicht böse.

»Danke, Artjom!«, habe ich geflüstert. Oder nur gedacht.

»Aber ihr müsst eure Wagen wegfahren!«, hat Mesut gerufen. Seine Stimme hat schrill geklungen. Jetzt war er tatsächlich wieder das Superhirn. »Wenn ihr die Typen schnappen wollt! Die kommen doch wieder, um uns zu holen, sobald der Leichenwagen frei ist, und wenn sie dann die ganzen Polizeiautos sehen ...«

Niemand musste einen Befehl geben. Amelie und zwei andere Polizisten sind blitzschnell nach draußen verschwunden. Wahrscheinlich haben sie die Wagen umgeparkt. Die anderen haben die Ladentür zugezogen. Abschließen ging ja nun nicht mehr. Ahmed hatte ganze Arbeit geleistet.

»Aber die sehen doch an der Tür ...!«, habe ich geflüstert.

Ahmed hat einen Finger auf die Lippen gelegt und den Kopf geschüttelt. »Duck dich!«, hat er gezischt.

Und jetzt konnte ich es auch hören. Schließlich hatte ich mich eben selbst gewundert, warum Kuchenbrodt durch die Passagentür kommen sollte, wenn er den Wagen doch hinten geparkt hatte, um uns durch die Hintertür rauszuschaffen.

Und natürlich kam er nicht durch die Passagentür. In der Hintertür, die vom Lagerraum auf die Rückseite des

Gebäudes führte, hat sich ein Schlüssel gedreht. Ich habe mich hinter einer Kiste geduckt und versucht, unsichtbar zu werden.

Darum habe ich auch nicht mitgekriegt, ob Kuchenbrodt vielleicht eine Pistole gezückt hat, als ihm klar geworden ist, dass er erwartet wird; und die Polizei vielleicht auch. Ich habe es nur ganz fürchterlich rumpeln und poltern hören, und dann hat Kuchenbrodt einen Fluch ausgestoßen, den ich mir für Notfälle gemerkt habe, aber hier gebe ich ihn lieber nicht wieder; und der kleine Graue hat dazu mit einer ganz wimmerigen Stimme gejammert.

»Ich verhafte Sie wegen Kidnapping und Hehlerei!«, hat Ahmed gesagt. »Von jetzt an kann alles, was Sie sagen, gegen Sie verwendet werden.«

Da habe ich mich wieder aus meinem Versteck getraut. Ein Polizist hatte Kuchenbrodt Handschellen angelegt und ein anderer dem Grauen. Ein paar Kartons und Schachteln waren bei dem Gerangel auf den Boden gestürzt und aufgeplatzt, wahrscheinlich hatten die beiden verzweifelt versucht, noch mal davonzukommen.

»Was soll denn das?«, hat Kuchenbrodt gebrüllt. »Wen sollen wir gekidnappt haben? Wir kommen hier gerade in unseren Laden, um …«

»Uns!«, hat Mesut gesagt und einen Schritt nach vorn gemacht.

»Genau, uns!«, habe ich auch gesagt. »Uns habt ihr gekidnappt!«

Aber Kuchenbrodt hat nicht daran gedacht aufzugeben. »Schon wieder diese beiden!«, hat er gerufen. »Was habe ich mit euch zu schaffen? Der Kleine da lungert ständig auf dem Friedhof rum, und der Ausländer …«

Ahmed ist zusammengezuckt.

»… war neulich hier im Laden und wollte was für seine Oma kaufen! Sonst kenne ich die beiden nicht!«

»Kuchenbrodt«, hat der kleine Graue gesagt, und jetzt hat *er* gezittert. Noch mehr als ich vorhin, das fand ich gerecht. »Kuchenbrodt, es hat …«

»Ich habe schon nicht begriffen, warum Sie mich gestern beschuldigt haben, in diese Juwelendiebstähle verwickelt zu sein!«, hat Kuchenbrodt gebrüllt. »Und wenn jetzt jemand diese beiden Rüpel gekidnappt hat, dann war das ganz bestimmt nicht ich!«

»Amelie?«, hat einer der Polizisten gerufen, die gerade erst angekommen waren. Aus dem Augenwinkel habe ich gesehen, dass sie draußen ein Absperrband angebracht haben und die neugierigen Leute zurückhielten, die sich allmählich vor dem Laden drängten. Aber dieser Polizist hatte sich zu den Kartons gebückt, die umgestürzt und aufgeplatzt wild durcheinander auf dem Boden lagen. »Amelie, guck mal, was ich gefunden habe!«

In der Hand hat er das unglaublichste Brillantcollier gehalten, das ich jemals gesehen habe. Wobei ich natürlich noch nicht viele gesehen habe, deshalb will das vielleicht nicht viel bedeuten. Aber dass es bestimmt teurer war als unsere gesamte Wohnungseinrichtung, konnte sogar ich erkennen. Vielleicht sogar teurer als unsere Wohnung.

»Mann, Amelie!«, hat der Polizist gesagt. »Das ist doch vom vorletzten Überfall!«

»Und was soll das heißen?«, hat Kuchenbrodt getobt. »Das heißt doch gar nichts! Wenn hier zufällig …«

Der Polizist hat immer noch zwischen den Kartons gehockt. »Und guck die mal!«, hat er gesagt und zwei Ohrgehänge hochgehalten. Klunker groß wie Kohlköpfe waren es nicht, da hatte Mesut gesponnen, aber jedenfalls waren sie größer als irgendwas, das ich gerne an meinen Ohren baumeln gehabt hätte.

»Ich habe keine Ahnung, woher der Schmuck kommt!«, hat Kuchenbrodt gebrüllt. »Überhaupt kenne ich …«

»Kuchenbrodt!«, hat der kleine Graue bittend gesagt. »Kuchenbrodt, es hat doch keinen Zweck mehr!«

»Schnauze, du Idiot!«, hat Kuchenbrodt gezischt.

»Die haben doch die Beweise!«, hat der graue Mann gejammert. »Du machst alles nur noch schlimmer!«

»Scheiße, Scheiße, Scheiße!«, hat Kuchenbrodt gebrüllt. Ich muss das hier leider sagen, um zu zeigen, wie wütend er war. Den Fluch habe ich ja schon verschwiegen.

Aber wahrscheinlich hatte Kuchenbrodt jetzt endlich begriffen, dass Leugnen keinen Sinn mehr hatte. Sein Partner würde sowieso plaudern.

»Na also!«, hat Ahmed zufrieden gesagt. »Abführen!«

Und während der finstere Kuchenbrodt und sein feiger, kleiner Kumpel aus dem Laden geführt wurden, hat er mit zwei Fingern das Victory-Zeichen zu uns hin gemacht.

47.

Ich glaube, es hat den Polizisten Spaß gemacht, sich den Schmuck anzugucken. So was kriegen die ja sonst vielleicht auch nicht so oft zu sehen. Aber dann hat Amelie gesagt, sie sollen gefälligst die Finger davon lassen, bis die Spusi kommt. Spusi heißt Spurensicherung.

Mich hat allerdings etwas ganz anderes interessiert. Während die Polizisten im Lagerraum die Beute aus den Juwelendiebstählen angestaunt haben und Mesut erzählt hat, was wir herausgefunden hatten, habe ich mich nach vorne in den Ladenraum geschlichen. Dann habe ich die zweite Schublade von oben geöffnet, die mit den Uhren und Münzen.

Mit Münzen kenne ich mich genauso wenig aus wie mit Schmuck. Aber zum Glück steht da ja meistens etwas drauf.

Es gab sieben goldene Münzen, die unterschiedlich alt und abgenutzt aussahen. Zum Glück stand nur auf einer von ihnen »United States of America«.

Ganz behutsam habe ich sie aus ihrem Samtbett gehoben. Ich habe gewusst, dass das, was ich jetzt tat, einerseits Diebstahl war. Aber andererseits war es auch das genaue Gegenteil.

Natürlich würden die Juweliere ihren geraubten Schmuck zurückbekommen. Sie hatten der Polizei ja Listen gegeben, da würde man feststellen können, was ihnen gehörte. Aber dies hier war der Golddollar vom toten Dokter, und eigentlich gehörte er Dicke Frau. Sie hatte sogar einen Erbschein auf den Kassenbons vom Topp-Preis-Dromarkt. Trotzdem habe ich nicht geglaubt, dass irgendwer ihr deswegen den Dollar geben würde. Vor Gericht würde das niemals als Beweis ausreichen.

Ich habe den Dollar in meine Hosentasche gleiten lassen. Dicke Frau hatte so viele traurige Dinge erlebt. Wenigstens ihren Golddollar sollte sie jetzt bekommen.

»Valentin!«, hat Ahmed von hinten aus dem Lagerraum gerufen. »Valentin, wo steckst du denn!«

Und außerdem hatte Dicke Frau Ahmed den Tipp gegeben, wo er uns finden konnte. Was ich machte, war vielleicht nicht richtig nach dem Gesetz. Aber es war richtig nach der Gerechtigkeit.

»Ich bin hier!«, habe ich gerufen und die Schublade mit dem Bauch zugeschoben. »Mann, was die hier alles für Kram haben!«

»Die Spusi nimmt das alles auf!«, hat Ahmed gesagt. »Ihr müsst jetzt erst mal zu Protokoll geben, was ihr erlebt habt! Auf zur Wache!«

»Können wir nicht nach Hause?«, habe ich gefragt. Irgendwie habe ich mich plötzlich müde gefühlt.

Ahmed hat den Kopf geschüttelt. »Später!«, hat er gesagt.

In diesem Augenblick wurde die gesplitterte Ladentür aufgerissen. Jemand hatte es am Absperrband und an der Polizei vorbeigeschafft. »Valentin!«, hat Mama gerufen und ist auf mich zugestürmt. »Mein Gott, Valentin, ich habe grade eben gehört …«

Dann hat sie mich so fest in den Arm genommen, dass mir

fast die Luft weggeblieben ist, und hat auf Russisch auf mich eingeredet und meine Haare zerstrubbelt und mich auf den Kopf geküsst und hat sich überhaupt ziemlich peinlich aufgeführt. Trotzdem habe ich mich auf einmal ganz glücklich gefühlt.

»Mama, lass!«, habe ich gesagt und mich aus ihren Armen gewunden. »Ich muss eine Zeugenaussage machen! Du musst doch noch arbeiten!«

Aber Mama hat immer noch weiter auf Russisch geredet und geschluchzt und war überhaupt so aufgelöst, dass man hätte glauben können, Ahmed und Amelie wären nicht gerade noch rechtzeitig gekommen. »Solnyschko!«, hat sie geflüstert sie und sich die Tränen abgewischt und mich gestreichelt wie ein Baby, »Saika!«

Und das heißt »meine kleine Sonne« und »Häschen« und ist nun wirklich peinlich, wenn man zehn Jahre alt ist und gerade einen Verbrecher sozusagen mitgefangen hat. Aber Ahmed konnte ja zum Glück kein Russisch verstehen.

»Gut, dass Sie da sind!«, hat er gesagt. »Könnten Sie vielleicht gleich mit uns kommen? Die Kinder müssen auf der Wache eine Zeugenaussage machen, und da muss immer ein Erziehungsberechtigter dabei sein.«

Einen Augenblick lang hat Mama ausgesehen, als ob sie ihn nicht verstehen wollte, aber dann hat sie genickt. »Ich komme gern!«, hat sie gesagt.

»Aber du kannst doch nicht einfach so von der Arbeit …!«, habe ich gerufen.

Mama hat gar nicht zugehört. »Saika!«, hat sie geflüstert. »Solnyschko!«

Mesut ist an mir vorbeigegangen und hat gegrinst. Ich wusste, womit er mich in der nächsten Zeit aufziehen würde. Aber wehe, wenn er das in meiner neuen Klasse petzte.

Dann sind wir durch die Einkaufspassage, wo sich die Schaulustigen hinter dem rot-weißen Band gegenseitig schubsten, um besser gucken zu können, zum Haupteingang gegangen, vor dem der Streifenwagen geparkt war. Ein Mann mit einer großen Kamera, der vielleicht von einer Zeitung kam, hat immerzu in unsere Richtung geknipst. Ich habe mich ziemlich stolz gefühlt, weil ich ein gerettetes gekidnapptes Kind war und weil ich der Polizei bei der Aufklärung eines Verbrechens geholfen hatte, aber leider habe ich mich gleichzeitig auch peinlich gefühlt, wegen Mama.

Darum habe ich versucht, die Leute gar nicht anzusehen. Erst als wir uns durch die Menschentraube gedrängelt hatten und fast schon am Auto waren, ist mir wieder eingefallen, was ich noch für die Gerechtigkeit erledigen musste.

»Moment!«, habe ich gerufen. Ich habe mich von Mama losgerissen und bin zurückgerannt. Vor dem Supermarkt hat immer noch Dicke Frau auf dem Boden gesessen und hat gemurmelt und beunruhigt ausgesehen.

»Hallo, Frau Dicke Frau!«, habe ich geflüstert und bin vor ihr in die Hocke gegangen. »Vielen Dank! Sie haben uns gerettet!«

Einen Augenblick hat Dicke Frau mich so erschrocken angesehen, wie sie immer zuerst guckt; aber dann ist plötzlich ein Lächeln über ihr Gesicht gezogen, das erste, das ich jemals bei ihr gesehen hatte. »Halleluja!«, hat sie gerufen. »Gelobt sei Jesus Christus! Hat die Mutter es mal wieder hingekriegt!«

»Ja, klar, das hat sie!«, habe ich gesagt und in meiner Hosentasche gewühlt. Es ist gar nicht so einfach, einen Golddollar aus der Tasche zu ziehen, wenn man zusammengefaltet auf dem Boden hockt. »Aber nur, weil Sie ihr geholfen haben, Frau Dicke Frau! Und der Golddollar ist auch wieder da, gucken Sie mal!«

Dicke Frau hat auf meine Hand gestarrt und dann in mein Gesicht. Jetzt sind die Tränen wieder angelaufen. »Halleluja!«, hat sie geflüstert und ganz, ganz behutsam nach der Münze auf meiner ausgestreckten Handfläche gegriffen. »Hat die Jungfrau ihn wieder aufgetrieben!«

So war es ja nun eigentlich nicht gewesen, aber die Hauptsache war schließlich, dass Dicke Frau glücklich war. Und das war sie. Sie hat ganz vorsichtig in den Dollar gebissen und das Lächeln ist auf ihr Gesicht zurückgeströmt. Die Tränen sind aber geblieben.

Ich habe verlegen die Achseln gezuckt. »Ja, also, Frau Dicke Frau, ich hab leider noch was zu erledigen!«, habe ich gesagt und bin aufgestanden. »Man sieht sich ja vielleicht bei den Schilinskys!« Denn während ich mich mit ihr unterhalten habe, ist mir plötzlich eingefallen, dass es ja jetzt, wo Kuchenbrodt ins Gefängnis musste, keinen Grund mehr gab, warum wir nicht wieder unser Picknick machen sollten.

Aber Dicke Frau hatte mich längst vergessen. Sie hat den Dollar in ihren Fingern gedreht und gelächelt, und dabei hat sie »Der Dokter! Der Dokter!« gemurmelt und ich habe keine Ahnung, was noch. Da war ich froh, dass ich sie jetzt gut allein lassen konnte. So glücklich war sie vielleicht schon lange nicht mehr gewesen. Nicht, weil der Dollar so wertvoll war. Eher wegen dem Dokter. Und wegen der Gerechtigkeit.

Erst als ich mich umgedreht habe und zu den anderen zurücklaufen wollte, habe ich Amelie entdeckt. Wie lange sie schon hinter mir gestanden und was sie alles mitgekriegt hatte, wusste ich nicht.

Ich bin auf einen Schlag rot geworden. »Ich hab mich nur bedankt!«, habe ich gesagt. »Ich wollte mich nur bedanken, weil Dicke Frau doch …«

Amelie hat geseufzt.

»Dann komm jetzt mal mit!«, hat sie gesagt und meinen Arm genommen. »Bedanken soll man sich immer unbedingt.«

Hinter uns hat Dicke Frau den Dollar in ihren Fingern gedreht.

Amelie hat mir zugenickt. »Ich hab nix gesehen!«, hat sie gesagt. Einen Augenblick hätte man glauben können, dass sie lächelte. »Jedenfalls, solange du nicht darüber redest.«

Ich habe den Kopf geschüttelt und drei Schwurfinger in die Luft gehoben. »Danke!«, habe ich geflüstert.

Amelie hat mich aus der Tür des Centers geschoben. »Immer gerne!«, hat sie gesagt.

48.

Man denkt vielleicht, so eine Zeugenaussage ist eine interessante Angelegenheit, aber wenn man sich eigentlich müde fühlt und nur noch an zu Hause denkt, wünscht man sich doch, dass man lieber erst mal schlafen könnte und am nächsten Tag wiederkommen. Da hilft es auch nicht, wenn die Polizisten einem Cola bringen bis zum Abwinken. Aber Amelie war gerade eben ziemlich nett zu mir gewesen. Und gerettet hatten die beiden uns schließlich auch. Darum habe ich mitgemacht, ohne zu murren.

Als Mama und ich endlich vor unserem Haus aus dem Streifenwagen gestiegen sind, den Amelie für uns als Taxi organisiert hatte (Mesut fuhr natürlich mit Ahmed), hat es gerade angefangen zu regnen. Es war ein freundlicher, warmer Sommerregen, bei dem man sich richtig vorstellen konnte, wie die Blumen vorsichtig wieder ihre Blütenblätter aufrichteten und das Gras vor Erleichterung gleich zwei Zentimeter in die Höhe schoss; nicht so ein heftiger, schwarzer Wolkenbruch, wie man ihn nach der langen Hitze und dem violetten Himmel doch erwartet hätte.

Mama und ich sind einen Augenblick vor der Haustür stehen geblieben und haben den Regen auf unseren Kopf und auf unsere nackten Arme fallen lassen; dann hat Mama das Gesicht zum Himmel gewandt, damit auch ihre

Nase und ihre geschlossenen Augen etwas abbekommen sollten.

»Ach, Saika!«, hat Mama geflüstert, und es hat geklungen wie eine Mischung aus Lachen und Weinen. »Ach, mein Herz!«

Erst danach sind wir zum Fahrstuhl gegangen, und ich habe gehofft, dass uns niemand aus dem Haus gesehen hatte. Aber dann habe ich gemerkt, dass es mir eigentlich gleichgültig war.

Als wir an den Briefkästen vorbeigekommen sind, habe ich aus dem Augenwinkel gesehen, dass bei uns noch immer nichts eingeworfen war. Es wäre vielleicht auch noch zu früh gewesen.

»Valentin!«, hat Mama gesagt, sobald sich die Fahrstuhltüren hinter uns geschlossen hatten. »Du hast ja die Kappe gar nicht mehr auf.« Jetzt hat sie wieder deutsch mit mir gesprochen. Etwas war vorübergegangen. Etwas Besonderes war vorbei.

»Ist mir weggeweht!«, habe ich gesagt.

Mama hat mich angelächelt. Bis der Fahrstuhl hielt, hat sie nichts mehr gesagt. Erst als wir in der Küche angekommen waren und den Kühlschrank geöffnet und festgestellt hatten, dass wir nicht mal mehr ein Eckchen Käse oder ein Ei im Haus hatten, weil wir über der Verbrecherjagd ganz vergessen hatten, im Supermarkt vorbeizugehen, hat sie noch mal kurz auf meinen Kopf gezeigt.

»Ich bin froh!«, hat sie gesagt.

Dann hat sie vorgeschlagen, dass wir uns zur Feier des Tages einen Döner leisten sollten, und das haben wir auch getan. Wir haben ihn sogar im Imbiss gegessen, obwohl da die Getränke ja teurer sind, als wenn man den Döner einfach mit nach Hause nimmt und seine Cola aus dem Supermarkt dazu trinkt.

»Ich fühle mich nach Feiern!«, hat Mama gesagt, als ich sie darauf hingewiesen habe. »Heute hätte ich auch noch meinen zweiten Sohn verlieren können. Aber du bist mir erhalten geblieben, Valentin. Versprich mir, dass du so was nie wieder tust!«

»Ich kann doch nichts dafür, wenn ich aus Versehen in ein Verbrechen gerate!«, habe ich gesagt. »Mama! Das war doch keine Absicht!«

Mama hat sich den Mund mit der Papierserviette abgewischt. »Niemand gerät nur so aus Versehen in ein Verbrechen!«, hat sie gesagt. »Hör mir zu, Valentin! Dein Bruder war immer tollkühn, ich hatte immer Angst um ihn. Nie hat er überlegt, was passieren könnte. Aber du, du warst immer vernünftig. Ich war beruhigt. Ich dachte, dich kann ich ohne Sorge alleine lassen.«

Ich habe vor mir auf die Tischplatte geguckt.

»Das hat mich immer sehr froh gemacht, Valentin. Mach es nicht wie Artjom. Mach es wieder wie Valentin.«

Ich habe genickt und an meinem Dönerbrot gebröselt. Angucken mochte ich Mama nicht. Damals in Kasachstan, als sie alle so verzweifelt waren über Artjoms Tod, war ich mir sicher gewesen, dass er eben der bessere Sohn gewesen war. Schließlich wusste und konnte er alles! Und ich ging noch nicht mal zur Schule, und wenn ich meine guten Schuhe anzog, musste mir Babuschka sogar noch die Schnürsenkel binden. Da war es doch klar, dass es ihnen lieber gewesen wäre, wenn ich von der Brücke gestürzt wäre und nicht Artjom, so wie Babuschka um ihn klagte, und mich schubsten sie in diesen Tagen immer nur weg und schrien mich an.

Und nun war ich doch ganz gut. Ein guter Sohn. Aber dass ich nie wieder ein Verbrechen aufklären würde, konnte ich trotzdem nicht versprechen.

»Nee, so oft klauen die Leute ja auch keine Juwelen«, habe ich gesagt. »Mach ich nicht noch mal, Mama!«

Mama hat über den Tisch gelangt und mir noch einmal durch die Haare gewuschelt. Dann hat sie etwas auf Russisch gesagt; aber das will ich hier wirklich nicht erzählen. Es geht nur Mama und mich etwas an.

49.

Die nächsten drei Tage hat es geschüttet, das war ja auch mal Zeit. Selbst wenn der Büromann jetzt nicht mehr im Wege war, würden die Schilinskys bei so einem Wetter nicht in ihrem Schrebergarten sitzen.

Ich bin endlich wieder zum Lesen gekommen. Dabei habe ich festgestellt, dass ich die Geschichten von der Kinderbande nicht mehr wirklich glauben konnte. So viele Zufälle wie bei denen gibt es im echten Leben eben doch nicht. Und dass einer so schlau ist wie das Superhirn. Oder dass immer in letzter Sekunde doch noch Hilfe kommt.

Ich habe überlegt, ob ich dem Autor das schreiben sollte, aber dann habe ich gedacht, dass die Bücher mir ja trotzdem Spaß gemacht haben. Und außerdem gibt es nicht so viele Kinder wie Mesut und mich, die im echten Leben ein echtes Verbrechen aufgeklärt haben und darum wissen, wie es in Wirklichkeit ist. Also habe ich das mit dem Brief gelassen und beschlossen, dass ich dann vielleicht lieber später mal unsere eigene Geschichte aufschreiben würde.

Zuerst haben das allerdings noch andere getan. Am Tag nachdem wir Kuchenbrodt überführt hatten, mussten Mesut und ich ein Zeitungsinterview nach dem anderen geben. Ich hatte gar nicht gewusst, dass es bei uns so viele Zeitungen gab. Es war ein bisschen schwierig zu erklären, wieso wir Kuchenbrodt überhaupt verdächtigt und den letzten Juwelenraub vorhergesehen hatten, weil Kuchenbrodt an dem Tag ja nachweislich nicht Bus gefahren war und wir ihn da gar nicht belauscht haben konnten; aber Mesut hat immer ganz cool gesagt, wir hätten einfach einen Verdacht gehabt. Der Typ hätte sich auf dem Friedhof auch schon immer so komisch aufgeführt und wäre aufs Frauenklo gegangen.

Mama hat alle Zeitungen gekauft und die Artikel ausgeschnitten. Daran habe ich gemerkt, dass sie nicht nur *ärgerlich* darüber war, dass ich ein Verbrechen aufgeklärt hatte, sondern auch *stolz* auf mich.

Und während der Regen gegen die Scheiben schlug, haben wir bei Mesut mit seiner alten Xbox und seiner Wii gespielt und seine Oma hat uns Süßigkeiten gebracht. Sie war ein bisschen wie Babuschka, aber trotzdem anders. Vielleicht sind alle Großmütter irgendwie gleich. Vielleicht haben sie alle immer irgendwo Süßigkeiten versteckt.

Am zweiten Tag habe ich mein Matheheft mit runter zu Mesut genommen und wir haben uns noch mal alle Eintragungen zu den Verbrechen angeguckt: ***Dicke Frau/Golddollar*** und ***Bronislaw/Beule*** und ***Juwelenraub/Gentleman-Räuber***. Es war wirklich alles aufgeklärt, es gab kein einziges Rätsel mehr. Wir waren ziemlich gut gewesen.

»Mann, Alter!«, hat Mesut gesagt. »Und jetzt? Das wird voll langweilig jetzt!«

Ich habe nicht gesagt, dass unsere Mütter darüber wahrscheinlich froh waren. Mesuts Mutter hatte auch mit ihm geredet und geschimpft, genau wie Mama mit mir. Und hinterher hatte sie auch die Zeitungsartikel ausgeschnitten.

»Ist ja bald wieder Schule!«, habe ich gesagt.

»Spinnst du?«, hat Mesut gesagt. »Und übrigens fliegen wir vorher ja noch nach Gran Canaria! Aber du kannst dann immer mal hier klingeln. Dass meine Oma nicht so alleine ist.«

»Klar«, habe ich gesagt. Ich habe zwar nicht so richtig gewusst, was ich mit ihr reden sollte, aber mit Omas geht es irgendwie trotzdem immer. Wegen der Süßigkeiten.

Aber kaum waren Mesut und seine Eltern in den Süden geflogen, da ist die Sonne wiedergekommen. Vielleicht war es nicht mehr so heiß; aber das hat ja auch niemand vermisst.

Ich habe noch einen Tag gewartet, weil doch bestimmt noch alles furchtbar matschig war auf dem Friedhof, dann habe ich mich auf den Weg gemacht.

Ich konnte das Lachen schon fast von der Pforte aus hören und auch die Musik. Eine Frau hat gesungen, dass eine gewisse Rosita zwei Apfelsinen im Haar hatte. Es war nur ein Glück, dass Kuchenbrodt das nicht mitkriegte.

Bei den Schilinskys war ordentlich Betrieb. Sie hatten alle ihre Stapelstühle aufgestellt, und auf einem davon hat Bronislaw gesessen mit weggestrecktem Bein und auf einem anderen die Frau, die mich auf der Beerdigung kurz angesprochen hatte. Dicke Frau stand ein Stück entfernt an ihren Einkaufswagen gelehnt und hat gerade wieder ihre Flasche unter die Plastiktüten geschoben.

Der Erste, der mich bemerkt hat, war Jiffel. Er ist so wild auf mich zugerannt, wie er das nie getan hatte, solange Herr Schmidt noch lebte, und hat mit dem Schwanz gewedelt, bis ich sicher war, gleich würde er ihm abfallen. Dazu hat er so laut gebellt, dass der Büromann bestimmt angerannt gekommen wäre, wenn es ihn noch gegeben hätte.

»Jiffel!«, habe ich gerufen und mich hingehockt, um ihn zu kraulen, bis er angefangen hat zu hecheln. »Armer, alter Jiffel!«

Jiffel hat sich auf den Rücken geworfen und alle viere von sich gestreckt.

Ich habe ihn gekitzelt. »Vermisst du dein Herrchen so doll?«, habe ich geflüstert.

Aber gerade im Augenblick hat Jiffel ihn offenbar gar nicht vermisst. Im Augenblick war er ganz zufrieden mit mir.

»Na, da ist ja auch unser alter Schlawiner wieder!«, hat Herr Schilinsky gerufen. Weil Jiffel so doll gebellt hatte, haben sie jetzt natürlich alle zu uns hingesehen. »Was war das denn mit den Fahrrädern, he? Einfach so wegnehmen, gehört sich das?«

Ich bin aufgestanden. Jiffel ist auch auf die Pfoten gesprungen.

»Wir haben sie ja wieder!«, hat Frau Schilinsky beruhigend gesagt. »Nun mach dem Jungen doch keine Angst, Klaus-Peter! Und wir wissen jetzt ja auch, wozu sie sie gebraucht haben!«

»Verbrecherjagd!«, hat Bronislaw gesagt und zufrieden genickt. »War sich dieser alte Gauner schon immer schwarzer Gangster! Hab ich doch gewusst.«

»Ihr seid ja jetzt berühmt, dein türkischer Kumpel und du!«, hat Herr Schilinsky gerufen und in einem Korb gekramt, in dem verschiedene Tupperdosen darauf warteten, geöffnet zu werden. Zum Glück war ich nicht zu spät gekommen. »Mann, Mann, Mann! In allen Blättern!« Und er hat einen Packen zusammengefaltete Zeitungen in die Luft gehalten. »Wir haben die extra für dich aufgehoben. Kannst du die noch gebrauchen? Vielleicht für deine Omas?«

Ich habe genickt und ihm die Zeitungen abgenommen. Vielleicht konnte Mama die Artikel wirklich nach Kasachstan schicken. Aber Mama schickte nichts nach Kasachstan.

Die Frau im Radio hat jetzt gesungen, dass diese Rosita an der Hüfte auch noch Bananen hatte. Das musste bescheuert aussehen.

»Wir haben die Musik extra ein bisschen lauter gestellt!«, hat Frau Schilinsky erklärt. »Damit Herr Schmidt auch was mitkriegt!« Sie hat mit dem Kopf in die Richtung von Elses Grab genickt, in dem er jetzt wieder mit ihr zusammen war. »Er fehlt uns ja doch.«

Ich habe mich ein bisschen geschämt, dass ich in den letzten Tagen überhaupt nicht mehr an Herrn Schmidt gedacht hatte.

Die Frau auf dem vierten Stapelstuhl hat sich zu mir hingebeugt. »Mein Name ist Jelkovic, du erinnerst dich!«, hat sie gesagt. »Ganz zuletzt hat er mir noch einen Brief für dich zugesteckt. Als sie ihn ins Krankenhaus geholt haben. Er wollte, dass ich so lange auf Foxi aufpasse.«

»Für mich?«, habe ich gefragt.

Frau Jelkovic hat genickt und mir einen Umschlag hingehalten. Ich musste die Zeitungen wieder zurück in Frau Schilinskys Korb legen, die Erde war nach dem Regen ja noch immer nicht ganz getrocknet.

Es war ein länglicher, weißer Umschlag, der schon ein bisschen zerknittert aussah, aber nicht sehr. Vorne stand kein Name drauf und er war zugeklebt.

»Wirklich für mich?«, habe ich zweifelnd gefragt.

Frau Jelkovic hat streng geguckt. »*Für den kleinen Russen*, hat er gesagt. Das bist du doch.«

Ich habe genickt. Obwohl ich schon lange kein kleiner Russe mehr war. Aber irgendwie vielleicht doch.

Alle haben mich angesehen, als ich den Brief in den Händen gedreht habe. »Ich les den dann mal«, habe ich gesagt und bin aufgestanden. Jiffel ist auch aufgestanden.

Es war klar, dass ich den Brief von Herrn Schmidt nicht hier lesen konnte, wo sie mir alle neugierig über die Schulter geguckt und die ganze Zeit darauf gewartet haben, dass ich endlich erzählen sollte, was drinstand. Darum bin ich zu unserer Bank unter der Kastanie gegangen und Jiffel ist hinter mir hergelaufen.

Mein lieber Junge!, hatte Herr Schmidt in einer steilen, ein bisschen zitterigen Schrift mit blauer Tinte geschrieben. Da habe ich auch gewusst, warum auf dem Umschlag kein Name stand. Herr Schmidt hatte ihn einfach vergessen, er hatte ja auch immer nur »mein Jung« zu mir gesagt. Alte Leute vergessen Namen manchmal, aber es bedeutet nichts. Sie mögen einen trotzdem. *Wenn Du diesen Brief liest, bin ich für immer bei meiner Else. Frau Jelkovic soll ihn dir geben. Ich habe sie bei unseren gemeinsamen Kartenabenden und auf dem Friedhof als sehr zuverlässig erlebt.*

Ich bin mir sicher, dass Du auch in Zukunft ab und zu noch vorbeikommen wirst, um Else und mich zu besuchen. Und die sympathischen Schilinskys. Ich hoffe sehr, dass die Friedhofsverwaltung der netten Runde dort nicht irgendwann ein Ende bereiten wird.

Das hat sie schon, das hat sie schon!, habe ich gedacht. Da waren Sie nur schon tot, Herr Schmidt. Aber es hat nicht geklappt, und jetzt sind wir alle wieder da. Nur Sie nicht.

Ich habe überlegt, wie ich das Herrn Schmidt mitteilen konnte, aber eigentlich war ich mir sicher, dass er es sowieso schon wusste.

Bei unseren letzten Gesprächen hatte ich das Gefühl, dass Du sehr beunruhigt warst wegen einer Angelegenheit, in der ich Dir nicht helfen konnte: wegen Deiner besonderen Gabe, in die Köpfe der Menschen zu sehen.

Ich habe geschluckt. Seit Tagen hatte ich schon keine fremden Gedanken mehr gelesen. Ich hatte mir angewöhnt, niemanden mehr lange genug anzugucken, so schwer war das gar nicht. Und dass man mitkriegt, wie einer ein Verbrechen plant, passiert ja wirklich nicht so oft, darum war die Gefahr, dass ich etwas verpasste, nicht sehr groß.

Ich hatte Dir schon gesagt, mein lieber Junge, ich bin überzeugt davon, sie hat ihren Sinn, und Du brauchst sie darum nicht zu fürchten. Alles im Leben kommt und geht zu seiner Zeit, auch wenn wir es manchmal nicht verstehen.

Eine große Bitte habe ich noch an Dich. Denn auch, wenn ich weiß, dass es für mich an der Zeit ist zu gehen, lasse ich unseren kleinen Foxi (Jiffel) nicht gern allein zurück. Frau Jelkovic wird sich sicher gut um ihn kümmern, und niemals würde sie ihn ins Tierheim geben; aber sie ist eine alte Frau, und ich weiß, dass Foxi (Jiffel) Dich in sein Herz geschlossen hat. Ich vermache Dir darum hiermit meinen Hund Foxi (Jiffel) und hoffe sehr, dass ihr beide viel Freude aneinander haben werdet.

Der Brief ist mir beinahe aus der Hand gefallen. »Jiffel!«, habe ich geflüstert. »Hast du das mitgekriegt?«

Jiffel hat zu mir hochgesehen. Wahrscheinlich war es keine Überraschung für ihn. Herr Schmidt hatte ihm bestimmt alles erklärt. Darum hatte er sich vorhin auch so gefreut, als sein echtes neues Herrchen endlich gekommen war.

Ich wünsche Dir, dass Du das Leben lieben kannst. Das Leben ist ein großartiges Geschenk, mein lieber Junge! Fast tut es mir leid zu gehen. Aber wo ich jetzt hingehe, treffe ich nicht nur meine Else, sondern auch denjenigen, den Du so sehr vermisst; und ich hoffe, es ist Dir recht, wenn ich ihn von Dir grüße. Er wird sich mir zu erkennen geben, da bin ich sicher.

Und bis wir uns wiedersehen, leb wohl! Ich bin dankbar, dass ich Dich noch kennenlernen durfte. Pass gut auf Foxi (Jiffel) auf. Dein Herr Schmidt (Wilhelm).

Ich habe den Brief sinken lassen. Herr Schmidt hatte ja vielleicht geglaubt, dass das Leben ein großartiges Geschenk war, aber Jiffel war ganz bestimmt noch ein viel großartigeres.

»Er gehört mir!«, habe ich gebrüllt. Ich bin zum Picknickplatz zurückgerannt und habe den Brief durch die Luft geschwenkt, und Jiffel ist hinter mir hergesaust. »Jiffel! Er hat ihn mir vererbt!«

Bei den Schilinskys haben sie mir schon alle entgegengeguckt. Im Radio sangen jetzt zwei Leute, dass sie Himbeereis zum Frühstück aßen. Damit hätte ich Mama mal kommen sollen. Es würde ja schon gar nicht so leicht werden, sie von Jiffel zu überzeugen.

»Hat er es dir geschrieben?«, hat Frau Jelkovic gefragt. »Dass dir sein Foxi gehört? Ich dachte, du solltest es selber lesen. Er würde sich sehr freuen, wenn du den Kleinen nimmst.«

»Ich freu mich auch!«, habe ich gesagt. Dass Jiffel sich freute, konnte jeder sehen.

»Und du glaubst, dass deine Eltern einverstanden sind?«, hat Frau Schilinsky gefragt.

Ich habe genickt. Papa würde ich ja kaum fragen müssen. »Wenn ich ihn doch geerbt habe!«, habe ich gesagt.

Während die merkwürdigen Leute jetzt sangen, dass sie im Fahrstuhl Rock 'n' Roll tanzten, hat Frau Schilinsky endlich ihre Dosen geöffnet. Ich habe nicht geglaubt, dass das mit dem Getanze lange gut gehen konnte. Wahrscheinlich würde der Fahrstuhl von dem Geruckel eine Notabschaltung auf freier Strecke machen, das hatten sie dann davon.

»Ich habe extra Hähnchen gemacht!«, hat Frau Schilinsky gesagt. »Und nun ist dein kleiner Freund gar nicht mitgekommen.«

»Ich mag Hähnchen auch!«, habe ich gerufen, und Bronislaw hat gesagt, dass er Hähnchen schon immer sehr geschätzt hätte, vor allem, wenn es eine so wunderbar krosse Kruste hatte wie bei Frau Schilinsky. Frau Jelkovic hat ihre Keule ganz manierlich mit einem Tempotaschentuch gehalten. Nur Dicke Frau blieb lieber bei ihrem Schluck.

»Hat sie schon erzählt, dass sie den Dollar wiederhat?«, habe ich gefragt. Ich habe gedacht, dass mich von unserer Picknickrunde keiner bei der Polizei verpetzen würde. Vielleicht wollte ich auch ein bisschen angeben.

»Sie hat ihn uns gezeigt!«, hat Herr Schilinsky gesagt. »Was,

Dicke? Sie hat gesagt, das war die Mutter. Aber wir haben uns natürlich schon gedacht, dass das mit eurem Verbrechen zu tun haben muss.«

»Ja, hat es«, habe ich zufrieden gesagt, und Bronislaw hat erklärt, die Heilige Mutter könnte aber natürlich trotzdem ihre Finger im Spiel gehabt haben. Und Herr Schilinsky hat gerufen, dass er das nun wirklich nicht glauben könnte, bei ihm hätte sie das jedenfalls noch nie, und Frau Jelkovic musste sich auch noch einmischen und hat von einem Wunder in Frankreich erzählt, über das sie im Grünen Blatt gelesen hatte. Es war alles genau, wie es sein musste. Genau wie es immer gewesen war in Schilinskys Schrebergarten. Ich bin mir sicher gewesen, dass Herr Schmidt kein bisschen böse war, dass wir es auch ohne ihn nett hatten.

Im Radio haben jetzt zwei Leute gesungen, dass es schön war, auf der Welt zu sein. Das fand ich ganz bestimmt auch.

50.

Als ich nach Hause gekommen bin, war der Himmel über der Stadt leuchtend rot. Ich glaube, wir haben uns alle so doll gefreut, dass wir endlich wieder unser Picknick machen konnten, darum waren wir so lange geblieben. Bronislaw hatte sich von der Bürofrau zeigen lassen, welche Grabstellen frei waren, weil er doch überlegt hat, auch einen Schrebergarten zu kaufen. Die waren aber alle zu weit von den Schilinskys und Herrn Schmidt entfernt, darum wollte er noch warten.

Ich habe unten die Haustür geöffnet und gedacht, dass ich morgen vielleicht bei Mesuts Oma klingeln konnte. Auch wenn das Wetter gut genug für den Friedhof war. Ich musste ja nicht lange bleiben.

Vor allem habe ich aber überlegt, was Mama zu Jiffel sagen würde. Den ganzen Tag über hatte ich so getan, als ob sie gar nicht Nein sagen konnte. Aber in Wirklichkeit war ich mir da nicht so sicher.

Als ich unsere Wohnungstür aufgeschlossen habe, hatte ich also ein kleines bisschen Angst. Ich konnte Mama zum Beispiel versprechen, dass ich nie mehr wieder einen Verbrecher jagen würde, wenn sie mir Jiffel erlaubte. Vielleicht würde sie sich darauf einlassen.

Aber alles ist anders gekommen.

Mama hat am Küchentisch gesessen und mir aus verweinten Augen entgegengesehen. Ihr Gesicht war rot und aufgeplustert, wie es bei Erwachsenen aussieht, wenn sie lange geweint haben; und auf einen Schlag waren alles Glück und alle Freude aus mir verschwunden.

»Mama!«, habe ich gesagt. Ich wusste nicht, ob ich zu ihr gehen sollte. »Mama, ist irgendwas los?«

Auf dem Tisch hat ein Briefumschlag gelegen. Ich kannte die Briefmarke. Und ich kannte die Schrift.

Es war wieder irgendwer gestorben. Babuschka oder Deduschka oder sogar Papa. In all den Jahren hatten sie uns niemals geschrieben, alle drei nicht. Weil sie Mama nicht verzeihen konnten, dass sie Artjom alleingelassen hatte.

Jiffel war ganz still. Er hat sich nur an mein Bein gedrängt.

»Ach, Valentin!«, hat Mama geflüstert. Dann hat sie den Brief vom Tisch genommen; und sie hat wieder russisch mit mir gesprochen. »Hast du gesehen? Papa hat geschrieben. Dein Papa hat uns geschrieben.« Und sie hat gelächelt, tatsächlich hat sie jetzt gelächelt.

Da war das Glück zurück. Mamas Tränen waren Freudentränen gewesen. Erwachsene weinen ja aus sehr komischen Gründen, das habe ich schon gemerkt.

Ich habe nicht gesagt, dass ich Papa zuerst geschrieben hatte. Vielleicht stand das sowieso in seinem Brief.

»Ich hab einen Hund geerbt, Mama!«, habe ich gesagt.

Mama hat gelächelt. Sie hat die Nase hochgezogen. Dann hat sie zu Jiffel hingeguckt und ein bisschen geseufzt. »Es ist ein kleiner Hund«, hat sie gesagt. Mehr zu sich selber, glaube ich. Und übrigens schon wieder auf Russisch.

»Sehr klein!«, habe ich gesagt und sie so lieb angesehen, wie ich nur konnte. *Bitte, bitte, sag ja!,* habe ich dabei gedacht. *Bitte, Mama, bitte!*

Und plötzlich habe ich gewusst, dass gleich wieder ihre Gedanken auftauchen mussten. Ich habe schon zu lange mit diesem betteligen Blick geguckt. Gleich würde ich wieder den Film in ihrem Kopf sehen. Und ob sie Ja sagen würde oder Nein.

»Ein kleiner Hund!«, hat Mama gemurmelt, und das Lächeln ist geblieben. »Ein sehr kleiner Hund.«

Aber ich habe keinen Film gesehen. Nur für einen winzigen Augenblick ist es wieder so gewesen wie immer, wenn ich in die Gedanken anderer geraten war. Ein Gefühl wie ein Eintauchen, dann war ich plötzlich in Mamas Kopf. Aber da war diesmal kein Film. In Mamas Gedanken war nur ein großes Leuchten, strahlend und warm und feuriger als eben der rote Abendhimmel über der Stadt; dann war plötzlich alles verschwunden, und da hat nur noch Mama am Küchentisch gesessen und hat mich angelächelt.

Ich habe mich geschüttelt. *Alles hat seine Zeit, Herr Schmidt,* habe ich erstaunt gedacht. *Und wie schlau Sie waren, dass Sie es gewusst haben.*

»Nun, warum sollen wir uns nicht über einen kleinen Hund freuen?«, hat Mama gesagt. »Soll ich dir vorlesen, was in Papas Brief steht?«

Ich habe mir einen Stuhl an den Tisch gerückt und Jiffel ist auf meinen Schoß gesprungen.

»Ja bitte, Mama!«, habe ich gesagt. Ich wollte wissen, was Papa geschrieben hatte. Und Kyrillisch konnte ich nicht lesen.

An diesem Abend haben wir endlich die letzten Umzugskisten ausgepackt.